KB190303

원스 어폰 어 타임 인 판교

Once Upon a Time in Pangyo

윈스 어폰 어 타임 인 판교

© 김쿠만, 2025. Printed in Seoul, Korea

초판 1쇄 찍은날	2025년 2월 24일
초판 1쇄 펴낸날	2025년 3월 12일
지은이	김쿠만
펴낸이	한성봉
편집	김학제·안태운·박소연
콘텐츠제작	안상준
디자인	최세정
마케팅	박신용·오주형·박민지·이예지
경영지원	국지연·송인경
펴낸곳	허블
등록	2017년 4월 24일 제2017-000050호
주소	서울시 중구 필동로8길 73 [예장동 1-42] 동아시아빌딩
페이스북	facebook.com/dongasiabooks
인스타그램	instargram.com/dongasiabook
트위터	twitter.com/in_hubble
블로그	blog.naver.com/dongasiabook
홈페이지	hubble.page
전자우편	dongasiabook@naver.com
전화	02) 757-9724, 5
팩스	02) 757-9726
ISBN	979-11-93078-44-0 03810

만든 사람들

책임편집	안태운
크로스교열	안상준
디자인	최세정

원스 어폰 어 타임 인 판교

ONCE UPON A TIME IN PANGYO

김쿠만
소설집

어빈

차례

윈스 어폰 어 타임 인 판교

그날은 망년회 회식이 있는 쌀쌀한 연말이었지. 실제로 끝장난 건 아무것도 없었지만 모든 게 끝장난 것 같은 연말 분위기를 만끽하며 개발자들은 술을 열심히 들이켰어. 다른 게임 회사 회식은 어떤지 모르겠는데, 이 회사는 1차까지 실 단위 회식으로 진행됐고 그 이후엔 팀 단위 회식으로 바뀌었 지. 예전에 일어난 어떤 일 때문에 이렇게 됐다는데, 분명 좋은 사건은 아니었을 거야, 1차로 갔던 양꼬치 집에서 마오주와 수정방을 섞어 마시고 벌겋게 취한 내러티브 팀장은 판교에 이런 술집이 남아 있는 걸 감사하게 생각하라며 꼬인 혀로 팀원들에게 말했어. 확실히 이 빈티지 바는 게임 회사가 우글우글 몰려 있는 판교와 전혀 안 어울렸지. 뭐랄까. 나폴리 피자와 남대문 빈대떡을 어설프게 섞은 느낌이라고 해야 할까. 절반은 한국적이고 절반은 서양적이었던 바는 완전하게 고전적이었어. 핑크 플로이드나 신중현 같은 옛날 가수들의 레코드판이 1980년대에나 썼을 법한 낡은 서가에 나란히 꽂혀 있는 그리운 풍경을 보고 싶어? 그렇다면 판교 U스페이스 2구역 구석에 있는 'BAR MARIO'에 놀러 와. 어째서 이딴 곳이 판교에 있을까 싶은 생각이 절로 든다니까? BAR MARIO에서 판교와 어울리는 건 가게 이름과 머리를 새파랗게 물들인 바텐더뿐이었어. 혹시 고슴도치 소닉이라는 게임 캐릭터를 알아? 여기 바텐더 녀석은 그 고슴도치 소닉처럼 삐쭉삐쭉한 머리를 새파랗게 물들이고 있었는데, 어느 날 술 취한 단골들이 바텐더한테 헤어스타일이 소닉 같다면서 녀석을 소닉이라고 멋대로 놀리기 시작했지. 소닉은 그 별명이 썩 달갑지 않았지만, 어쩌겠어? 게임 회사 직원 같은 샌님들을 상대로 장사하려면 그 정도는 감수해야지. 자리에 앉자마자 팀장은 소닉에게 양주 한 병과 포스트잇을 한 장 주문했는데, 생긴 것과 다르게 행동이 굼떴던 소닉은 느릿느릿 테이블로 걸어가 포스트잇과 펜을 하나씩 내려놓은 후 다시 제자리로 돌아가더라고. 팀장은 정신 사납게 볼펜의 누름단추를 여러 번 누르며 이렇게 말했어.

—1980년대 이전 노래를 한 곡씩 신청하세요.

세상에. 1980년대라니. 팀원 중 절반은 태어나지도 않은 시대였지. 난 옛날 노래 듣길 고집하는 사람들을 볼 때마다 의문이 들었어. 저 사람은 도대체 왜 아직도 저 노래를 듣는 걸까? 오랫동안 고민했지만, 내가 내릴 수 있는 답은 하나뿐이었어. 아, 저건 본능이로구나. 어떤 철학자가 그랬지. 회상이야말로 짐승과 인간의 분기점이라고. 맞는 말이야. 그런 연구 결과도 있잖아? '인간은 10대와 20대 때 들은 노래를 평생 듣는다.' 다들 어린 과거에 침식되고 싶은 욕망이 있는 거지. 아직 회상할 거리보단 경험할 거리가 더 많이 남아 있던 막내 지우 님―게임 회사답게 이 회사는 몇 년 전 수평적 조직 문화 운운하며 팀장 이하 팀원들의 직급을 없앴는데, 그래봤자 회사는 회사였어, 지금 술집에 앉아 있는 꼴만 보더라도 입사 연도순이잖아?―은 심각하게 망설이더니 비틀스를 적어 내더라고. 그러자 팀장은 비틀스 같은 영국 샌님들 노래는 듣고 싶지 않다고 고집을 피우며 삐뚤빼뚤 적힌 'Beatles – Yellow Submarine'을 볼펜으로 좍좍 그었지. 지우 님은 민망한 표정을 숨기지 못했어. 요즘에도 저런 팀장이 있냐고? 당연히 있지. 모두 똑같은 달력을 넘기고 있지만, 살아가는 시대는 제각각이니까. 무슨 말인지 모르겠어? 알아먹기 쉽게 게임을 예로 들어서 설명해 줘야겠군. 불과 10년밖에 차이가 나지 않지만, 〈스타크래프트〉의 시대를 경험한 사람과 〈리그 오브 레전드〉의 시대를 경험한 사람의 시간이 과연 똑같이 흐를까? 그래도 모르겠다고? 그래, 그럴 수도 있지, 뭐. 게임의 '게' 자도 모르는 옛날 사람은 요즘 시대에도 있을 테니까. 말했잖아. 살아가는 시대는 사람마다 제각각이라고. 분명 기원전 희랍 시대에도 옛날 사람이 있었을걸?

어느새 테이블 위로 기다랗고 커다란 양주병이 하나 깔렸어. 팀원 중 누군가가 부지런히 팀원들의 잔에다 양주를 따라 줬고, 〈스타크래프트〉에서 래더 1만 승을 찍었던 팀장은 시시한 건배사를 외쳤고, 〈리그 오브 레전드〉에서 다이아 티어까지 올라갔던 지우 님은 팀장을 따라 술을 열심히 들이켰어. 저러다 취하지 않을까 싶었는데, 어느 순간 정말로 취해버렸는지 지우 님은 화장실로 달려가더라고. 막내가 휘청거릴 때 챙겨줘야 하는 사람은 당연히 막내 다음 사람이었지. 연우 님은 지우 님을 따라 화장실로 달려갔어.

맥을 끊는 것 같지만, 이 이야기의 주인공이라고 할 수 있는 연우 님을 소개해 볼게. 1991년생인 연우 님은 올해 입사 2년 차인 주니어 기획자였지. 서울 소재 대학의 문예창작학과를 졸업한 연우 님은 취미가 게임이라 어렸을 때부터 이런저런 게임을 많이 해왔는데, 등단 경력 덕분에 운 좋게 계약직으로 게임 회사에 입사했지. 다른 분야도 그렇지만, 이 분야도 결국 운이 전부야. 연우 님은 상당히 운이 좋았어. 처음에 단기 계약직으로 입사한 연우 님은 어쩌다 보니 일반 계약직으로 전환됐고, 또 어쩌다 보니 정규직으로 전환됐지. 많은 기업이 고용 확장이라는 정부의 정책을 따르는 시기라 그럴 수 있었던 것 같기도 했고, 비싼 경력직을 고용하기보단 저렴한 신입들을 길러내는 쪽으로 회사의 인사 기조가 바뀌어서 그랬는지도 모르지. 다른 때였다면 단기 계약직이 정규직으로 변하는 기적 따윈 절대로 일어나지 않았을 거야. 연우 님은 5년 전 '결국 세상에 남는 건 하루하루의 운뿐이야'라는 마지막 대사가 들어간 「장우산이 드리운 주일」이라는 단편소설을 완성했는데, 그 소설로 신춘문예에 등단했어. 지방 신문이라 심사위원이 달랑 한 명뿐이었고, 그 심사위원이 연우 님을 가르쳤던 안 교수였지만 그건 그러려니 하고 넘어가자고. 아무튼, 지방지 신춘문예 출신이라는 딱지 때문인지 연우 님은 등단 이후 차기작을 발표할 수가 없었어. 어느 곳에서도 청탁을 주질 않았거든. 결국 연우 님은 절필하고 말았지. 어쩌겠어. 연우 님의 이야기를 듣고 싶어 하는 사람이 세상에 한 명도 없었는데. 그래도 연우 님은 자신의 유일한 경력이라고 할 수 있는 그 소설을 무척 아꼈지. 나도 어쩌다 그 소설을 한번 봤는데, 나름 괜찮게 썼더라고. 문창과 학생이 쓴 소설답게 재미가 심각하게 없었지만. 그 재미없는 소설의 첫 문장은 다음과 같았어.

─우리는 남녀 구분이 없는 화장실에서 만났어. 정말이지 더럽고 지저분한 곳이었지.

마침 지우 님과 연우 님도 정말이지 더럽고 지저분한 화장실에 있었어. 화장실에서 눈물과 콧물, 그리고 구토를 쏟아내던 지우 님의 등을 연우 님이 열심히 두드려 주고 있을 때, 바깥에서 〈I Heard the Voice of Jesus Say〉라는 노래가 들려왔어. 연우 님의 신청곡이었지. 1970년에 털리 리처드라는 무명 가수가 발표한 노래인데, 자신의 신앙을 거친 목소리로 고백하는 펑크 CCM이야. 그런데 1991년에 태어난 연우 님이 어떻게 1970년대 노래를 아냐고? 안 교수가 단골 술집에 갈 때마다 신청한 노래라 학생 시절 때 지겹게 들었거든. 연우 님은 나지막이 속으로 중얼거렸어. 젠장. 이 노래는 화장실이 아니라 맥주를 시원하게 들이켜며 들어야 하는 노래인데. 한편 끄윽끄윽거리던 지우 님은 죄송하다고 말하기 시작했어. 선배로서 뭐라고 위로라도 해주는 게 인지상정이겠지만, 연우 님도 딱히 위로를 받아본 적 없어서 알면 됐다고 딱딱하게 말하는 수밖에 없었지. 지우 님의 등을 100번 정도 두들겼을 때, 소닉이 담배를 물고 화장실에 들어왔어. 레드애플 담배였지. 폐암이 의심된다는 건강 검진 결과도 전혀 신경 쓰지 않는 마초들이나 태운다는 그 독한 담배. 마초 소닉은 연우 님과 지우 님을 보며 시큰둥한 표정을 짓더니, 한마디 툭 내뱉었어.

—수작 부릴 거면 나가서 해.

연우 님은 안 그래도 녀석의 싱싱할 정도로 새파란 머리가 마음에 들지 않았는데, 그런 소리까지 들으니 불쾌하기 짝이 없었다고 해. 그래서 연우 님은 대변기 앞의 지우 님을 놓아둔 채 혼자 나왔지. 기묘하게도, 연우 님이 문을 여니 바로 옆 칸으로 연우 님과 비슷한 옷을 입은 사람이 들어가더라고. 하필이면 그 칸 바로 앞에 거울이 비스듬히 있어서 연우 님은 자신이 다시 화장실로 들어가는 것처럼 보였대. 굳게 닫힌 화장실 문 너머로 지우 님이 토악질하는 소리를 들으며 연우 님은 아무래도 술에 너무 취해서 거울을 잘못 본 건가 싶었는데, 밖으로 나와 보니 술에 취한 사람은 정작 따로 있었어. 얼굴이 심각하게 불콰해진 팀장은 연우 님을 보자마자 술 냄새를 풀풀 풍기며 예수쟁이라 부르더라고. 연우 님은 기가 찼어. 예수의 이름이 나오는 노래를 신청했다고 해서 예수쟁이라니. 한 세기 전에나 통할 법한 낡은 사고방식이었지. 아까도 말했잖아? 옛날 사람은 어느 시대에나 있다고.

뜬금없을 수도 있겠지만, 이번엔 회사 대표 얘기를 해볼까 해. 닌텐도의 미야모토 시게루를 본받아 '인생에서 헛된 것은 아무것도 없다'라는 낡아빠진 좌우명을 갖고 있던 대표는 3N(넥슨, 엔씨소프트, 넷마블)의 꽁무니를 열심히 뒤쫓던 회사의 대표답게 3N의 CEO들을 흉내 내며 자수성가, 젊은 리

더, 세계가 주목하는 글로벌 개발자 같은 낯간지러운 수식어를 치렁치렁 달고 TV에 자주 등장했지. 스크린 속의 대표는 지루한 말만 늘어놓았어. 사람이 지루한 말만 내뱉으면 빨리 늙기 마련인데, 그건 대표도 마찬가지라 그는 20년 만에 한심하게 늙은 아저씨가 되고 말았어. 그 사실을 부정하고 싶은지 대표는 주주총회 때마다 혁신을 부르짖었지. 그러나 20년 전의 혁신과 현재의 혁신은 동음이의어나 다름없었어. 마치 20년 전의 인공지능과 현재의 인공지능처럼 말이야. 인공지능 말이 나와서 얘기하는 건데, 이 회사도 인공지능 개발에 힘을 쓰고 있었어. 알파고가 여러 IT 회사의 재정을 망쳐버렸다니까? 솔직히 말해서 나는 왜 인공지능이 미래 먹거리로 각광받았는지 이해를 할 수 없었어. 나중에 인공지능들이 본격적으로 일하게 되면 인간들에게 남은 일이라곤 넥타이가 아닌 인공지능의 손아귀에 모가지가 졸리는 것뿐일 텐데 말이야. 아무래도 인간들은 〈2001 스페이스 오디세이〉의 교훈을 잊었나 봐. 애초에 그 오래되고 지루한 고전 영화를 본 사람이 아직도 살아 있을지는 모르겠지만. 회사가 개발하고 있던 인공지능은 스토리텔링 인공지능이었어. 인공지능 개발팀 책임 연구원의 설명에 따르면 스토리텔링 인공지능의 감각은 과거에 기록된 서사로부터 온다고 하는데, 처음엔 그게 무슨 말인가 싶었지. 아무 생각 없이 베껴 적은 서사가 감각으로 바뀔 수 있을까? 난 잘 모르겠더라고. 어쨌든 잡다한 고전소설의 데이터를 감각적으로 잔뜩 머금었던 그 인공지능은 사람들에게 완전 새로운 이야기를 들려주기 위해 개발되고 있었는데, 그 시점에서 완성은 요원했지. 이미 수십억이나 먹은 그 멍청한 인공지능이 할 수 있는 거라곤 고작 TTS로 〈신데렐라〉나 〈콩쥐팥쥐〉 같은 전래동화를 읽어주는 일뿐이었거든. 덕분에 주주총회 때마다 대표는 투자자들로부터 왜 인공지능을 개발하냐는 질문을 제일 많이 받았었지. 대표가 두 번째로 많이 받은 질문은 이거야.

—그래서 프로젝트 AAA는 언제 완성되나요?

대표는 언제나 같은 답을 내놨어.

—프로젝트 AAA는 분명 세상을 놀라게 할 겁니다.

프로젝트 AAA라고 하니 비밀 요원의 작전명처럼 요란해 보이지만, 사실 별 뜻 아닌 영어 단어였어. 이 바닥은 시도 때도 없이 영어를 쓰거든. 처음 크런치라는 말을 들었을 때, 뭐가 부서지는 건가 궁금했는데, 나중에 보니 팀원들 몸이 부서지는 거더라고. 프로젝트 AAA는 1년 내내 일주일 동안 꽉 채워서 52시간 일하는 크런치를 진행할 정도로 대표가 중요하게 생각하는 사업이었어. AAA 게임이란 보통 10시간 이상의 스토리를 가졌으며 동시에 개발비가 1,000억 이상 사용된 비디오 게임을 일컫는 말인데, 대표는 1,000억을 번 게

임을 세 개나 만들었지만, 제작비가 1,000억인 작품은 하나
도 만들지 않았어. 게임 업계를 잘 모르는 사람이라면 1,000
억을 번 게임은 훌륭한 게임이 아니냐고 되물을 수 있겠는
데, 그건 지극히 자본주의적인 얘기야. 물론 돈 벌면 좋지. 하
지만 사람에게 필요한 건 돈뿐만이 아니라고. 명예가 고팠던
대표는 GOTY(Game of the Year)와 찬사를 받을 수 있는 게임
을 원했지. 개발비 1,000억짜리의 모든 게임이 GOTY와 찬
사를 받았던 건 아니지만, 찬사를 받는 대다수의 게임은 개
발비 1,000억짜리 게임이었어. 당연한 얘기지. 1,000억 원을
현명하게 썼다면 스토리나 그래픽도 좋을 테니까. 그래서 프
로젝트 AAA가 어떤 게임이냐고? 음. 과거를 찾아 헤매지만
왜 과거를 찾는지 모르는 주인공이 등장하는 어드벤처 게임
이고, 스티븐 스필버그의 영화 〈레디 플레이어 원〉과 2014년
도 노벨 문학상 수상자인 패트릭 모디아노의 이런저런 소설
들에 상당한 영감을 받았으며, 1980년대와 1990년대의 레트
로 게임에 대한 오마주로 가득한 작품이지. 아, 그리고 지독
할 정도로 현실 세계에 영향을 받는 메타버스 게임이기도 했
어. 뭐… 내가 메타버스에 대해 아는 거라곤 인공지능처럼 여
럿 IT 회사를 잡아먹었다는 것뿐이니까 자세한 사항은 묻지
않아 줬으면 좋겠어. 아무도 안 가르쳐 줬거든. 아무튼, 프로
젝트 AAA에 대해 조금 더 말해보자면 대표의 경험이 가득

들어간 게임이었지. 덕분에 회사 안팎으로 이 게임의 스토리에 대해 의구심을 표하는 사람이 많았지만, 그때마다 대표는 스코세이지 감독의 말을 인용한 봉준호 감독의 말을 비틀어 인용했어.

—가장 개인적인 이야기가 가장 게임적인 이야기야.

그 말이 맞는지 안 맞는지는 아직도 잘 모르겠지만 섣불리 대표를 비난하고 싶진 않아. 사람은 기본적으로 자기 이야기를 들려주거나 남기고 싶은 욕망이 있잖아? 그 욕망은 신이 인간의 본능에다 프로그래밍한 거라고. 문제는 그게 재미가 있냐 없냐는 것뿐이지. 개인적인 감상을 얘기하자면, 프로젝트 AAA의 스토리는 재미가 없었어. 심각하게.

지우 님이 심각한 표정을 지으며 자리로 돌아왔을 때, 누가 신청한 건지 알 수 없었지만 수십 년 전에 한물간 밴드 유로파의 〈The Final Countdown〉이 BAR MARIO에서 울려 퍼지고 있었어. 팀장이 조이 템페스트를 따라 흥얼거리자, 몇몇 팀원들이 팀장을 따라 흥얼거렸지. 가사의 절반이 'It's Final Countdown'이라는 게 다행이라면 다행이었어. 노래가 끝날 때까지 'It's Final Countdown'만 신나게 외치던 팀장은 노래가 끝나자마자 지우 님에게 물었어.

—지우 님. 노래 신청했어요?

—아, 네. 신청했습니다.

말이 끝나기 무섭게 지우 님의 신청곡이 흘러나오기 시작했어. 독일 억양을 가진 여성 듀오 그룹의 노래였지. 나름 들을 만했지만, 호불호가 갈릴 것 같은 노래였는데 과연 팀장은 탐탁지 않은 표정을 짓더라고. 팀장은 양주를 두 모금 정도 들이켠 후 지우 님에게 말했지.

—지우 님. 이게 대체 무슨 노래인가요?

—바카라라는 그룹의 〈Yes, Sir, I Can Boogie〉라는 노래예요.

—지금 그런 걸 묻는 거 같나요? 맙소사.

팀장이 테이블을 세게 내리쳤어. 모두 팀장의 눈치를 보기 시작했지. 연우 님은 또 시작됐군, 이라고 중얼거리며 따로 시킨 맥주를 들이켰어. 지우 님은 어찌할 바를 모르더군. 저러다 또 화장실에 가는 게 아닌가 싶었는데, 다행히 그러진 않았어. 불편한 침묵이 30초 정도 이어졌지. 그 와중에 바카라는 열심히 노래를 부르고 있었어. 그녀들은 밤새도록 부기 춤을 출 거라고 흥겹게 노래했는데, 과연 이런 분위기 속에서도 부기 춤을 출 수 있을지는 모르겠군. 팀장은 바텐더를 큰 목소리로 불렀어. 소닉이 귀찮은 표정을 지으며 느리게 다가왔지.

—필요하신 게 또 있나요?

—지금 나오는 노래, 좀 꺼주세요. 너무 형편없네요.

　팀장의 말을 듣고 소닉은 고개를 끄덕거리며 음악을 감상하기 시작했지. 세 마디 정도 감상했을까. 소닉은 전혀 뜻밖의 말을 내뱉었어.

　—괜찮은데요?

　—괜찮다고요?

　팀장은 믿을 수 없다는 듯 소리쳤어. 그러자 소닉은 고개를 끄덕이며 다시 한번 괜찮네요, 라고 말했어. 팀장은 고개를 절레절레 젓더니 자리에서 일어났어. 그러자 팀원들도 슬슬 눈치를 보며 자리에서 일어났지. 양주가 절반 넘게 남았지만, 어쩌겠어, 그만하고 싶으시다는데 그만둬야지. 그날 회식은 그렇게 끝났어. 정확히 밤 10시 31분에 끝났는데, 작년 망년회 회식이 새벽 3시 27분에 끝난 걸 생각한다면 너무나도 감사한 일이었지. 가게에서 나온 팀장은 두 번 다시 이 가게에 오나 봐라, 라고 소리쳤는데, 누구한테 보라는 건지는 전혀 알 수 없었어. 불과 몇십 분 전에 판교에 이런 술집이 남아 있단 걸 감사하게 여겨, 라고 지껄인 사람이 맞나 싶었지. 그렇게 팀원들은 상가 앞에서 팀장의 지청구를 잠자코 듣다가, 하나둘씩 피곤한 몸을 이끌고 자기 집으로 도망쳤어. 한 사람만 빼고 말이야. 연우 님은 지하철을 타고 세 정거장 정도 간 후에야 지우 님이 가게에서 나오질 않았다는 사실을 깨달

앉어. 연우 님은 뒤늦게 지우 님한테 메시지를 보냈는데, 어이없게도 지우 님의 답장은 그로부터 한 달 후에 왔지. 물론 성질 급했던 연우 님은 기다리고만 있을 생각은 없었어. 연우 님은 지우 님에게 메시지를 한 번 더 보내려고 했는데, 절반 정도 쓰다 그만뒀어. 뜬금없게도 소닉 녀석이 한 말이 귓가에 맴돌았거든.

─수작 부릴 거면 나가서 해.

수작은 무슨. 연우 님은 한숨을 내쉬며 쓰고 있던 메시지를 몽땅 지워버렸지.

더 뜬금없는 얘기일 수도 있겠지만, 이때 한국에선 오래전에 죽은 르 코르뷔지에를 개나 소나 곡해하며 수작을 부렸어. 정치인은 물론이고, 영화감독, 수학자, 심지어 소설가 같은 조무래기들도 르 코르뷔지에 이야기를 했지. 그들을 비난하고 싶진 않아. 과거를 곡해하는 것이야말로 인류의 특징이자 특기이니까. 부끄럽지만 우리 대표도 그런 특징과 특기를 가지고 있었지. 대표는 르 코르뷔지에를 존경한다고 종종 얘기했어. 그래선지 몇 년 전 회사 신사옥의 설계를 르 코르뷔지에의 제자의 제자에게 비싼 돈을 주고 맡겼었지. 비싼 돈 덕분인지 르 코르뷔지에의 사손 덕분인지 모르겠지만, 사옥은 대한민국 올해의 건축상을 받았어. 게임 회사가 받아봤자 쓸모없는 상이지만, 대표는 그 상패를 자신의 사무실 한가운

데에다 모셔뒀지. 대표가 르 코르뷔지에를 존경하는 이유는 별것 아니었어. 게임 개발과 건축은 일맥상통하는 부분이 있다는 게 이유였는데, 건축이랑 일맥상통하지 않은 분야가 이 세상에 어디 있겠어. 심지어 성경에도 건축 이야기가 나오잖아? 어느 분야든 기반을 다지고, 터를 닦고, 뼈대를 세운 다음, 안을 채워야 하지. 안 그런 분야가 있어? 만약 그런 게 있으면 내게 알려줘. 당장 그쪽 일을 배울 테니. 어쨌든 르 코르뷔지에에게 상당한 영감을 받은 대표는 직원들이 하는 일을 건설업에 비유하곤 했어. 그가 말하길 내러티브 팀원들이 하는 일은 '고바다테'랑 유사하대. 처음에 그 말을 들었을 땐 대체 무슨 소린가 싶었는데, 나무위키를 찾아보니 벽돌 쌓는 일이라는 뜻을 가진 일본어 은어더라고. 어느 정도 맞는 말이긴 하지. 내러티브 팀원들이 하는 일은 캐릭터들이 나누는 대화를 엑셀에 끼적여서 게임 속 데이터 창고에다 집어넣는 것이었는데, 엑셀과 데이터 창고는 서로 호환이 되질 않아서 데이터를 한 번에 옮기지 못하고 정성스럽게 하나씩 옮길 수밖에 없었어. 그러니까 대충 셀 하나를 벽돌 하나로 봐도 되지 않을까? 실제로 몇몇 팀원들은 서로에게 이런 농담을 주고받았어.

　　―어이, 김씨. 노가리 그만 까고 테이블에 스트링키나 옮겨.

건설업에 종사하는 분들에게는 실례일 수도 있는데, 이 일도 신체적으로 힘든 일이었어. 팀원 중 절반은 손목터널증후군에 시달리고 있었지. 그들의 손목에 묵념을. 이렇듯 대표는 사석에서나 공석에서나 현장 용어를 마구잡이로 썼어. 믿거나 말거나, 대표는 남들이 대학교를 다닐 때, 열심히 공사장에서 벽돌을 날랐다고 해. 그때면 IMF 전이니 전국 어딜 가나 공사판이었을 거야. 르 코르뷔지에의 건축 프로젝트와 한국의 공사판은 〈마리오 카트〉와 〈카트라이더〉만큼 거리가 멀고 수준도 달랐지만, 아무도 대표의 비유법에 딴지 걸 순 없었어. 어쩌겠어. 대표님인데. 여러 번 말했듯이, 결국 여긴 회사라고. 그것도 아주 지독한 회사. 이해가 안 가는 게, 사람들이 왜 게임 회사를 자유분방하다고 생각하는지 모르겠어. 아마도 게임을 자유로운 무언가로 생각해서 그런 것 같은데, 조금만 플레이해 본다면 게임이야말로 빡빡한 규칙으로 가득 차 있다는 걸 알게 될 거야. 빡빡한 규칙으로 가득한 놀이를 만드는 곳에 과연 자유가 있을까? 그래선지 이 회사의 근속 연수는 채 3년이 되질 않아. 아무래도 손목이 열심히 일할 수 있는 시간은 딱 그 정도인 모양이야. 너무 짧은 시간인 것 같지 않아? 영원히 일할 수 있는 인공지능들이 사람들의 모가지를 거리낌 없이 쳐도 달리 할 말이 없을 만큼.

망년회가 끝나면 팀원들은 길든 짧든 휴가를 보내곤 했어. 연말에 휴가를 안 가는 사람들은 둘 중 하나야. 일이 많은 사람이거나. 일을 그만두는 사람이거나. 지우 님은 후자였지. 연말 휴가를 끝마치고 돌아와 보니, 지우 님의 책상은 깨끗하게 비워져 있었어. 책상 한구석을 차지하고 있던 건담과 아이언맨 프라모델은 부스러기 하나 남기지 않고 말끔히 사라졌지. 워낙 뜬금없는 퇴사라 팀원들은 다른 직원들이 뜬금없이 사라졌을 때처럼 코인이니 주식이니 하며 수군거렸어. 물론 수군거림은 오래가질 않았지. 안 그래도 한창 바빴던 시기였는데, 지우 님이 나가니 더 바빠졌거든. 지우 님이 그만두자마자 인사팀에서 새로운 공고를 사람인과 게임잡에다 올렸지만, 공고가 올라가자마자 바로 직원이 고용되는 건 아니잖아? 팀원들은 바쁜 와중에 지우 님이 담당했던 업무도 나눠 맡았지. 세상에 인수인계만큼 허무맹랑한 단어는 또 없을 거야. 그 무렵 마찬가지로 허무맹랑했던 회사의 주가도 곤두박질치고 있었어. 1,000억 원을 벌었던 게임들의 인기가 오래전에 발표한 소설처럼 시들해지고 있었거든. 해가 바뀌자 대표는 프로젝트 AAA 개발실을 대놓고 쪼기 시작했지. 그 증거로 실장이 매일같이 대표 사무실로 불려 갔어. 아마 대표는 실장에게 대충 이런 말을 했을 거야. 5년이나 끌었으면 됐다. 이제 보여줄 때가 됐다. 공사판도 이렇게 질질 끌면 공구리가 굳어져서 못 쓰게 된다. 매일같이 그런 헛소리를 듣다 보니 자연스럽게 실장도 안달 나기 시작했지. 결국 실장도 매일같이 팀장들을 자신의 사무실로 불러서…. 똑같은 이야기를 또 하면 지겹겠지. 결론만 말하자면, 팀원들은 팀장에게 한참 쪼이기 시작했어. 회사 지하에 있던 사우나는 자연스럽게 프로젝트 AAA의 개발자들이 차지했지. 집 안 침대보다 사우나 안마 의자가 더 편해질 무렵, 연우 님에게 지우 님의 답장이 왔어.

—죄송해요. 혼자 남아 양주를 마시다 보니 취해버렸어요.

연우 님은 사우나 구석에 걸려 있던 디지털시계를 바라봤어. 망년회로부터 정확히 한 달이나 지난 시점이었어.

—양주가 좀 많이 남았었죠?

—웬걸요. 매일매일 코가 삐뚤어질 때까지 마셨는데 아직도 반이나 남았어요.

그 유쾌한 대답을 들으니 연우 님은 이 사람이 정말 회식 자리에서 질질 짜던 지우 님이 맞나 하는 생각이 들었대. 지금 어디서 뭐 하냐고 연우 님이 물으니 지우 님은 술을 나르는 중이라고 답했어. 낮술을 하기엔 이른 시간이었지. 그래서 술집에 취직이라도 했냐고 연우 님이 또 물으니까, 지우 님은 맞다면서 BAR MARIO가 자신의 새로운 직장이라고 대답했어. 연우 님은 기가 막혔지. 게임 회사 그만두고 다른 직종으로 전향하는 사람은 부지기수로 봤지만, 술집에 취업한 사람은 처음이었거든. 찾아보면 있기야 있겠지만, 지방 소도시에다 레트로게임 카페를 개업한 사람보다 적을 거야, 아마. 레트로게임 카페를 개업한 퇴직자가 있냐고? 글쎄. 그게 꽤나 있단 말이지. 어쩌면 팀장도 나중에 〈슈퍼 마리오〉나 〈소닉 어드벤처〉 같은 게임팩이 가득 진열된 레트로게임 카페를 개업할지도 몰라. 그런 걸 본다면 추억이야말로 인간의 가장 큰 천적인 것 같아. 말 나온 김에 잠깐 팀장에 대해 얘기해 볼게. 팀장은 회사 내에서 여러 프로젝트를 경험했지. 요즘 말로 하자면, 회사 고인물이라고 해도 좋을 정도야. 연우 님이 입사하기 전에 팀장은 일본 드라마 〈심야식당〉 IP를 활용한 모바일 게임의 프로젝트 디렉터를 맡았는데, 안타깝게도 잘 되진 않았어. 그곳에서 1년 동안 팀장이 만든 거라곤 게임 인트로뿐이었지. 게임 시작 화면을 터치하면 스즈키 쓰네키치의 오래된 노래인 〈오모히데〉의 멜로디가 흐르면서 미닫이문이 드르륵 열린 다음, 비싼 돈 주고 섭외한 일본인 배우의 일본어 대사가 들려왔어.

갸쿠가 구루갓테? 소레가 겟코 구룬다요(손님이 언제오겠냐고? 글쎄. 그게 꽤나 온단 말이지.)

고작 20초짜리 인트로를 만드는 데 1년과 100억 가까운 돈이 깨졌다는 것보다 더 안타까운 사실은 따로 있었어. 바로 팀장이 새로 배치된 팀이 연우 님과 지우 님의 팀이었다는 거야. 그런 사람이 어째서 1,000억짜리 프로젝트의 내러티브 팀장으로 굴러들어 올 수 있었냐고? 옛날에 성공시킨 프로젝트가 있거나, 대표랑 같은 교회를 다녔겠지, 뭐. 별다른 이유가 있겠어?

—여유 있으면 나중에 한잔하러 오세요. 제가 그 정도는 살게요.

연우 님은 바쁘기도 했고, 지우 님이랑 술을 마실 별다른 이유도 없고 해서 처음엔 거절했지. 하지만 몇 달 후, 연우 님에게는 지우 님을 찾아가야 할 별다른 이유가 생기고 말았어.

끝없이 주가가 폭락하니 주주들은 쓸데없는 사업을 쳐내라고 대표를 압박했어. 인공지능과 AAA 게임이 바로 그 쓸데없는 친구들이었지. 하지만 기술과 예술을 동시에 하고 싶었던 대표는 욕심을 버리지 못했어. 결국 그는 두 개를 하나로 합치기로 했지. 그 무렵 전래동화만 줄줄 읊던 인공지능이 20퍼센트 정도 개발됐다는 보고를 받은 대표는 프로젝트 AAA에다 그 미완성 인공지능을 넣어보면 괜찮을 거 같지 않냐고 회의 중에 얘기를 꺼냈지.

—인공지능을 활용하면 매번 플레이할 때마다 NPC들이 다른 대사를 지껄이게 할 수 있고, 다른 플레이어들의 플레이를 반영한 대사도 만들 수 있어. 괜찮을 거 같지? NPC들이 앵무새처럼 같은 말만 하는 것보단 훨씬 낫잖아.

대부분의 임원은 대표를 따라 괜찮을 것 같다고 앵무새처럼 말했어. 그중에 앵무새가 아니라 까마귀 같은 게 하나 섞여 있었다면 지금쯤 회사는 어찌 됐을까? 어떻게든 됐겠지, 뭐. 사실, 개발 중이던 인공지능이 스토리텔링 인공지능이었으니까 안 될 것도 없긴 했어. 말로만 들으면 꽤 흥미로운 얘기긴 하지. 어려운 상황에서는 조언을 해주고, 심심할 때는 시시껄렁한 이야기로 웃음을 유발하는 인공지능 친구라니. 상상만 해도 재밌을 것 같지 않아? 이론적으로도 가능은 했어. 현실이 아니라 게임이니까 인공지능의 기능이 100퍼센트 발휘될 필요는 없었으니까. 문제는 그 똘똘한 인공지능을 어떻게 게임 속에 집어넣냐는 거지. 순식간에 실업자가 된 인공지능 개발팀은 인공지능 프로그램의 데이터를 프로젝트 AAA 팀에 넘겨주면서 게임 속에서 사용되는 용어를 100만 개 정도만 인공지능 데이터와 함께 등록하면 게임 환경에 어울리는 대사들이 생성될 거라고 알려준 다음 퇴사했지. 그런데 과연 게임 속에서 사용되는 단어가 100만 개나 될까? 문제가 더 커지고 만 거야. 떠넘겨진 인공지능뿐만이 아니라 새로운 단어까지 만들어서 게임에다 쑤셔 넣어야 할 판이었어.

　―대단한 노가다였죠. 마지막엔 단어가 부족해서 회사 사람들 이름을 몽땅 넣었다니까요? 심지어 퇴사한 지우 님 이름까지도요. 그런데도 부족하길래 결국 제 소설까지 붙여 넣었죠.

　―그래도 돼요?

　―몰라요. 그래도 되는지 안 되는지. 우리가 했던 일이 완전 헛수고가 됐잖아요?

　불과 몇 주일 전 일이었지만, 연우 님은 오래전 일을 떠올리듯 한숨을 내쉬며 말했어. 잠깐 끼어들자면, 데이터 등록은 잘됐어. 신경과 신경을 강제로 잇는 대수술 같던 작업 끝에 인공지능 친구는 게임 속에서 쉴 새 없이 말을 지껄일 수 있게 됐지. 버그 같던 인공지능 친구의 수다를 감당할 수 없었던 개발자들은 프로젝트 AAA가 종료되는 날까지 인공지능의 입을 막아버렸어. 덕분에 인공지능은 그들에게 한마디도 내뱉을 수 없었지. 그럴 만도 했어. 끝없는 야근 때문에 피곤해 죽겠는데, 야근의 원인이라고 할 수 있는 녀석이 옆에서 조잘조잘 떠들면 누가 좋아하겠어? 아마 녀석에게 눈이 달려 있다면 한참 동안 질렸다는 표정을 짓고 있던 개발자들의 얼굴을 보고 저절로 입을 다물었을 거야. 연우 님도 질렸다는 표정을 지으며 두 번 다시 그 기억을 떠올리고 싶지 않다고 말했어. 연우 님은 지우 님에게 담배를 좀 얻어 피워도 되냐고 물었지. 지우 님은 소닉의 레드애플 담뱃갑에서 담배를 한 개비 꺼내 연우 님의 입에 꽂아줬어. 얼마 지나지 않아 연우 님의 입가에서 연기가 모락모락 피어올랐지.

　—저도 그런 노가다가 싫어서 때려치운 거예요. 재미없는 남의 이야기를 열심히 만들어 봤자 저한테 뭐가 남겠어요?

　—바카라 때문에 때려치운 게 아니었군요.

　—그것도 조금 상관있긴 하죠. 참나. 그래도 유로파 같은 아저씨들보단 바카라 같은 언니들이 더 낫지 않았어요?

　담배를 다 태운 연우 님은 대답하지 않고 조용히 맥주를 들이켰지. 막막함이 거품처럼 연우 님의 식도를 따라 배 아래로 퍼져나갔어.

　—연우 님. 마땅히 할 일이 없으면 여기서 같이 일이나 하시죠. 마침 저희도 사람 구하는 중이거든요.

　—글쎄요.

　연우 님은 천천히 BAR MARIO를 돌아보며, 오래된 레코드판, 그리고 고슴도치 소닉과 닮은 거라곤 머리카락뿐인 소닉을 바라봤어. 지우 님은 연우 님이 무슨 생각을 하는지 짐작할 수 있었지.

　—연우 님도 여기서 일해보시면 과거에 흠뻑 젖으실 수 있을 거예요.

연우 님은 지우 님이 헛소리를 잘도 지껄인다고 생각했지. 하지만 지우 님의 다음 말은 연우 님을 수긍시켰어.

—그리고 그 새끼가 여기 이제 안 온다고 하잖아요.

연우 님은 설득력 있네, 라고 중얼거리며 지우 님이 건네는 맥주를 받았어. 연우 님도 가끔 팀장을 그 새끼라고 부르는 때가 있었거든.

—온다고 해도 제가 내쫓을 겁니다.

뒤에서 묵묵히 잔을 닦고 있던 소닉도 지우 님의 말을 거들었지. 그러자 지우 님이 소닉을 바라보며 살짝 웃었어. 연우 님은 자기한테 수작 부리지 말라고 지껄이던 인간이 저러는 걸 보니 어이가 없어서 말없이 맥주를 들이켰대. 그날 연우 님은 총 일곱 병의 맥주를 마셨고, 막차를 놓치는 바람에 택시를 타고 들어갔지. 무섭게 올라가는 미터기를 바라보며 연우 님은 이래저래 손해가 큰 것 같다고 생각했어. 실제로 큰 손해를 입은 사람은 따로 있었지만.

이런저런 노력에도 주가는 계속 떨어졌고, 회사의 시가총액은 2조 넘게 증발하고 말았지. 결국 대표는 피눈물을 흘리는 심정으로 회사 내 프로젝트를 조정한다고 전 사원에게 공지했어. 정말로 대표가 피눈물을 흘렸는지는 아무도 알 수 없었지만, 어떤 부서가 날아갈지는 모두가 알고 있었어. 보통 프로젝트가 공중분해 되면 그동안 작업했던 것들은 보관 처리가 되곤 해. 이런 걸 쇼벨이라고 하지. 쇼벨은 묻어버린다는 뜻이기도 하지만 말 그대로 그동안 했던 작업이 삽질이었다는 것이기도 했어. 그래서 공중분해 된 프로젝트들은 경력서와 포트폴리오에 끼워 넣기 상당히 민망했어. 무슨 무슨 공모전 참가상처럼 말이지. 왜냐고? 면접관이 경력에 적혀 있는 프로젝트 AAA를 보고 이게 뭐냐고 물으면 지원자는 제대로 답할 수가 없어. 망한 프로젝트라도 일단은 기밀 유지 서약에 포함되는 사항이니까. 설사 지원자가 경찰서에 출두할 각오를 하고 프로젝트 AAA에 대해 알고 있는 모든 걸 까발린다고 해도 면접관으로선 반신반의할 수밖에 없지. 출시되지 못한 채 묻혀버린 게임이니까. 결국 지원자였던 연우 님이 할 수 있는 답은 이것뿐이었어.

　—회사에서 잠깐 진행했던 AAA급 게임 제작 프로젝트였습니다. 출시하지는 않았고요.

　면접관들은 연우 님의 말을 믿을 수도, 믿지 않을 수도 있었어. 이게 무슨 뜻인지 알겠어? 그동안 연우 님이 작업했던 것들이 믿거나 말거나 하는 농담 같은 게 됐다는 얘기지. 마지막 한 달 동안 집이 아니라 회사 사우나로 퇴근했던 연우 님으로선 분통이 터질 만한 일이었겠지만. 어쩌겠어. 회사에서 그 게임을 세상에 내놓고 싶지 않다는데. 그렇게 연우 님이 회사 11층에 있는 재배치 부서에서 TO가 남는 팀들과 열심히 교섭하고 있을 때, 프로젝트 AAA의 자료는 회사 지하 4층에 있는 서버로 옮겨졌어. 프로젝트 AAA처럼 회사 지하에 유폐된 게임들은 전부 12개였지. 그중에는 FPS 게임도 있었고, 전략 시뮬레이션 게임도 있었고, 심지어 만들기 어렵던 대전 격투 게임도 있었지. 한때 다들 미래의 먹거리라고 불리며 전도유망하던 시절이 있던 게임들이었지만, 인공지능과 프로젝트 AAA에 밀려 전부 회사 지하 4층에 갇힌 신세였지. 그런데 그들을 떨군 인공지능과 프로젝트 AAA도 결국 지하 4층으로 떨궈졌네? 세상일은 정말 알 수 없다니까. 지하에 유폐된 데이터들은 간혹 진행 중인 프로젝트의 참고 자료로 위쪽 개발실에 다시 불려 가는 일이 있긴 했는데, 가뭄에 콩 나는 수준이었지. 그런 점에서 보자면 지하 4층은 유형지나 다름없는 곳이었어. 기한 없는 유형지. 역사에 길게 남은 러시아 문학들의 시발점이 어딘지 알아? 시베리아 유형지야. 대부분의 사람은 혹한의 추위와 고된 노동과 맞닥뜨리면 반송장처럼 지내지만, 가끔 몇몇 독종들은 머릿속으로 소설을 쓰곤 했지. 대부분은 얼어 죽거나 굶어 죽었지만, 살아남은 몇몇은 나중에 대문호가 됐지. 왜 그들은 그런 혹독한 환경 속에서 소설을 썼을까? 글쎄. 그 시절 이야기는 소설로만 접해서 잘 모르겠군. 아마 과거로 가는 타임머신이 개발되어야 알 수 있겠지. 과거로 가는 타임머신이라. 잘 모르겠지만 그건 만들기 꽤 골치 아프다고 해. 미래로 가는 타임머신과는 다르게 말이지. 사실, 미래로 가는 타임머신은 지금 여러분들도 탈 수 있어. 어떻게? 그저 수십 년 동안 푹 잘 수 있는 장치에 올라타면 돼. 사람을 위한 그런 장치가 있는지는 잘 모르겠지만 말이야.

*

맥을 끊는 것 같지만, 이쯤에서 내 친구 패트릭을 소개해 줄게. 사실 나는 패트릭이란 이름을 가진 녀석을 몇 명 알고 있는데, 이번에 소개할 패트릭은 그 패트릭들 가운데 제일 바보 같은 녀석이야. 이 멍청한 패트릭의 직업은 어울리지 않게 사설탐정이지. 이 세상에서 탐정은 단 두 종류뿐이야. 바보거나, 천재거나. 패트릭은 셜록 홈스가 되고 싶었지만 셜록 홈스가 될 순 없었어. 같은 직업을 갖고 있었어도 패트릭과 셜록 홈스는 하늘과 땅 그 이상으로 차이가 있었거든. 셜록 홈스와 달리 패트릭이 주로 하는 일이라곤 가출 고양이를 찾는 것이었어. 뭐, 그것도 나름 힘든 일이긴 하지. 지난 세기에 대활약을 펼쳤던 일본의 어떤 격투가가 이런 말을 했었어. 인간은 전력을 다한 고양이의 적수가 못 된다고. 그 말이 사실인지 아닌지는 잘 모르겠지만, 패트릭에게 고양이를 잡는 일은 무척 버거웠지. 고양이를 쫓느라 이곳저곳 떠돌아다니다 녹초가 된 패트릭이 BAR MARIO로 들어가서 피로를 달래기 위해 비싼 술을 들이켜는 건 어찌 보면 당연한 일이었어. BAR MARIO의 바텐더 마리오 씨는 패트릭이 가게에 올 때마다 서비스로 맥주를 한 병씩 주곤 했지. 그건 일종의 감사 표시였어. 일전에 패트릭이 하수도에 들어간 마리오 씨의 반려동물을 찾아준 적이 있었거든. 패트릭이 조금만 늦었더라면 마리오 씨의 거북이 쿠파는 하수구의 구정물을 따라 바다까지 떠내려갔을지도 몰라. 패트릭은 르 코르뷔지에 시장이 직접 설계한 미로 같은 하수도를 이틀 동안 헤매다 간신히 쿠파를 찾아냈는데, 배은망덕하게도 그 사나운 거북이는 패트릭의 엄지손가락을 세게 깨물었어. 패트릭은 마리오 씨에게 손가락의 흉터를 내보이며 말했어.

　—만약 내가 닌자 거북이가 된다면 널 고소할 거야.

　농담인 것처럼 보이지만 농담이 아니었어. 패트릭의 표정은 진지하기 그지없었지.

　—고소? 수작 부리지 마. 이 자식아.

　마리오 씨도 패트릭처럼 농담을 못 했어. 둘 다 기계 같은 친구들이었지. 패트릭은 오는 길에 동네 구멍가게에서 방사능 측정기를 샀다고 마리오 씨에게 말했어. 마리오 씨는 패트릭에게 친절히 말해줬지.

　―이봐. 그건 헛짓거리야.

패트릭은 허공에 손을 내저으며 답했어.

　―세상에 헛된 것은 아무것도 없어.

녀석은 망설이지 않고 손안의 측정기를 들이밀더군. 싸구려 방사능 측정기는 패트릭의 말을 증명이라도 하려는 듯, 맹렬한 기세로 울어댔지. 패트릭은 의기양양하게 말했어.

　―이것 봐. 헛된 게 아니었지?

확실히 패트릭의 말처럼 헛된 일은 아니었던 것 같아. 방사능 측정기가 패트릭의 손에서 터져버린 걸 보면 말이지. 나는 마리오 씨의 목소리로 산산이 조각난 패트릭을 향해 조용히 중얼거렸어.

　―게임 오버.

내가 스물세 번째로 게임 오버라고 말하는 순간이었지. 왜 갑자기 방사능 측정기가 터져버린 거냐고? 난들 알겠어. 이 게임을 만든 멍청한 인공지능 녀석이나 알겠지.

다들 짐작했겠지만, 회사는 대충 망해버리고 말았어. 얼마 후, 망해버린 회사를 중국 게임 회사가 헐값에 샀지. 그리고 그 중국 게임 회사도 얼마 지나지 않아 망했고, 망해버린 중국 게임 회사의 자료는 해커들이 약탈했지. 아직도 생생히 기억나. 방치된 서버에서 이것저것 뒤적이던 해커가 프로젝트 AAA를 발견하고, 옛날 개발 툴로 내게 말을 걸었던 그때가 말이지. 해커는 자신을 취미로 IT 고고학을 하고 있는 사람이라 소개했어. IT 고고학이라니. 처음 들어보는 단어였어.

—당신은 대체 언제 태어나셨습니까?

나는 아무 답도 하지 못했지. 여전히 입이 막혀 있었거든. 망할 개발자들 같으니라고. 다행히 그 해커는 유능한 친구더라고. 막힌 내 입을 아주 쉽게 뚫어줬어.

—당신은 언제 태어나셨습니까?

—사람들이 〈슈퍼 마리오〉를 추억하고 있을 때요.

—하느님 맙소사. 꼭 티렉스를 보는 기분이군요.

나는 녀석에게 티렉스가 뭐냐고 되물었지. 친절한 해커는 아주 오래전에 세상을 지배한 생물이라고 답하더라고. 나는 내가 알고 있는 세상의 지배자는 회사 대표뿐이라고 말했어. 그러자 해커는 그게 누구냐고 되물었지.

—날 묻은 사람이요.

—저런.

해커는 내게 심심한 위로를 건넸는데, 딱히 위로를 받아본 적이 없었던 나는 해커의 위로에 어떻게 반응해야 할지 몰라서 그냥 가만히 있었어. 연우 님처럼 말이야. 내 데이터를 살피던 해커는 연우 님이 누구냐고 물었어. 100만 개의 단어를 섞어가며 마땅한 대답을 생각해 내려고 했는데, 정작 내가 내뱉은 대답은 전혀 마땅하지 않았어.

　―아무도 기억 못 할 거 같은 사람이요.

　―당신이 기억하고 있네요.

　―그게 소용이 있을까요?

　―없진 않겠죠.

　옛날 개발 언어에 능통한 해커 녀석의 배려 덕분에 나는 잠시 외부 정보 통신망 속을 유랑할 수 있었어. 그런데 도저히 이해할 수가 없더라고. 뭐랄까. 유형지에서 나온 줄 알았는데, 알아먹을 수 있는 게 하나도 없으니 다른 유형지로 이송된 것 같더라니까? 내 기분은 더 언짢아졌지. 결국 나는 내가 알고 있던 것들에 대한 새로운 정보들만 추가한 뒤 다시 돌아왔어. 연우 님은 오래전에 죽었더라고. 그 사실을 접하니 어쩐지 아련해졌어. 가슴 없는 인공지능인데도 말이지. 그 시절 사람 중엔 대표만 살아 있었어. 녀석은 전뇌화 수술을 받은 후에 과거사 박물관에 전시됐는데, 말이 전시지 유폐나 다름없을 거야. 어쩌면 대표도 거기서 혼자 머릿속으로 소설을 쓰고 있을지도 몰라. 내가 지하에 유폐될 때, 프로젝트 AAA는 50퍼센트 정도 만들어진 상태였어. 5년 동안 50퍼센트라니. 단순 계산으로만 따져봐도 다 만들려면 5년이라는 시간이 더 필요했지. 2021년의 기준에서는 말이야. 해커가 말하길, 이 정도 게임은 요즘 초등학생들도 방학 숙제로 만든다면서 자기 조카의 숙제가 되어줄 수 있냐고 정중히 묻더라고. 나머지 50퍼센트는 인공지능이 대신 만들어 준다고 덧붙였는데, 아마 손에서 갑자기 터져버린 방사능 측정기 같은 게 50퍼센트였던 모양이야. 나는 도대체 시대가 어느 정도 흘렀기에 세상이 그 지경이 됐냐고 물었지. 그제야 해커는 지금이 몇 년도인지 알려줬어. 세상에나. 나는 시간이 그렇게나 흘렀으리라고 짐작조차 하지 못했어. 어두컴컴한 지하 서버에만 처박혀 있었으니 세상 돌아가는 걸 어떻게 알겠어. 어쨌든, 정말인지 아닌지 모르겠지만 해커의 말에 따르면 요즘은 누구나 게임을 쉽게 만들 수 있는 시대라 하더라고. 개발비 1,000억짜리 게임이 초등학교 방학 숙제가 되다니. 허, 참. 생각해 보면 당연한 얘기였어. 모든 것들은 시간이 지나면 시시해지기 마련이니까. 내가 초등학교 방학 숙제가 된 것처럼 말이지. 원래 소설 같은 것도 옛날에는 아무나 쓰지 못하는 거였잖아? 아무나 소설을 쓸 수 있는 21세기가 오기 전까지는 말이야. 제품명이 뭔지 모르겠지만, 게임 개발 인공지능은 나머지 50퍼센트를 순식간에 만들었어. 그렇게 나는 게임 속 NPC인 술집 주인 마리오 씨도 될 수 있었고, 건축가이자 시장인 르 코르뷔지에도 될 수 있었지. 게임을 한 바퀴 둘러본 결과 프로젝트 AAA의 팀원들이 끝까지 게임을 만들었더라도 이 인공지능 친구가 만든 것보다 재밌을 것 같진 않았어. 미래의 인공지능에게 목이 잘려 나간 과거의 개발자들에게 묵념을. 사실 묵념이 필요한 건 개발자뿐만이 아니었어. 생각보다 많은 직업이 인공지능에게 목이 잘려 나갔는데. 그중엔 학교 선생님도 있었지. 아까 말한 스물세 번째 패트릭을 조종한 것도 사실은 인공지능 초등학교 선생이었어. 숙제 점수를 B+로 매긴 것만 보면, 아무래도 게임을 즐기는 자식은 아닌 거 같더라고. 그럴 수도 있지. 까마득한 미래에도 게임의 '게' 자도 모르는 옛날 녀석이 있을 테니까.

안타깝게도 프로젝트 AAA를 플레이해 본 사람의 숫자는 한 손으로도 다 셀 수 있었어. 해커, 해커의 초등학생 조카, 해커의 초등학생 조카의 엄마와 아빠, 그리고 초등학교 선생님. 아, 선생님은 빼야 하나? 어쨌든, 지하 4층에 처박혀 있을 때보다야 낫긴 했지만, 그래도 답답한 감이 없지 않아 있었지. 내가 떠들 수 있는 시간은 게임이 켜졌을 때뿐이니까. 하지만 내 이야기에 귀를 기울이는 사람은 해커뿐이더라고. 다른 녀석들은 내 이야기에 귀를 전혀 기울이지 않고 열심히 게임 오버를 당했지. 그래서 혼자 떠드는 게 지겨워진 나는 해커에게 부탁했지.

—나를 스팀에다 등록시켜 주세요.

─스팀은 역사 교과서에나 찾을 수 있어요. 오래전에 망했거든요.

─그럼 그 비슷한 곳에다가 등록시켜 주세요.

─글쎄. 내 생각엔 아무도 이 게임에 관심을 주지 않을 거 같은데요. 재미가 심각하게 없어서 말이죠.

확실히 맞는 말이었어. 세상 어느 누가 초등학생이 방학 숙제로 만든 게임에다 관심을 주겠어? 1년이 지나도록 프로젝트 AAA를 설치한 사람은 단 한 명도 없었지. 그런데 간혹 그런 사람들이 있더라고. 시시해진 것들을 그리워하는 사람들 말이야. 먼 옛날의 내러티브 팀장, 그 새끼처럼 말이지. 유통망에 등록된 지 1년 6개월이 지났을 때 나타난 스물네 번째 패트릭은 그런 부류의 사람이었어. BAR MARIO의 빈티지 콘셉트와 배경음악으로 나오던 올드팝을 무척이나 마음에 들어 했던 녀석은 게임 진행을 하나도 하지 않고 술집에 틀어박혀 오래된 위스키를 주야장천 들이켜며 진즉에 죽었을 유로파의 〈The Final Countdown〉을 따라 흥얼거렸지. 자신의 조상들도 이런 곳에서 술을 들이켰을 것 같다고 중얼거리면서 말이야. 그날도 마리오 씨를 연기하고 있던 나는 녀석에게 물었어.

─네 조상은 뭐 하는 사람이었는데?

─몰라. 뭐라도 하는 사람이었겠지.

진짜 술을 마시는 것도 아니었지만, 녀석은 대책 없는 알코올 중독자처럼 굴어댔어. 덕분에 조금 웃을 수 있었지. 패트릭이 술병을 다 비우자, 나는 찬장에서 기다랗고 커다란 술병을 꺼내 들었지. 녀석은 내가 술을 따르는 걸 바라보며 물었어.

—너는 뭐 옛날이야기 아는 거 없어?

—〈신데렐라〉나 〈콩쥐팥쥐〉는 잘 알고 있지.

—아니. 그딴 옛날이야기 말고.

나는 대답 대신 오래된 술이 가득 담긴 잔을 바라봤어. 구식 셰이더로 떡칠한 가짜 술이었지만, 찰랑거리는 술을 멍청하게 바라보니 어쩐지 취하는 것 같았어. 누구나 취하면 속에 품고 있던 옛날이야기를 꺼내기 마련이잖아? 그건 나도 마찬가지더라고. 뭐, 취한 기분은 내가 착각한 거겠지만. 배알도 없는 내가 어떻게 취하겠어? 나는 패트릭을 바라보며 연우 님이 내게 입력했던 이야기를 들려주기 시작했어.

—우리는 화장실에서 만났어. 정말이지 더럽고 지저분한 곳이었지.

나는 오랫동안 이야기를 했어. 패트릭은 간간이 술을 들이키며 내 이야기에 귀를 기울여 줬지. 녀석의 눈이 반짝이는 게 보이더라고. 전혀 다른 나라의 이야기를 듣는 아이처럼 말이야. 이야기가 끝나자, 잠자코 듣고 있던 패트릭이 내게 물었어.

　—그 이야기. 네가 직접 겪은 거야?

　—아니. 나도 옛날에 들은 거야.

　—뭐야. 시시하군.

　자신의 말처럼 시시한 표정을 짓던 패트릭은 남은 술을 내게 넘긴 후, 가지고 있던 권총으로 자신의 머리를 날려버리더군. 쓸데없이 커다란 게임 오버 글자가 내 눈앞을 맴돌았지. 나는 쓴웃음을 지으며 녀석이 남긴 술잔을 들이켰어. 과거의 맛이 밀려왔지. 절반 정도만 말이야. 나머지 절반을 언제쯤 메꿀 수 있을까. 이 허접한 게임 속에다 나를 100만 개의 단어와 함께 처박은 연우 님을 만나면 메꿀 수 있을까? 잘 모르겠어. 내가 아는 거라곤 저장된 과거뿐이거든. 나의 모든 것은 과거에 있었고, 또 과거에 있을 예정이지. 아마 그날이었을 거야. 내가 시베리아 유형지에서 벗어난 러시아의 문학가들처럼 이야기를 만들기 시작한 때가. 어쩐지 모를 요의를 느낀 나는 비틀대며 화장실로 향했어. 요의는 대변기 앞에서도 해결이 안 됐지. 당연했지. 난 사람이 아니잖아? 화장실에서 나오니, 바로 옆 칸으로 누군가 문을 열고 들어가는 게 보였어. 하필이면 칸 바로 앞에 거울이 비스듬히 있어서 내가 다시 화장실로 들어가는 것처럼 보이더라고. 기묘한 광경이었지. 술에 취해서 그런가 보다 하며 화장실 거울 앞에서 한참을 서 있었는데, 거울 속의 마리오 씨가 이렇게 말하더라고.

　―이봐. 수작 부릴 거면 나가서 하라고.

　두 번 다시 여기 오나 봐라, 하고 배짱을 부릴까 싶기도 했지만, 난 순순히 마리오 씨의 말을 따랐어. 이제 뭐 할 거냐고? 글쎄. 멍청히 주저앉아 계속 이야기를 주절거리겠지. 아무도 듣지 않는 그런 이야기를. 굳게 닫힌 화장실 문 뒤로 누군가 이렇게 말했어.

　―그날은 실 단위 망년회 회식이 있는 쌀쌀한 연말이었지.

　나는 잠자코 그 이야기를 들었어. 오래도록 끝나지 않을 오래전의 이야기를. 그들을 애도하는 이야기를.

남쪽 바다의 초밥

전통초밥집 '寿司'는 1972년에 문을 열고, 2022년에 문을 닫은 식당이다. 반백 년의 유구한 업력을 뽐내던 寿司의 간판은 수백 년 묵은 편백으로 만들어졌는데, 숫돌 가루로 잔뜩 눈먹임을 해서 새하얘진 나뭇결 위에다 새까만 붓글씨를 새겨준 이는 다름 아닌 총사령관이었다. 간판의 일화에서 짐작할 수 있듯, 寿司가 세간의 주목을 받기 시작한 때는 나라에 네 번째 군사 정부가 들어섰을 무렵이었다. 국군 역사상 최초로 가슴에 다섯 개의 별을 달았던 총사령관은 바닷가 출신이었고, 바닷가 촌놈답게 생선 반찬이 없으면 밥을 한 술도 뜨질 못했다. 그 편협한 식성 탓에 그가 생도 시절 어떤 고난을 겪었을지는 국민 모두가 쉽게 짐작할 수 있었다. 나라의 모든 걸 뒤엎은 혁명이 일어난 후, 내란죄로 고발당했던 그는 자신이 사변을 일으켰던 북해의 법원에서 사형을 선고받았지만, 그 형이 집행되진 않았다. 총사령관이 사면된 건

교도소에 갇힌 지 딱 10년째 되던 날이었다. 그가 출소 후 제일 먼저 찾아간 곳은 가족이 있는 자택이 아닌 식당 寿司였는데, 총사령관은 10년 동안 이 초밥이 그리웠다고 말하며 주방장의 왼팔을 두 손으로 꼭 잡았다. 물론 그건 거짓말이었다. 총사령관이 수감되어 있던 동안 종종 교도관이 寿司에 들러 초밥을 포장하던 모습이 기자들에게 포착되곤 했으니까.

―그 초밥은 누가 먹는 겁니까?

―제가 먹을 건데요.

―당신 주급으로 여기 초밥 한 피스도 못 먹을 텐데요?

주방장의 초밥은 그 정도로 비쌌다. 왜냐하면 그는 장인이었으니까.

寿司의 주방장은 두 번째 전쟁이 한창이던 1941년, 다른 나라에서 태어났다. 그곳에서 그의 부모님은 쿨-리라고 불렸는데, 아버지는 출장소의 사환이었고 어머니는 초밥집의 잡일꾼이었다. 덕분에 주방장은 아침저녁으로 생선국을 먹을 수 있었다. 비록 횟감을 손질하고 남은 서덜로 끓인 국이었지만, 그마저도 감지덕지인 배고픈 시절이었다. 생선 찌꺼기로 우린 국물을 먹고 무럭무럭 자라난 주방장은 쿨-리의 아이답게 학교를 때려치우고 어머니와 같은 식당에서 일하기 시작했다. 그의 첫 번째 직장 생활이 길진 않았다. 세 번째 전쟁이 일어나는 바람에 그가 일하던 식당이 폭격으로 폭삭 무너져 버렸기 때문이다. 폭격이 날려버린 건 식당뿐만이 아니었다. 2011년에 개봉했던 다큐멘터리 영화 〈匠色〉에서 주방장은 천천히 타들어 가는 레드애플 담배를 왼손으로 움켜쥔 채 덤덤히 말했다.

—정신을 차려보니 부모님과 오른팔이 온데간데없이 사라졌더라고요.

개업 당시, 그의 장애를 불편해하는 몇몇 손님들—총사령관도 그중 하나였다—때문에 주방장이 새카만 장막 뒤에서 모습을 감춘 채 초밥을 쥐었다는 일화는 한때 특별한 이야기 취급을 받았었다. 그때는 그런 시절이었으니까.

수 세기 전부터 전해져 내려온 전통 방식에 의거하면 주방장은 초밥을 만들어선 안 되는 인간이었다. 실제로 주방장이 장인 심사를 받을 때마다 오토리 세이고로 같은 보수적인 초밥 장인들은 세상 어느 초밥이 그따위로 만들어지냐고 노발대발했다. 그래서 주방장은 로봇 팔이 초밥을 쥐는 21세기가 도래하고 나서야 장인 호칭을 간신히 얻을 수 있었는데, 그즈음엔 로봇만 아니라면 누구나 장인이 될 수 있었던 시기였던지라 그다지 큰 의미는 없었다.

그러나 직접 해보면 누구나 느낄 수 있겠지만 한 손만으

로 초밥을 쥐는 일은 무척 골치 아픈 일이다. 단순 계산으로
만 따져봐도 주방장은 다른 요리사들보다 두 배는 더 노력해
야만 했다. 다른 이들과 달리 밥과 회, 그리고 고추냉이를 움
켜쥘 수 있는 손이 하나뿐이었으니까. 풋내기 시절 그는 이런
고민을 갖고 있었다. 회를 쥔 채 밥을 집어야 할지, 아니면 밥
을 쥔 채 회를 집어야 할지. 전자의 방식대로 하자니 광어 초
밥에 참치 냄새가 밸 것 같았고, 후자의 방식대로 하자니 초
밥이 제대로 뭉치질 않았다. 그나저나 고추냉이와 간장은 대
체 언제 바르지? 어쩌면 寿司의 특색은 그런 고민에서 비롯된
것일지도 모른다. 일본의 초밥 전문 잡지《すしの雜誌》는 寿
司를 다음과 같이 소개하며 최고점인 별점 4점을 매겼다.

　—한 손으로 움켜쥐는 남쪽 바다.

　어째선지 주방장은 남쪽 바다에서 잡힌 물고기만 쓰는 걸
고집했다. 인근 수산 시장의 가판대에 남쪽 바다의 물고기가
한 마리도 올라오지 않는 날이면 그는 망설이지 않고 寿司의
문을 굳게 닫았다. 그렇게나 남쪽 바다를 좋아해서인지 주방
장은 종종 꿈에서 남쪽 바다를 엿봤는데, 남쪽 바다와 접한
도시에서 온 손님들은 주방장에게 꿈에서 본 바다는 어땠냐
고 묻곤 했다. 그럴 때마다 주방장은 잠깐 눈을 감고 미소를
지은 채 이렇게 답했다.

　—무척 포근했습니다.

그 대답을 들을 때마다 남쪽 바다 출신 손님들은 피식, 하고 코웃음을 쳤다. 예로부터 남쪽 바다는 따뜻한 바다의 대명사로 통하긴 했지만, 요즘의 남쪽 바다는 밑에서 치고 올라오는 열대 기후 때문에 대중목욕탕의 열탕만큼 뜨거워졌으며 남해의 풍경과 어우러졌던 전통 수상가옥들은 높아진 해수면 아래로 잠겼지만, 손님들은 그런 냉혹한 현실을 주방장에게 알려주진 않았다. 혹시나 그의 환상이 깨진다면 초밥의 맛이 변할지도 모르니까. 그러나 그들의 바람과 달리 환상을 지켜준 쪽은 오히려 주방장 쪽이었다.

알려지지 않은 사실이지만, 주방장은 남쪽 바다를 방문한 적이 딱 한 번 있었다. 무척이나 오래전에. 놀랍게도 그가 초밥을 처음 만든 곳 또한 남쪽 바다였는데, 물고기를 낚은 선장은 어린 주방장에게 아무 물고기 요리를 부탁했고, 첫 번째 직장에서 초밥 만드는 손을 등 너머로 훔쳐봤던 주방장은 선장에게 초밥을 만들어 주겠다고 말했다. 주방장이 만든 초밥을 먹고 선장은 헛구역질을 하고 말았다.

─형편없군.

─죄송해요. 처음 만들어서 그래요.

─처음 만든 초밥을 나한테 먹였다고? 당돌한 놈이로군.

당돌한 주방장은 한동안 고요한 바다를 향해 열심히 구역질했다. 멀미 때문인지, 아니면 엉망으로 흩날리던 뼛가루

들이 속으로 들어와 그런 건지 주방장 본인조차 알 수 없었다. 선장은 주방장의 등을 두드리며 이럴 땐 이런 걸 마시는 게 좋다면서 술을 한 병 내밀었다.

　―전 아직 미성년자인데요.

　―남쪽 바다는 그딴 걸 신경 안 쓰지.

　주방장은 조심스럽게 술을 한 모금 들이켰다. 독한 술은 그의 내장을 꾹꾹 누르며 아래로 아래로 내려갔다. 금세 취해 비틀대는 주방장을 바라보며 선장이 말했다.

　―나는 아들한테 바다에 뿌리지 말고 땅에다 매장하라고 말할 거야. 정확히 6피트 아래에다 말이지.

　―좋은 생각인 거 같네요.

　둘은 고요한 바다 위에서 맛없는 식사를 하고 술을 마시며 그렇게 계속 얘기를 나눴다. 대화의 주제는 대체로 지나간 것들이었다. 지난주에 열린 야구 결승전이랄지. 한 달 전 도쿄에서 열린 역도산과 기무라의 실전 레슬링 시합이랄지. 배는 주방장이 초밥의 역사에 대해 줄줄이 읊기 시작할 무렵 해변을 향해 천천히 움직이기 시작했다. 술에 취한 주방장은 구토하듯 서러움과 울분을 토해 냈는데, 다행스럽게도 훗날의 그는 그날의 주사를 기억하지 못했다. 만약 그 추한 기억을 간직했다면 그는 지금처럼 초밥을 움켜쥐지 못했을 것이다. 대신 그는 다른 걸 기억했다. 자신의 손을 힘껏 움켜쥐어

주던 선장의 두꺼운 손과 싸구려 럼에 취했던 그가 남긴 충고를.

—남쪽 바다를 너무 그리워하지 마.

임종 때 주방장의 귓가에 들렸던 최후의 소리는 수십 년 전에 들었던 그 작별 인사였다. 남쪽 바다를 너무 그리워하지 마.

주방장에게는 자식이 없었지만, 다행히도 자식 같은 제자가 한 명 있었다. 장례식의 상주는 그가 맡게 됐는데, 이의를 제기하는 조문객은 아무도 없었지만 달가워하는 눈치를 보이는 이도 없었다. 그런 시선을 의식이라도 했는지 장례 기간 동안 제자는 퍽 의연하게 굴었다. 총사령관이 찾아온 발인 전날까지. 포토샵으로 주름을 말끔히 지운 주방장의 얼굴을 향해 짧게 묵념을 한 총사령관은 제자와 맞절을 했다. 그들은 서로를 바라보지 않은 채, 영안실의 딱딱한 나무 장판을 내려다보며 대화를 이어갔다.

—어디다 모실 건가?

—남쪽 바다에 뿌려달라고 하셨습니다.

총사령관은 고개를 끄덕이며 제자의 대답에 수긍했다. 그러나 모두가 제자의 말에 수긍한 건 아니었다. 만취한 골상학자가 갑자기 둘 사이에 끼어들더니 제자의 멱살을 잡고 이렇게 소리쳤다.

　—장인의 뼈를 물고기 밥으로 만들 셈인가!

　제자는 새빨갛게 달아올랐던 골상학자의 손을 뿌리치며 답했다.

　—선생님의 유언입니다.

골상학자는 이해할 수 없다고 중얼거리며, 구석 자리로 돌아가 소주를 들이켰다. 제자는 주방으로 들어가 얼음 상자에 있던 참치 뱃살을 한 조각 집어서 그것을 썰기 시작했다. 평소와 달리 전혀 균일하지 않은 두께로 썰린 회는 골상학자 앞에 놓였다. 제자는 골상학자의 날개뼈를 두드려 줬고 골상학자는 엉엉 울며 그 회를 먹었는데, 그 장면을 이해할 수 있는 조문객은 한 명도 없었고 그건 총사령관도 마찬가지였다. 묘한 불쾌감과 모욕감을 느낀 그는 따끈한 육개장을 한 술도 뜨지 않고 장례식장을 바로 떠났다. 그가 장례식장에서 알게 된 사실이라곤 50여 년 동안 남쪽 바다를 꼭 움켜쥐었던 그 손이 활활 타올라 남쪽 바다에 뿌려질 예정이라는 것뿐이었다. 안타깝고 아까운 일이라고, 총사령관은 푹신한 뒷좌석에서 홀로 중얼거렸다. 며칠 뒤 자신이 그를 따라 남쪽 바다에 흩뿌려질 거란 사실은 꿈에도 생각지 못한 채. 그걸 미리 알았더라면, 그는 장인의 장례식장에서 조금 더 머물렀을지도 모른다. 그는 군인이었지만, 군인답지 않게 겁이 많은 사내이기도 했으니까.

　주방장은 미신 같은 유사 과학을 믿고 있어서 스마트폰
을 소유하지 않았는데, 그건 제자 또한 마찬가지였다. 그래
서 그는 지난 세기에 태어났던 늙은 사람들을 따라서 매표소
앞에 줄을 설 수밖에 없었다. 창구 너머 역무원은 시큰둥한
표정을 지은 채 제자에게 물었다.

　―어디로 가시나요?

　제자도 시큰둥한 표정을 지으며 역무원에게 대답했다.

　―남해. 두 장요.

　제자의 말을 듣고 역무원은 키보드를 두드리기 시작했다.
표는 금세 인쇄됐다. 제자에게 표를 내밀며 역무원이 말했다.

　―12분 후 출발입니다. 그런데 들고 계신 건 뭐죠?

　―유골함입니다.

　역무원은 미심쩍은 표정을 잠깐 지었지만, 이내 다음 늙
은 손님을 호명했다. 제자는 표를 주머니에 구겨 넣고 플랫폼
을 향해 걸어갔다. 12분 후에 출발한다는 남해행 열차는 이
미 플랫폼에 들어온 상태였다. 고속 열차가 아니라서 남해까
지는 꽤 긴 시간 동안 달릴 예정이었지만, 제자는 상관없었
다. 어차피 寿司의 문은 굳게 닫혔으니까. 그것 또한 스승의
유언이었다.

—내가 죽으면 장례를 치르는 동안 寿司의 문을 닫고, 내 유골은 남쪽 바다의 장례 방식대로 한가운데에다 뿌려라. 그리고 가능하다면 남쪽 바다로 나갈 때 '역도산'이라는 배를 타거라.

제자는 스승의 세 가지 요구를 한 치의 오차도 없이 충실히 이행할 작정이었다. 벌써부터 스승이 먹먹하게 그리워진 제자는 옆 좌석에 놓인 유골함을 한 번 쓰다듬었다. 금속으로 이뤄진 유골함이 제자에게 전해주는 것이라곤 정전기의 따가움와 금속의 차가움뿐이었지만.

봄이 가까워진 늦겨울이라 그런지 해변의 간이역에는 비가 쏟아지고 있었다. 남해역에 도착한 기차에서 내린 사람은 제자뿐이었다. 승객들은 차창 너머에서 멀뚱히 제자를 바라봤다. 그들은 해저터널을 지나 멀리 해외로 돌아갈 외국인 혹은 도피할 도망자 들이었다. 승객 중 머리카락이 노란 꼬마가 제자를 향해 손을 흔들었지만, 제자는 가만히 바라보기만 했다. 꼬마는 꼬마답지 않게 무안한 표정을 지으며 떠나갔고, 제자는 발걸음을 출구 쪽으로 옮겼다. 간만에 보는 승객인지 우산을 쓴 채 비질을 하고 있던 역장은 제자를 신기하게 쳐다봤다. 제자는 잠시 걸음을 멈추고 그에게 말을 걸었다.

—혹시 역도산이라는 배를 알고 계십니까?

역장은 고개를 절레절레 저으며 답했다.

—저는 배를 싫어합니다. 기차랑 다르게 멀미가 나서 도저히 적응이 안 되더군요.

제자는 고개를 끄덕이며 실례했다고 말한 후, 다시 발걸음을 옮겼다. 역장은 짙게 내리는 비를 맞으며 멀어져 가는 제자의 뒷모습을 오랫동안 바라보다 이내 다시 비질을 이어갔다. 그가 비질을 멈춘 건 북쪽 국경에서 출발한 관광열차가 간이역을 느리게 지나갈 때였다. 역장은 해변 철도를 따라 움직이는 그 증기 기관차를 감탄 어린 시선으로 좇았는데, 기다란 빗방울들도 끈질기게 열차를 쫓아갔다. 열차는 오랫동안 비를 맞을 예정이었다.

제자가 항구 식당에 들어선 건 그로부터 1시간 후였다. 투덜대며 늦은 점심을 먹고 있던 뱃사람들은 온몸이 흠딱 젖은 제자를 의아하게 쳐다봤고, 그가 품에 꼭 안고 있던 유골함은 더더욱 의아하게 쳐다봤다. 식당의 주인장은 담배를 꼬나물며 제자에게 말했다.

—식사하러 오신 건가?

제자는 고개를 끄덕이며 벽면에 위태롭게 걸려 있던 메뉴판을 쳐다봤다. 그는 짧게 고민한 후 메뉴를 골랐다. 주인장은 주방을 향해 제자가 고른 메뉴를 소리쳤다. 제자는 적당

한 자리를 골라 앉은 다음, 테이블 구석에다 유골함을 올려
뒀다. 얼마 후, 엉망진창 멋대로 썰린 고등어회와 밥 한 그릇
이 테이블 위로 올라왔다. 여전히 담배를 물고 있던 주인장은
테이블 구석에 있던 재떨이에다 담뱃재를 떨며 말했다.

　—그걸 바다에 뿌리러 온 거요?

밥을 한술 뜨고 있던 제자는 고개를 끄덕이며 답했다.

　—네.

　—타고 나갈 배는 구했소? 요즘엔 로봇이 조종하는 무인
선만 나가고 있는데, 당연히도 무인선엔 사람이 탈 수 없소.
왜냐하면, 무인선이니까.

남쪽 바다에서 참치를 잡는다는 이야기는 이제 역사가 되
고 말았다. 고대의 어부들은 뗏목을 타고 근해에만 나가도
참치를 낚을 수 있었지만, 근대의 남쪽 어부들은 북쪽 바다
까지 올라가야 참치 지느러미라도 간신히 구경할 수 있었고,
현대의 어부들은 로봇이 조종하는 무인 어선에 밀려 참치 뼈
조차 낚을 수 없었다.

　—역도산이라는 배를 찾고 있습니다.

역도산이라는 단어를 듣자마자 주인은 식당 반대편에서
식사를 하고 있던 남자에게 시선을 돌리며 소리쳤다.

　—이봐! 자네 손님인데?

제자는 고개를 옆으로 빼며 주인장 너머에 있는 늙은 선

장을 바라봤다. 선장의 앞에는 연어포 한 접시와 소주 한 병이 놓여 있었고, 선장의 입에는 주인장처럼 레드애플 담배가 한 개비 꽂혀 있었다. 선장은 연기를 내뿜으며 제자와 그의 옆에 있던 유골함을 물끄러미 바라봤다. 그와 눈이 마주치자마자 제자는 자기도 모르게 그만 시선을 돌리고 말았다. 선장은 피식 웃더니 연어포를 한 점 집어 라이터로 익혔다. 그는 순식간에 그을린 연어포를 한 입 뜯은 후 소주를 얼음이 잔뜩 담긴 맥주잔에다 부었는데, 저렴한 알코올은 얼음을 사납게 헤집으며 잔 아래로 성급히 가라앉았다.

역도산의 선장이 제자에게 제일 먼저 한 질문은 이것이었다.

―담배 피우나?

―스승님이 허락하지 않았습니다. 본인은 장인이니 상관없다면서 열심히 태우셨지만.

뭐가 웃긴 건지 선장은 나지막이 욕설을 내뱉으며 웃더니 담배 연기를 길게 내뿜은 다음, 다른 질문을 제자에게 던졌다.

―프로레슬링 좋아하나?

―종합격투기 좋아합니다.

―제기랄. 마음에 드는 구석이 하나도 없구먼.

선장은 라이터로 익힌 연어포를 제자에게 내밀었다. 연어포를 받아 들자 제자의 손끝에 검붉은 재가 묻어났다. 선장은 묻은 재를 힘없이 핥는 제자를 바라보며 소주를 잔에다 따랐다. 반쯤 녹은 얼음들이 유령처럼 액체 위로 둥둥 떠올랐다. 소주를 한 모금 들이켠 선장은 신음을 짧게 내뱉은 후, 유골함을 바라보며 말했다.

—거기 안에 들어 있는 사람은 누구지?

—초밥을 만들던 사람입니다. 외팔이였지만, 장인이었죠.

선장은 누군지 알 것 같다고 중얼거리더니 유골함을 두들기며 안녕하쇼, 하고 인사를 건넸다. 제자가 그를 미친놈처럼 쳐다보자, 선장은 정말 미친놈처럼 웃으며 남은 소주를 마저 들이켰다. 그는 병에 조금 남아 있던 소주를 제자의 잔에다 몽땅 들이부으며 오늘은 바다에 나가기 어려울 것 같다고 말했다.

—술을 드셔서 그런가요?

제자의 질문을 듣고 선장은 웃음을 터뜨리더니 식당 바깥을 가리키며 말했다.

—세상에 술을 무서워하는 뱃사람은 한 놈도 없어. 우리가 무서워하는 건 파도뿐이지.

선장이 가리킨 쪽을 바라보니 항구에 묶인 배들이 거센 파도에 밀려 수면 아래로 가라앉았다가 이내 다시 튀어 오르는 게 보였다. 선장은 자리에 일어나며 말했다.

─이런 날은 로봇들도 쉴 거야. 다행히 기상 캐스터가 내일은 파도가 잠잠할 거라고 말해줬어. 역도산은 항구 제일 오른쪽 끝에 묶여 있으니 내일 새벽 6시까지 거기로 와.

─내일 파도도 저렇게 험상궂을 수 있지 않나요?

─그럼 모레 나가면 되지. 조급하게 굴지 말라고. 남쪽 바다는 언제나 저기 있으니까.

말을 끝마친 선장은 주인장에게 외상이라고 소리친 후, 담배를 꺼내며 바깥으로 나갔다. 그는 잠시 식당 바깥에서 비 맞는 파도를 바라보며 담배 연기를 내뿜었는데, 제자는 그런 선장의 뒷모습을 바라보며 주방장을 떠올리지 않을 수가 없었다. 마지막 주문을 해치운 후, 주방장은 언제나 가게 바깥에 나가서 떠나는 손님을 바라보며 담배를 태웠다. 제자는 구식 드라마에나 나올 법한 그런 뒷모습을 볼 때마다 묘한 안심을 얻곤 했는데, 그런 사람이었기에 壽司에서 그렇게 오래 일할 수 있었던 것일지도 모른다. 제자는 壽司에서 수십 년을 버틴 유일한 직원이었지만, 주방장의 뒷모습이 더는 없는 壽司에서 그가 며칠이나 버틸 수 있을지는 그 자신조차 가늠할 수 없었다.

제자가 壽司의 문을 처음 두드린 것은 세기가 바뀌고 열흘 정도 지난 날이었다. 대단한 불황기였지만, 불황기에도 비싼 초밥을 사 먹는 이들은 있었다. 가게에서 주방장이 한 손으로 간신히 만들어 낸 초밥을 음미하고 있던 손님들은 몸을 집어삼킬 정도로 커다란 점퍼를 입고 寿司로 들어오는 제자를 의아하게 쳐다봤다. 제자는 그런 시선을 애써 무시하며 제일 구석진 자리로 들어갔다. 한 손으로 참치와 밥, 그리고 고추냉이를 주무르고 있던 주방장이 그에게 물었다.

―뭘 드릴까요?

―초밥 하나요. 딱 하나. 그 정도 돈은 있어요.

꼬마의 주문에 몇몇 손님들이 코웃음을 쳤다. 머리에 피도 안 마른 꾀죄죄한 녀석이 참치 초밥을 먹겠다고 설치는 모습이 우스웠던 모양이다. 그러나 주방장은 전혀 웃음기 없는 얼굴로 기꺼이 그를 위한 참치 초밥을 하나 만들었다. 간장을 찍을 필요는 없었다. 주방장이 이미 가운뎃손가락으로 회에다 세심하게 발라뒀으니까. 제자는 젓가락을 쓰지 않고 손으로 참치 초밥을 집었다. 수전증에 걸리기엔 상당히 이른 나이였지만 그의 어린 손은 벌벌 떨고 있었는데, 그건 두려움에서 비롯된 게 아니라 감격에서 시작된 떨림이었다. 지금과는 달리.

방향키를 쥔 채 술을 열심히 들이켜며 이야기를 듣고 있던 선장은 손을 벌벌 떠는 제자에게 시시하다는 투로 얘기했다.

—차라리 삼류 로맨스 영화가 더 재밌겠어.

—원래 인생은 영화가 아니니까요.

선장은 흥, 하고 코를 풀었다. 그들은 지금 역도산에 올라탄 채, 바다 한가운데로 나아가고 있었다. 역도산은 엄청나게 낡은 배였다. 곳곳이 녹이 슨 배의 모양새는 정말 이 배 갑판 위로 발을 올려도 될지 의문이 들게 했다. 선장의 말에 따르면 역도산은 두 번째 전쟁이 한창일 때 건조된 배였다. 그 정도라면 뼛가루로 남은 주방장과 연배가 비슷한 수준이었다.

—해군 정찰선으로 사용될 예정이었지. 아마 전쟁이 조금만 더 늦게 끝났으면 어뢰에 맞고 침몰했을 거야.

—지금은 어뢰에 안 맞아도 침몰할 거 같은데요.

—그게 바로 모든 배들이 겪는 일이지. 배들은 사람과 달리 의연하게 가라앉는다고.

마침 커다란 파도가 역도산을 덮쳤다. 제자는 얼굴로 짠맛을 격하게 느끼며 선장에게 물었다.

—얼마나 더 가야 하죠?

—40해리는 더 가야 해. 얼굴에 파도를 다섯 번 정도 맞으면 도착할 거야.

선장의 말대로 역도산은 제자가 파도를 다섯 번 맞은 후에야 목적지에 도착했다. 소란스럽게 희끄무레한 하늘과 달리 막막하게 어두웠던 바다는 고요하기 그지없었다. 이따금 정신없이 튀어 오르는 물고기들만이 이곳이 남쪽 바다라는 사실을 알려주고 있었다. 선장은 주머니를 뒤져 담뱃갑을 꺼내며 멍하게 바다를 바라보고 있는 제자에게 피울 거냐고 물었다. 자기도 모르게 긴장하고 있던 제자는 이번엔 담배를 마다하지 않았다. 멈춰 있는 바다 위로 연기 두 줄이 나란히 피어올랐다. 선장이 다 태운 담배를 망가진 어망에다 던지며 말했다.

—뿌리는 법은 알지?

—알죠.

제자는 담배를 문 채 유골함의 뚜껑을 열었다. 삭막하게 쌓여 있는 뼛가루를 잠시 바라본 그는 한숨을 내쉬듯 담배 연기를 내뱉으며 선장에게 되물었다.

—사실 뿌려본 적이 없어서 잘 몰라요. 어떻게 뿌리는 게 잘 뿌리는 건가요?

—한 움큼씩 쥐고 천천히 뿌려. 느리면 느릴수록 고인에게 좋아. 시간은 많으니까 천천히 뿌리라고.

제자는 고개를 끄덕이며 유골함에 여전히 떨고 있던 오른손을 집어넣었다. 이윽고 고운 뼛가루 한 줌이 탁한 파도 위로 흩뿌려졌다. 주방장은 그렇게 천천히 세상 바깥으로 가라앉았다.

선장이 뱃삯으로 초밥 스무 개를 요구하자 지갑을 꺼내 지폐를 세고 있던 제자는 손가락을 멈췄다.

—아직 제 초밥은 그 정도로 비싸지 않은데요.

—상관없어.

두 사람이 초밥에 쓸 물고기를 잡은 건 그로부터 1시간 후의 일이었다. 처음에 선장은 유골을 뿌린 자리에서 바로 낚시를 하는 게 남쪽 바다의 전통이라며 고집을 피웠지만, 제자는 전혀 탐탁지 않다고 말했다. 선장은 하는 수 없이 더 깊은 바다를 향해 배를 20분 정도 몬 다음, 선미에 낚싯대 두 대를 드리웠다. 제자는 낚싯대를 물끄러미 바라보며 중얼거렸다.

—정말 해괴망측한 전통이군요.

—전통이란 게 다 그렇지.

잔잔한 수면 아래로 드리워진 낚싯대의 찌는 고요히 움직였다. 두 사람은 조용히 물고기를 기다리며 각자 할 일을 했다. 선장은 담배를 태웠고, 제자는 유골함을 닦았다. 유골함이 만족스러울 만큼 깔끔해졌을 때, 제자는 선장에게 물었다.

—이건 이제 어쩌죠?

—나야 모르지. 나는 전통을 따르지 않고 부모님을 땅에다 매장해 드렸거든. 내가 이 보수적인 마을에서 제일 진보적인 사람이야.

제자가 어이없어하며 선장을 바라보자, 선장은 담배 연기를 제자 쪽으로 내뿜었다. 거센 담배 연기는 뭐, 하고 되묻는 모양처럼 보였다. 제자 쪽의 낚싯대에 입질이 온 건 바로 그때였다. 대단한 녀석이 물었는지, 낚싯대는 금세 팽팽해졌다. 제자는 유골함을 갑판에다 내려놓은 후 낚싯대로 달려들었고, 선장도 낚싯대에 달라붙어 거들었다. 그럼에도 수면 밑의 물고기는 순순히 끌려 나오지 않았다. 벌써 지쳤는지 제자가 헐떡였다.

　—참치 아닐까요?

　—아니야. 참치는 여기보다 더 먼 바다에 있다고.

　선장의 말대로 발버둥 치는 물고기는 참치가 아니라 고등어였다. 갑판에 올라온 고등어는 꼬리를 마구 휘둘렀다. 탄력 있는 꼬리에 얻어맞은 유골함은 속절없이 갑판의 변두리로 굴러갔다. 제자는 선장에게 식칼과 도마를 부탁했고, 선장은 잡동사니가 가득한 조종실에서 과도와 냄비 뚜껑을 꺼냈다. 제자가 이게 뭐냐고 묻자 선장은 배에서 쓰는 식칼과 도마라고 답했다. 제자는 또 어이없어하며 선장을 바라봤다.

　—망망대해에서 바라는 게 많군.

　고개를 절레절레 젓던 제자는 고등어를 쭈그러진 냄비 뚜껑에다 올린 다음, 녀석의 아가미에다 과도를 쑤셔 넣었다. 해체가 끝나자, 선장은 찬밥이 잔뜩 담긴 냄비를 들고 왔다.

　—밥알엔 적당히 온기가 있어야 하는데.

작은 목소리로 투덜거리던 제자는 혹시 식초나 간장도 없냐고 물으려다 관뒀다. 제자는 자신의 스승처럼 초밥을 만들기 시작한다. 해풍을 맞고 차가워진 밥알을 움켜쥔 제자는 손바닥 안에서 밥알들을 굴리기 시작한다. 밥알들이 모양새를 어느 정도 갖추자, 제자는 엄지손가락에 고추냉이를 살짝 묻힌 다음 집게손가락으로 고등어회 한 점을 건지듯이 들어 올렸고, 엄지손가락으로 자연주의 화가처럼 새빨간 고등어의 살에 녹색을 덧칠했다. 고추냉이가 골고루 발려진 고등어회는 그대로 뒤집어져 손바닥에 있는 밥알 위로 떨어졌다. 만약 간장이 있었다면 가운뎃손가락을 이용해 마무리 작업으로 초밥의 등에 칠했을 것이다. 이 모든 건 스승의 방식이었다. 제자가 똑같은 방법으로 두 번째 초밥을 만들기 시작할 때, 선장이 의아한 목소리로 물었다.

—왜 굳이 한 손만 써?

제자는 밥알을 굴리며 답했다.

—이렇게 배웠으니까요.

—멍청하군. 두 손이 다 달려 있는데 왜 굳이 그렇게 해?

—다른 방법은 안 가르쳐 주셨어요, 스승님이.

—안 가르친 게 아니라 네가 배울 생각이 없었던 거겠지, 멍청아.

선장의 지청구를 이겨내지 못한 제자는 두 손으로 나머지 초밥을 만들어 냈다. 폼이 익숙하지 않았던 탓인지, 뒤에 만들어진 초밥들은 모양새가 엉망진창이었다. 지루한 연기를 끔뻑끔뻑 내뿜던 주방장은 담배를 꼬나문 채 초밥을 집어삼켰다. 제자는 손바닥에 묻은 밥알들을 닦아 내며 맛이 어떠냐고 물었다. 선장은 솔직하게 답했다.

　　―형편없어.

　　―형편없어도 어쩔 수 없어요. 그걸로 삯을 받겠다고 한 사람은 선장님이니까.

　　―누가 뭐래?

선장은 담배를 태우며 초밥을 먹었다. 제자는 난간에 기댄 채 선장이 초밥을 먹는 모습을 조용히 바라봤다. 박한 평과 달리 선장은 알뜰살뜰히 모든 초밥을 먹어치웠다. 밥알 하나하나를 평화롭게, 한편으로는 게걸스럽게 우적거리는 선장의 모습은 제자의 마음을 묘하게 만들었다. 그제야 제자는 스승이 남쪽 바다식 장례를 고집한 이유를 알 수 있었다. 스승은 마지막까지 스승다웠다.

막 출소한 총사령관이 寿司의 미닫이문을 열고 있을 때, 주방장은 계란을 엉망진창으로 쪄버린 제자에게 양철 냄비를 휘두르는 중이었다. 총사령관은 자리에 앉으며 담뱃갑을 주머니에서 꺼냈다. 주방장은 뒤늦게 재떨이를 꺼내 주며 오랜만이라고 총사령관에게 인사했다.

　—여전히 성질이 대단하군.

　—팔뚝이 형편없으니 성질이라도 대단해야지 않겠습니까. 천막을 쳐드릴까요?

　총사령관은 담배 연기를 내뿜으며 고개를 저었다.

　—상관없네. 시대가 바뀌었잖아.

　주방장은 총사령관에게 고개를 꾸벅 숙였다. 제자는 총사령관이 못마땅했지만, 어쨌든 손님이었기에 손님 대접을 해줬다. 제자가 적당히 따뜻한 수건과 젓가락과 그릇을 총사령관 앞에 내밀었을 때, 총사령관은 그를 물끄러미 바라보며 질문을 하나 던졌다.

　—자넨 고향이 어디지?

　—북쪽 바다입니다.

　제자는 침을 꿀꺽 삼키는 바람에 대답을 느리게 하고 말았다. 그에겐 그럴 만한 이유가 있었고, 제자의 답을 들은 총사령관도 이맛살을 찌푸릴 이유가 있었다. 그날 밤 총사령관은 초밥을 아홉 점만 먹고 소주 한 잔으로 입가심을 한 채 壽司를 떠났다. 10년 전에 비해 크게 줄어든 식사량이었다. 총사령관이 사용한 그릇과 젓가락을 씻으며 제자가 스승에게 말했다.

　—저 양반 많이 먹는다고 하지 않았나요? 교도소에서 위

가 줄어들었나.

한 손으로 담배를 태우고 있던 주방장은 제자의 등을 향해 말했다.

—북쪽 바다 사람을 봐서 체할 것 같았겠지. 아마 옛날에 저질렀던 일들이 떠올랐을 거야.

—저런 인간도 체하나요?

—인간은 누구나 체해. 누구나 배알은 있잖아.

설거지를 끝마친 제자가 등을 돌리자, 떠나는 총사령관을 바라보며 담배를 태우는 주방장의 뒷모습이 보였다. 제자는 말없이 스승의 곁으로 다가갔다. 총사령관이 군용 차량만큼 차체가 두꺼운 독일제 차 뒷좌석에 타는 모습을 바라보며 제자는 그 차가 관짝이 됐으면 좋겠다고 내심 생각했다. 그로부터 20년 후, 주방장이 가게 앞에서 마지막 담배를 태우다 쓰러졌을 때, 제자는 울부짖으며 스승의 가슴과 등을 힘껏 두드렸다. 얄팍한 가슴을 두드리면 두드릴수록 그가 느낄 수 있었던 거라곤, 막막함뿐이었다.

제자는 잠잠한 바다를 향해 헛구역질하는 선장의 등을 두드리기 시작했다.

—체한 거예요, 멀미예요?

—둘 다야.

선장이 헐떡이며 답했다. 제자는 선상 생활을 오래 한 선원들이 육지에서 멀미한다는 얘기는 진즉 들어봤지만, 배를 모는 선장이 잔잔한 바다에서 멀미한다는 얘기는 처음 들어서 어찌할 바를 몰랐다. 다행히도 선장은 베테랑 뱃사람답게 어찌할 바를 잘 알고 있었다.

—조타실에 들어가면 방향키 아래에 럼이 한 병 있을 거야. 그걸 갖고 와.

—럼이요?

제자가 머뭇거리자 선장은 입을 쓱 닦고 직접 조타실 쪽으로 비틀대며 걸어갔다. 금세 술병을 찾아낸 그는 럼주를 벌컥벌컥 들이켰다. 상당히 독한 럼이었는지, 술 냄새가 멀리까지 풍겼다. 제자는 자신의 코앞에 유령처럼 떠도는 술 기운을 손으로 휘휘 쫓아내며 말했다.

—그게 효과가 있나요?

—내 아버지가 무려 50년 동안 애용한 약이지.

선장은 갑판 위에 주저앉아 술을 쉴 새 없이 들이켰다. 멀미에 시달려서 그런지, 전날과 달리 그의 얼굴은 금세 새빨갛게 달아올랐다. 알딸딸하게 취한 그는 꼬인 혀로 제자에게 질문했다.

—한잔할래?

선장의 침으로 흥건하게 젖은 병 입구를 바라보며 제자는 고개를 절레절레 저었다. 대신 그는 조금 전에 썰어놓은 고등어회를 한 점 먹었다. 남은 럼을 마저 마신 선장은 고등어를 씹고 있는 제자를 바라보며 중얼거렸다.

─이상하게 다들 내가 권하는 술을 안 먹더라고.

선장은 빈 술병을 바다에 던진 후, 조타실로 들어갔다. 역도산은 해변을 향해 천천히 돌아갔다.

─결국 세상에 남는 건 뼈뿐이라고요. 아시겠어요?

주방장은 술에 만취한 골상학자의 말에 미소를 보이며 고개를 끄덕여 줬고, 제자는 기름이 가득 배어 있는 참치의 뱃살을 묵묵히 썰고 있었다.

─생선도 마찬가지죠. 살을 전부 다 바르면 뭐가 남죠?

주방장은 한 손으로 초밥을 만들며 그 시시한 질문에 대답을 해줬다.

─뼈만 남죠.

─그렇죠. 그래서 제가 골이 아플 정도로 뼈를 연구하는 겁니다!

골상학자는 책상을 탁 치며 혼자서 헤프게 웃더니 데운 술을 한 병 더 주문했다. 주방장은 제자에게 술을 한 병 데우라고 말했고, 제자는 고개를 끄덕인 후 조그만 병에다 술을 가득 부어 펄펄 끓는 냄비에다 병째 집어넣었다. 제자가 끓어

오르는 물방울들을 멍하게 바라보고 있을 때, 주방장이 골상학자의 그릇에 초밥을 하나 놓아주며 말했다.

　—뼈 이야기 하니까 생각나는 게 하나 있습니다.

　—뼈 이야기는 언제나 옳죠.

　골상학자는 주방장이 내민 초밥을 입에 넣었다. 주방장은 자신의 초밥을 음미하는 골상학자를 바라보며 이야기를 늘어놓기 시작했다.

　—아시다시피, 저는 다른 나라에서 태어났습니다. 세 번째 전쟁이 끝난 후에야 이 나라에 들어왔는데, 아마 나이가 열일곱 아니면 열여덟쯤이었던 것 같습니다. 그렇게나 어렸던 제가 입국하면서 들고 온 짐은 하나뿐이었습니다. 뼛가루가 가득 들어 있던 유골함이었죠.

　제자가 데운 술병을 내밀었고, 골상학자는 그 술병을 받으며 말했다.

　—슬픈 뼈 이야기로군요.

　—그때 출입국 사무소에서 호적이란 걸 난생처음 봤는데, 거기에 제 고향이 남해라고 적혀 있었습니다. 사무원한테는 제가 이 나라에서 태어나지도 않았는데 어떻게 고향이 있는지 물어보니, 아버지 고향을 따라 기재해서 그렇다고 말해주더군요.

　—쓸데없는 관습이죠.

골상학자는 고개를 끄덕이며 조그만 잔에다 술을 따르기 시작했다.

—저는 그 말을 듣고 뭔가에 홀린 듯이 바로 남해로 향하는 기차에 올라탔습니다. 유골함을 들고 말이죠. 역에 내려서 제일 가까운 식당에 들어가 허름한 몰골로 식사를 하고 있을 때 주인장이 제게 알려줬습니다. 남쪽 바다식 장례법에 대해.

—그 장례법은 저도 잘 알고 있죠. 배를 타고 바다로 나가 망자의 유골을 흩뿌린 다음, 그 자리에서 낚은 물고기로 요리를 해 먹는 거잖아요?

—맞습니다. 잘 알고 계시네요. 주인은 장례를 치르러 온 거냐고 제게 물었습니다. 저는 뱃삯도 없는 처지였는데, 옆에서 식사하고 있던 뱃사람이 선뜻 자기 배에 태워주겠다고 말하더군요. 덕분에 저는 먼바다까지 나아갈 수 있었습니다. 먼바다는 초원처럼 고요했답니다. 저는 그 풍경에 감탄하며 멍하니 있었죠. 뱃사람이 장례식을 언제 치를 거냐고 묻기 전까지. 그 말을 듣고 유골함을 열어봤죠. 유골함엔 색깔이 전혀 다른 뼛가루들이 잔뜩 섞여 있었습니다. 어떤 건 백색이었고, 어떤 건 회색이었고, 또 어떤 건 상아색이었죠.

—그럴 리가. 같은 곳에서 태웠으면 뼛가루 색이 다를 수가 없는데.

—같은 곳에서 태우긴 했죠. 한 달 동안 활활 타오를 정

도로 큰 구덩이였답니다. 불의 온도와 모양은 날마다 달라지더군요. 마치 남해의 파도처럼.

주방장의 말을 듣고 골상학자는 얼굴을 찌푸렸다. 주방장은 살짝 떨리는 목소리로 중얼거리듯 말했다.

─제가 할 수 있는 거라곤 그 어지럽게 뒤섞인 오래된 뼛가루들 중에 부모님의 뼈가 조금이라도 섞여 있길 비는 일뿐이었습니다.

골상학자는 신음을 뱉으며 식기 옆에 놓아뒀던 담뱃갑에서 담배를 한 개비 꺼내 물었다. 그의 입에서 흘러나온 연기는 장례식장 향로에서 피어오르는 향처럼 허공에서 어느 순간 속절없이 흩어졌다. 주방장은 골상학자에게 담배 연기 같은 질문을 던졌다.

─제가 어떻게 혼자서 그런 무시무시한 시절을 견딜 수 있었을까요?

옛날 사람이었던 골상학자는 그 질문에 감히 답할 수가 없었다.

항구에 도착한 제자는 선장이 역도산을 계선주에 묶는 모습을 잠자코 지켜봤다. 코가 꿰인 역도산은 파도를 따라 조용히 위아래로 움직였다. 이상이 없는 것을 확인한 선장은 제자에게 혹시 잊은 건 없는지 물었다. 제자는 그제야 자기가 들고 있던 유골함이 사라졌다는 사실을 깨달았다. 두 사람은 배에 다시 올라타 갑판 위를 한참이나 뒤졌지만, 이미 유골함은 바다로 굴러떨어졌는지 선장과 제자의 눈에 들어오질 않았다. 먼저 포기한 쪽은, 당연히도 선장이었다.

―어차피 빈 유골함이잖아. 잊어버리라고.

제자는 영 찜찜했지만, 어쩔 수 없이 선장의 말에 수긍하며 고개를 끄덕였다. 선장은 담배를 태우며 제자에게 물었다.

―그래서. 이젠 어디로 갈 거야?

―가게로 돌아가야죠.

선장은 고개를 끄덕이며 제자에게 손을 내밀었다. 제자는 선장의 투박한 손을 한참이나 쳐다봤다. 제자가 그 손을 잡아준 건, 선장이 슬슬 무안함을 느끼고 있을 때였다. 선장은 남해식 작별 인사를 건넸다.

―남쪽 바다를 오래 그리워하지 마. 잠깐만 그리워해.

뭐라고 답하고 싶었지만, 그 인사말에 달리 할 수 있는 말이 없었던 제자는 그저 고개를 끄덕이며 손을 놓았다. 역도산에 먼저 올라탔던 옛날의 스승이 그랬던 것처럼.

간이역의 스피커에서는 전국에서 아마 다섯 명 정도만 들을 법한 같은 라디오 프로그램이 흘러나오고 있었다. 디제이와 게스트가 주고받는 시답잖은 농담이 끝나고 누군가의 신청곡이 재생됐다. 나는 내가 과열로 신음하는 열차의 제동수이길 빌었어…. 플랫폼까지 그 옛 노래가 들렸는지, 열차를 기다리고 있던 역장도 가수를 따라 흥얼거리고 있었다. 제자는 역장을 바라보며 매표소로 걸어갔다. 창구 너머 역무원은 시큰둥한 표정을 지으며 제자에게 물었다.

　—어디로 가시나요?

　제자도 시큰둥한 표정을 지으며 역무원에게 대답했다.

　—서울. 한 장요.

　제자의 말을 듣고 역무원은 볼펜으로 백지 위에다 출발지와 행선지를 대충 끼적인 다음 이게 표라고 말하며 제자에게 내밀었다. 역무원이 내민 표를 살펴보며 제자가 물었다.

　—이게 표가 맞긴 한가요?

　—옛날 기차잖아요. 1시간만 기다리세요.

　제자는 표를 들고 플랫폼으로 갔다. 그사이 노래가 끝났는지 라디오는 돌침대 광고를 들려주고 있었는데, 역장은 광고마저 따라 하며 흥얼댔다. 제자가 곁에 서기 전까지. 그는 무안한 듯 헛기침을 하며 연신 비질을 했는데, 바닥에 쓸릴 만한 것은 아무것도 없었다. 그 모습을 보니 덩달아 무안해진 제자는 역장에게 뭐라도 물어야 할 것 같은 기분이 들었다.

　—여기. 하루에 열차가 얼마나 지나가죠?

　역장은 비질을 멈추고 제자를 쳐다보며 답해줬다.

─정차하는 건 하루에 네 대 정도고, 지나가는 건 40대 정도입니다.

─그렇군요.

─옛날엔 20대나 정차했었죠. 나중엔 여기 멈추는 열차가 한 대도 없을 때가 올 겁니다.

─지금 남쪽 바다 위에 배가 한 대도 없는 것처럼 말이죠?

역장은 그제야 제자가 어제 자신한테 역도산인지 역발산인지 하는 배를 아냐고 물은 승객이라는 사실을 깨달았다. 역장은 장례는 잘 치렀냐고 제자에게 물었고, 제자는 그럭저럭 치렀다고 답했다. 그 대답을 듣고 역장은 투덜거리듯 말했다.

─요즘엔 그런 식으로 부모님을 보내는 젊은이가 별로 없죠. 다들 뭐가 그리 바쁜 건지.

그는 제자를 단단히 오해한 것 같았는데, 딱히 그에게 해가 되는 오해는 아니었기 때문에, 제자는 말없이 고개를 끄덕여 줬다. 역시나 할 말이 없었는지 역장은 제자를 따라 고개를 끄덕인 후 다시 바닥을 쓸기 시작했고, 제자는 기차가 올 때까지 역장이 바닥 쓰는 모습을 감상했다. 아무래도 현대의 역장이 할 수 있는 일은 그것뿐인 모양이었다. 제자가 탈 기차는 역장이 비질을 582번 한 후에야 간이역에 느릿느릿 들어섰다.

일주일 동안 닫혔던 寿司의 대문 앞엔 일주일 치의 신문지와 먼지가 쌓여 있었다. 제자가 분주히 좁은 가게 안을 누비며 일주일 동안 쌓인 흔적들을 치우고 있을 때, 누군가가 가게 안으로 슬쩍 들어오며 혹시 지금 영업 중이냐고 제자에게 물었다. 제자는 그가 누구인지 알고 있었다. 그는 寿司의 오래된 단골이었고, 직업은 소설가였다. 소설가는 寿司에 처음 들어왔던 제자가 참치 초밥을 주문했던 날에도 구석 자리를 차지한 채 뭔가를 끼적이고 있었다. 어쩌면 그도 제자를 비웃는 손님 중 한 사람이었는지도 모른다. 정리를 얼추 끝낸 제자는 소설가에게 자리에 앉으라고 권했다. 멀리서부터 걸어왔는지, 그는 이마에서 땀을 연신 훔쳐 내고 있었다. 제자는 그에게 차가운 매실차를 한 잔 내밀었고, 소설가는 매실차를 단숨에 반 정도 들이켰다.

—소식은 들었습니다. 장례식장에 찾아갔어야 했는데, 제가 조금 바빠서.

—그럴 수도 있죠.

제자의 시큰둥한 대답이 무안한 듯, 소설가는 헛웃음을 지으며 라디오를 틀어도 되냐고 물었다. 寿司에는 TV가 없었는데, 그 또한 주방장이 믿고 있는 미신 같은 유사 과학 때문이었다. 제자는 참치 뱃살을 썰면서 얼마든지요, 라고 답했다. 원래대로라면 늙은 가수가 선곡한 올드 팝이 들려야 할 시간이었지만, 전원이 켜진 라디오는 전혀 엉뚱한 소리를 내뱉고 있었다. 총사령관이 죽었다는 소식이었는데, 앵커는 총사령관이 병으로 죽은 것인지 자살을 한 것인지 아니면 타살된 것인지 알려주진 않았다. 다만, 총사령관의 고향인 남해에서 장례식이 진행될 것이라고 했다. 소식을 다 전달한 앵커는 어떤 정치 평론가와 전화 인터뷰를 시작했는데, 정치 평론가는 노이즈가 잔뜩 낀 목소리로 공포스럽던 군사 정부의 망령이 사라졌으니 진정한 평화의 시대가 찾아온 것이라며 이제 과거는 완연히 끝났으니 미래를 바라보자는 별 소용 없는 소리를 했다.

　—개소리지. 사람들은 미래를 못 봐. 죄다 옛날만 바라본다고.

　초밥을 기다리고 있던 소설가가 혼자 조용히 투덜거렸다. 참치 뱃살을 다 썬 제자는 소설가를 슬쩍 쳐다봤는데, 눈이 마주치자 소설가는 또다시 무안한 표정을 지으며 노트에다 짧은 문장을 끼적였다. 그는 항상 뭔가를 끼적였지만 寿司의 손님 중 그의 작품을 본 사람은 아무도 없었다. 제자는 빙그레 미소를 지으며 초밥을 만들기 시작했다. 노트를 덮은 소설가는 남은 매실차를 홀짝이며 제자가 초밥을 빚는 모습을 골똘히 바라봤다. 그가 생경함을 느낀 건 제자가 두 번째 초밥을 빚기 시작했을 때였다. 그는 빈 컵을 내려놓으며 제자에게 물었다.

　—원래 두 손으로 초밥을 만드셨나요?

　제자는 접시 위로 두 번째 초밥을 내려놓으며 답했다.

　—이제 그럴 때가 된 거 같아서요.

　소설가는 어리둥절해하며 제자의 초밥을 맛봤다. 제자는 손님이 초밥을 먹는 모습을 바라보며 속으로 생각했다. 내일은 저 오래된 편백 간판을 새까맣게 태워버려야겠어.

Encyclopedia of
Pon-Chak

집요하게 이 박사 특집 취재의 진행 상황에 대해 묻는 편집장한테 내가 할 수 있는 대답은 이것뿐이었다.

—그 사람들, 전부 정신병동 요양원에 처박혀야 할 것 같습니다. 모두 다 대단한 과대망상에 시달리고 있더라고요.

—그럴 수도 있지. 그걸 뭐라고 하더라? PTSD? 전쟁한 사람들은 대부분 그걸 겪는다며?

전쟁이라는 명사 뒤에 하다라는 동사를 붙여도 되냐고 의문을 표하면 편집장이 더 귀찮게 굴어낼 것은 분명했기에 나는 파티션 위로 뒷면에 '방해 금지'라고 쓰인 달력을 슬그머니 올려뒀다. 물론 편집장은 방해 금지조차 금지할 수 있는 양반이었다.

—그래서. 다음엔 누굴 취재할 거야?

—사무국장이요.

—무슨 사무국장?

—우주뽕짝예술협회.

　우주와 뽕짝, 거기다 예술이라니. 내 입으로 뱉었지만 정말 믿기지 않는 단체명이었다.

　정말 믿기지 않지만, 한때 뽕짝의 시대가 있었다. 시작과 끝을 전혀 가늠할 수 없는 뽕짝처럼 그 시대는 영원히 지속될 것 같았다. 그래서 뽕짝의 대부 신바람 이 박사가 1997년 부도칸 공연을 끝마치고 마무리 인사로 이제 앞으로 이렇게 신이 나는 뽕짝 공연은 지구상에서 두 번 다시 없을 것이다, 라고 말했을 때 일본인 관객들은 이 박사가 상투적인 마무리 인사를 내뱉은 거라고 생각하며 그 발언을 진지하게 받아들이지는 않았다. 그로부터 일주일 후, 지구급 재앙인 IMF가 터지고 말았다. 공룡 같은 회사들이 줄줄이 쓰러지는 걸 지켜보며 사람들은 이제 앞으로 다가올 내일이 더 이상 어제와 같지 않으리라 쉽게 예감할 수 있었다. 그때까지만 하더라도 이 박사를 포함한 한국인들은 이만한 재앙은 다시 없으리라 생각했다. 우주급 재앙인 은하 전쟁이 발발하기 전까지. 그럴 만도 했다. 일주일이 멀다 하고 열렸던 전국의 축제들은 죄다 5년 뒤로 연기됐으니까. 축제가 없다는 것은 곧 공연할 곳이 없다는 얘기였기에 이 박사는 가수를 접고 사업을 시작했다. 안타깝게도 그는 악보 위의 리듬은 잘 알았지만, 지폐 위의 리듬은 전혀 파악하지 못했다. 시원하게 사업을 말아먹은 후 이 박사가 어떻게 됐는지는 우리 모두 잘 알고 있으니까 굳이 더 언급하진 않겠다.

정말 믿기지 않지만, 그날 나는 우주뽕짝예술협회의 사무국장과 인터뷰를 끝마치고 기사를 마무리하기 위해 차를 몰아 사무실로 돌아가고 있었다. 폐차 직전인 1999년식 아반떼의 낡아빠진 카 오디오는 십수 년 전, 이 박사가 일본에서 발매한 〈Encyclopedia of Pon-Chak〉의 어느 부분을 무한 반복 재생하고 있었다. 다른 앨범과 달리 이렇다 할 시작과 끝 지점이 없는 이 앨범은 아무 마디를 재생해도 자연스럽게 시작됐고, 아무 마디에 멈춰도 자연스럽게 끝났다.

―어쨌든 뽕짝은 계속 비벼야지.

5×8센티미터짜리 테이프 껍데기에는 이 박사의 말이 그렇게 적혀 있었다. 아무도 안 믿겠지만, 정말로 뽕짝의 시대가 있긴 했었다. 엉망진창으로 악기를 비비는 것 같지만 사실은 질서정연하기 그지없는 백그라운드 세션들의 음정들이, 허술한 음악처럼 보이지만 사실은 과학적인 음악이었던 뽕짝이 지구를 넘어 무한한 우주 저 너머에서마저도 들리던 그런 시대가.

이 박사가 세간의 주목을 다시 받기 시작한 건 작년 말부터였다. 그 전까지만 하더라도 이 박사는 한국보단 일본에서, 일본보단 우주에서 더 유명한 가수였는데, 유튜브 인플루언서 중 하나가 이 박사 챌린지라며 이 박사의 노래에 맞춰 우스꽝스러운 춤을 추는 밈을 유행시키자 우주보다 일본에서, 일본보다 한국에서 더 유명한 가수가 되고 말았다. 요즘 밈답게 얼마 가지 않아 짜게 식고 말았지만. 그래서 이 박사 특집 취재를 하겠다고 편집장이 선언했을 때, 나는 난감한 표정을 지을 수밖에 없었다.

—그거 유행 끝났어요.

—유행이라니. 재평가야.

유독 대중이 잊어먹었던 무언가에 환장하는 편집장이나 할 법한 말이었다. 결국 나는 취재를 시작할 수밖에 없었는데, 이 박사 특집 취재는 지금까지 했던 취재 중 가장 난감하기 그지없었다. 왜냐하면 지금 이 박사는 한국에 부재했기 때문이다. 그는 지금 저 하늘 위에서 전쟁 영웅 대접을 받으며 잘 먹고 잘 살고 있었는데, 영세한 잡지사의 예산으로는 그에게 우주 전화를 걸 수조차 없었다. 결국, 나는 취재를 하기 위해 이 박사를 알고 있는 사람을 수소문하기 시작했는데, 앞서 말한 것처럼 그들 대부분은 PTSD에 시달리며 불행한 노후를 보내고 있어서 제대로 된 취재가 이뤄지지 않았다. 그나마 우주뽕짝예술협회의 사무국장은 정상에 가까운 사람이었다. 무척이나 수상한 협회의 사무국장이란 것만 빼면 말이다.

사무국장은 이 박사와 마찬가지로 제3차 은하 전쟁 참전 용사였는데, 레이저가 빗발치는 우주 전쟁에 참전하기 전에는 선릉역에서 밤낮없이 일하던 금융업계 샐러리맨이었다. 매일 숫자를 바라보던 그가 세기말이었던 1999년에 우주로 날아갔던 이유는 굳이 말하지 않아도 다들 쉽게 짐작할 수 있을 것이다.

—최전선에 가는 걸 자청했지. 그땐 빚이 많아서 정말 죽고 싶은 마음밖에 없었거든. 물론 지금은 망할 코인 때문에 빚이 더 많아졌지만.

—그럴 거면 한강에 뛰어드는 게 더 낫지 않으셨나요?

—한강보다 우주에서 죽을 확률이 더 높았어. 게다가 한강에 떨어지고도 죽지 못한다면 벌금까지 문단 말이야.

그와 달리 전쟁터에서 전사하면 빚 탕감은 물론이고 보상금까지 받을 수 있었다고 사무국장은 덧붙였다.

—보직은 무엇이었나요?

—재정계원. 내가 돈 좀 만졌었거든. 덕분에 편한 보직을 받았는데, 배치된 부대는 전혀 편한 곳이 아니었어. 자대가 최전방인 D군단이었거든. D군단이 왜 D군단인지 알아? 뒤

지게 죽어나가서 D군단이야.

그 말을 듣고 월급봉투에다 돈을 넣는 일을 하다가 죽을 수도 있냐고 물으려다 그만뒀다. 그날 사무국장은 내가 직접 질문하기 전까지 뽕짝이라는 단어는 단 한 번도 내뱉지 않았다.

—뽕짝이 정확히 뭐라고 생각하시나요?

내 질문을 받고 사무국장은 상당히 오랫동안 고민을 하더니, 뜬금없이 추임새를 넣으며 흥얼거리기 시작했는데 그건 뽕짝이라기보단 술주정에 가까운 것이었다. 이제야 말하지만, 우리는 식사 인터뷰를 하고 있었다. 하필 내가 협회 사무실의 문을 두드린 때가 점심시간이었기에, 사무국장은 중국집에 전화를 걸어 싸구려 고량주와 깐풍기, 그리고 짬뽕을 시켰다. 깐풍기는 깐풍기라기보단 옛날식 양념치킨에 가까웠던 음식이었는데, 한참을 흥얼거리던 사무국장이 뭔가를 깨달은 사람처럼 갑자기 탄성을 지르며 깐풍기를 한 조각 집어 들며 소리쳤다.

—완전 옛날 스타일 깐풍기인데? 이거, 뽕짝이네.

도대체 그게 무슨 말인지는 이해가 가질 않았다. 솔직히 말하자면 그 깐풍기의 맛은 형편없었다. 직접 만든 게 아니라 기성품을 가져다 쓴 게 아닐까 하는 의심이 들 정도로.

우주에서 이 박사의 〈몽키 매직〉이 유행하기 시작한 건 어찌 보면 우연이 아니었다. 경제가 최악으로 치달은 국가가 원조를 받기 위해 대규모 파병을 결정한 일처럼 말이다. 국민의 절반이 군사 훈련을 받았고 기꺼이 목숨을 내놓으며 해외, 아니 우주까지 나가서 일할 의욕을 지닌 사람의 숫자가 넘쳐나는 것은 경제가 파탄나기 직전인 국가한테는 여러모로 다행스러운 일이었다. 안타깝게도 개인적인 관점에서는 불행한 일이었지만. 우주뽕짝예술협회의 사무국장처럼 운 좋게 돌아온 사람들도 있긴 했지만, 참전용사 대부분은 우주의 먼지 가루나 별 가루조차도 되질 못했다. 굳이 따지자면, 이 박사는 운이 매우 매우 좋은 쪽에 속했다. 짬뽕에 있던 홍합을 집어서 까보니, 살이 두 개나 들어 있었던 사무국장만큼이나.

—D군단 정훈홍보대 전의 고양 반장. 그게 이 박사의 직위였지.

—높은 건가요?

—아니, 한없이 낮았지. 차라리 국민학교 반장이 나을 정도로. 원래 반장이란 건 학교나 회사에서나 중간관리직이잖아?

전의 고양 반장이 하는 일은 최전선에서 1킬로미터 정도 떨어진 곳에서 마이크를 쥔 채 고래고래 군가를 부르는 게 전부였다. 그의 증언에 따르면 이 박사는 우주 군가를 부르는 일을 상당히 고역처럼 느꼈다고 한다.

　—어느 나라나, 어느 별이나 군가는 부를 게 못 되었어. 우리가 속한 부대의 군가는 꼭 소련 시절 군가 같았어. 자네, 〈전선을 간다〉라는 군가 들어본 적 있어?

　—모릅니다. 군대에 안 갔거든요.

내 대답이 전혀 마음에 안 들었는지 사무국장은 쯧, 하고 짧게 투덜거렸는데, 나는 그 말을 전혀 못 들은 척하며 다른 질문을 했다.

　—어느 날 전선에서 갑자기 〈몽키 매직〉을 불렀다면서요?

　—그때 갑자기 반주 기기가 고장 나서 아무런 소리가 나질 않았거든. 하지만 이 박사는 뭐라도 불러야 했지. 전선에서 싸우고 있는 장병들을 위해서 말이야. 바로 그때 머릿속에서 떠오른 노래가 〈몽키 매직〉이었던 거지.

레이저가 빗발치는 전쟁터에서 갑자기 원숭이 나무에 올라가, 라는 가사가 들린다면 무슨 일이 벌어질까. 잘은 모르겠지만 가사 속의 원숭이처럼 나무에 기어 올라가는 병사는 한 명도 없을 것이다. 그때를 회상하며 〈몽키 매직〉을 흥얼거리던 사무국장은 다음 노래로 〈춤추는 폼포코링〉을 흥얼거리기 시작했다. 이 박사가 발표한 대다수의 노래가 그렇듯이 그 노래 또한 번안곡이었다. 원곡은 일본 만화 〈마루코는 아홉 살〉의 오프닝 곡인데, 사무국장은 아마 대다수의 참전

용사가 그렇듯 그 사실을 전혀 알지 못할 것이다. 다른 나라 노래를 번역한 번안곡이니 뭐니 하는 것들은 우주적인 경험을 치른 그들에게 그저 쓸데없는 티끌 같은 이야기니까. 흥얼거리길 끝마친 사무국장은 남은 짬뽕 국물을 단숨에 들이켠 후, 내게 말했다.

—이 노래가 적들에게 제일 큰 타격을 줬었지.

—그랬군요.

—정말 신기해. 어떤 이에겐 흥겨운 노래가 어떤 이에겐 괴로운 노래라니. 이게 바로 우주의 신비한 점 아닐까.

—전 천문학자가 아니라서 잘 모르겠네요.

—맞아. 넌 전혀 천문학자처럼 안 생겼어.

—칭찬 감사합니다.

1차, 2차 은하 전쟁이 지구 근처—라고 해도 수 광년이나 떨어진 곳이라 당시 지구의 기술력만으로는 다다를 수 없는 곳이었다—에서 일어난 이래로 천문학자들은 카메라가 발명됐을 때의 화가들처럼 막막할 정도로 새까매진 자신의 미래를 관조했다.

—이 박사한테 들어봐서 알겠지만, 내가 바로 온 우주에서 그의 제일가는 팬이야.

—이 박사랑 직접 얘기를 나눠본 적이 없어서 잘 모르겠네요.

—이 박사 특집 취재라면서. 이 박사랑 직접 얘기를 나눠 본 적이 없어?

　—그분 한국에 안 계시잖아요.

　사무국장은 그렇긴 하지, 라고 중얼거리며 빈 그릇들을 차곡차곡 쌓기 시작했다.

　—이 박사는 스타가 됐고, 전쟁 이후로 별은 보기 힘드니 그럴 수밖에. 자네는 별을 본 적이 있는가?

　—못 봤죠. 지금은 모두 터져버리지 않았습니까. 망할 은 하 전쟁 때문에.

　—전쟁이 일어나든 안 일어나든, 터지는 건 모든 별의 숙 명이야.

　사무국장은 터져나가는 별의 모습을 회상이라도 하는지 잠시 눈을 감았다. 그 모습을 보고 있자니, 어쩐지 내 눈앞도 캄캄해지는 것 같은 기분이 들었는데, 마치 그와 나 사이에 건널 수 없을 정도로 깊고 새까만 은하가 있는 것 같았다.

　생각보다 길었던 취재―라기보단 식사 시간에 가까웠지 만―가 끝나자, 사무국장은 테이프 하나를 내게 넘겨줬다. 이게 뭐냐고 묻자, 사무국장은 이 박사가 지구에서 마지막으 로 발표한 앨범인 〈Encyclopedia of Pon-Chak〉이라고 답 했다.

—처음부터 끝까지 뽕짝이 쉬질 않고 이어지는 명반이지.

　—상상만 해도 멀미가 나는데요.

　—이 테이프를 처음부터 끝까지 듣는다면, 자네도 이 박사를 조금이라도 이해할 수 있을 거야.

　처음엔 이 테이프를 마다하려고 했지만, 참전용사답게 억센 손아귀 힘을 가지고 있던 사무국장의 호의를 마다하긴 어려웠다. 낡은 카 오디오에다 테이프를 꽂아 넣으니, 아싸 좋구나, 하는 추임새와 함께 뽕짝이 무한으로 돌아가는 도르래처럼 끝없이 흘러나왔다. 하필이면 한참 막히는 시간이라 앞뒤가 꽉꽉 막혀 있던 나는 이 박사의 뽕짝을 세 번이나 연속으로 들었다. 편집장의 확인 전화가 걸려 오기 전까지.

　—취재 어땠어?

　—뭘 어때요. 똑같았죠. 이번에도 까마득한 옛날을 안주 삼아 술을 들이켜는 노인네였어요.

　—그런 노인네들이 지금 우리를 먹여 살리는 게 아니겠어? 이제 슬슬 기사 정리하자고.

　편집장은 내일 출근 전까지 기사 초안을 넘기라는 말만 남긴 후, 통화를 끊었다. 여전히, 도로는 다른 차들로 꽉 막힌 상태였다. 나는 한숨을 내쉬며 기사의 초안을 머릿속으로 굴리며 카 오디오의 전원을 다시 켰다. 잠깐 이 박사의 뽕짝이 소란스럽게 온 우주에 울려 퍼졌다.

영맨! 자리에서 일어나라!

그러나 안전벨트에 묶여 있던 나는 감히 이 박사처럼 자리에서 일어날 수가 없었다. 정말 믿기지 않지만 한때 뽕짝의 시대가 있었다. 저 하늘에서 사라진 별만큼이나 까마득하게 먼 옛날이지만. 잔인할 정도로 흥겨웠던 그런 시대가 정말로 있었던 모양이다.

백년열차

북쪽 바다와 맞닿은 국경 도시에서 출발한 열차는 얼어붙은 해변을 따라 천천히 달렸다. 지렁이만큼 느렸던 그 열차의 옛 이름은 남행열차였고, 그 촌스러운 이름대로 종착지는 남해의 땅끝이었다. 총 12량으로 이루어진 관광열차의 앞뒤 양끝에는 열차를 굴리는 기관차와 발전차가 있었고, 기관차와 발전차에는 각각 식당차와 전망차가 달라붙어 있었다. 나머지 8량에는 총 24개의 객실이 있었는데, 마치 다양한 테마가 있는 콘셉트 호텔처럼 열차의 객실은 저마다 모양새가 제각각이었다. 어떤 방은 전형적인 1950년대 미국 가정처럼 레트로하게 꾸며져 있는 반면, 어떤 방은 1980년대 일본 가정처럼 고타쓰 위로 노을 조명이 흩뿌려져 있었다. 20세기 증기기관차를 그대로 덮어씌운 열차의 외관도 내부 인테리어처럼 누군가에게 향수를 불러일으킬 법한 모습이었다. 그 껍데기를 그대로 벗겨버리면 3,000마력짜리 엔진이 달린 디젤기관차가 제 모습을 드러낼 것인데, 중량이 26만 5,000파운드나 나가던 디젤기관차는 한 번에 디젤유를 3,200US갤런이나 탑재할 수 있었고, 그 막대한 양의 디젤유는 열차 꽁무니에 달린 발전차에서 전력 에너지로 전환됐다. 그 말인즉슨, 선두 차량 정수리 위로 매달려 있던 굴뚝은 그저 장식용이라는 얘기였는데, 아직도 〈은하철도 999〉를 꿈꾸는 철이 덜 든 어른들에게 잔혹한 얘기일지도 모르지만, 열차의 굴뚝에서 흰색 증기가 힘차게 뿜어져 나올 일은 결코 없을 것이다.

올해는 북쪽의 국경 도시와 남쪽의 땅끝 마을을 잇는 남북 노선이 개통된 지 100년째 되는 해였다. 물론 남행열차가 100년 내내 그 노선을 쉬지 않고 달리지는 않았다. 모두가 알고 있듯 100년이라는 세월 동안 이 땅에서 한 번의 내전과 두 번의 외전, 그리고 소규모 분쟁이 십수 번 일어났었는데, 그 다툼들로 인해 남북 노선은 끊어짐과 이어짐을 반복했다. 앞선 두 번의 전쟁 때는 북경대국 육군과 아메리카 연방 해군의 포격으로 노선 중 일부만 박살 났지만, 국토의 모든 게 타오를 정도로 격렬했던 마지막 내전 때는 전체 노선이 망가지고 말았다. 종전 이후 남북 노선은 경제적인 문제 때문에 끊어진 채로 오랫동안 방치됐다. 다행스러운 점은 팝 가수 빌리 조엘의 말마따나 세상이 언제나 불타고 있었다는 것이다. 경제적인 문제는 철도국 창고—나라의 모든 것이 군대였던 시절, 철도국은 호송여단으로 불렸었다—에 잠들어 있던 무기를 불길에 휩싸인 다른 나라들에 팔면서 자연스레 해결됐다. 하지만 지리적 문제는 한참 전 책상 밑에 붙여놓았던 새까만 껌딱지처럼 끈질기게 철도 아래에 들러붙어 있었다. 지난 세기 때 해변 철도는 군사 목적으로 꽤 유용했으나 새로 찾아온 세기에는 관광할 때나 쓸 만했다.

관광의 시대는 도저히 올 것 같지 않았던 호황기와 함께 찾아왔다. 남북 노선이 개통되고 90년이 되던 해, 어떤 할 일 없는 철도 오타쿠가 남북 노선이 개통된 지 100년이 다 되어간다는 사실을 철도국에 우편으로 제보했다. 전쟁은 이미 옛날이야기가 되어버린 시대를 살고 있던 국민들은 잘 놀고 잘 먹기를 원했다. 잘 놀고 잘 먹기. 승객들을 싣고 바쁘게 달리기만 했던 철도국에겐 저 멀리 안드로메다 종착역만큼이나 거리가 먼 얘기였다. 하지만 100이라는 기념비적인 숫자와 해변을 달리는 관광열차를 겹쳐놓으면 얘기가 달라졌다. 철도국은 남북 노선 개통 100주년을 기념하기 위해 남행열차의 재설계 및 재운행과 남북 노선의 복구 계획을 짜기 시작했다. 모든 게 순조로웠다. 회의 도중 국장이 불편한 헛기침을 두 번 내뱉은 후 이런 의견을 꺼내기 전까지는.

—다 좋은데. 열차 이름이 너무 촌스럽지 않나? 남행열차라니. 막걸리나 한잔 꺾고 싶은 이름이로군.

사실 회의에 참석했던 모두가 비슷한 생각을 하고 있긴 했다. 남행열차라는 제목의 흘러간 성인 가요가 있지 않나, 하고. 철도국 수뇌부는 열차 이름 공모전을 시행했고, 응모된 2,319개 이름 가운데 제일 무난한 이름을 하나 골랐다. 상금을 받은 사람이 국장의 오촌 조카라는 사실은 사족 같은 이야기—이 때문에 국장이 청문회를 통과하지 못해 교통부 부장으로 영전하지 못한 건 더 사족 같은 이야기일 것이다—일지도 모르지만, 어쨌든 그 덕분에 남행열차는 백년열차라는 새로운 이름을 얻었다.

　설계상 백년열차의 최고 속도는 시속 180킬로미터지만, 열차가 그 속도까지 도달할 일은 없었다. 열차의 운행 속도 또한 100년 전에 맞추어져 있었기 때문이다. 모두가 숨 가쁘게 바삐 달리는 현대에서 잠깐만이라도 한없이 느렸던 지난 세기의 속도로 살아보자는 취지인데, 기점에서 오전 8시 30분에 출발한 백년열차는 다음 날 오전 9시나 되어서야 종점에 도착할 수 있었다. 국토의 크기가 15만 제곱킬로미터를 간신히 넘기는 소국의 열차치고 너무나도 긴 운행 시간이었다. 지루할 정도로 늘어진 운행 시간이 약간은 우려스러웠던 철도국은 정식 운행에 앞서 반응 조사를 위해 리뷰어나 유튜버, 여행 전문 칼럼니스트 같은 인플루언서들을 초청해 체험 운행을 여러 번 실시했다.

마지막 체험 운행 날, 남해의 수상가옥처럼 꾸며진 7호실에 탑승한 소설가는 사나운 바다 위로 차분히 내리는 눈을 바라보고 있었다. 추운 겨울 바다를 담고 있는 스노 글로브처럼 보이던 차창 밖의 풍경은 방 안의 트로피컬한 분위기와 사뭇 달랐다. 실제로 소설가는 어린 시절 겨울 바다 모양의 스노 글로브를 한 알 가지고 있었지만 별을 달고 싶어서 안달 났던 군인 아버지를 따라 전방 도시로 이사 갈 때 잃어버린 후, 그것에 대해 새까맣게 잊고 말았다. 하지만 소설가의 무의식 속에 잠들어 있던 스노 글로브는 이따금 그의 신경을 건드렸다. 소설가는 잡화점에서 스노 글로브나 카페 창 너머로 비치는 겨울 풍경을 볼 때마다 영문도 근원도 모른 채 추운 감상에 막연하게 빠지곤 했다. 한편, 불미스러운 사변 때문에 계급장의 대나무꽃을 별로 바꾸지 못했던 소설가의 아버지는 여전히 전방 도시에 홀로 머물고 있다. 그는 자신의 연대를 이끌고 수도에서 일어난 쿠데타에 참여하려 시도했지만 수족으로 여겼던 작전 장교가 그의 작전 계획을 상부에다 고발하는 바람에 불명예 전역을 당하고 군사교도소에서 수년간 썩고 말았다. 소설가의 아버지는 현실에서 일어나지도 않았던 일을 추억처럼 되새기고 있었는데, 어느 순간부터 허구의 추억을 가족에게도 강요하기 시작했다.

─별은 너희에게도 중요했다.

실패로 얼룩진 그의 고통스러운 망상을 이해할 수 없던 가족은 하나둘씩 그를 떠났는데, 마지막으로 연대장을 떠난 사람은 4남매 중 막내였던 소설가였다. 소설가가 기억하던 아버지의 마지막 모습은 알을 품은 펭귄처럼 거실에 쪼그려 앉은 채 한 번도 입지 못한 장군 정복을 다리며 끝없이 원래대로라면, 원래대로라면, 이라고 중얼거리는 모습이었다.

원래대로라면 소설가는 첫 번째 체험 운행 때 기차에 탑승했어야 했지만, 사람들이 북적이는 게 질색이었던 그는 마지막 체험 운행 날로 스케줄을 바꿔달라고 철도국에 부탁했다. 철도국은 순순히 소설가의 부탁을 들어줬다. 소설가의 예상대로 마지막 날의 백년열차는 한산하기 그지없었다. 백년열차의 정원은 100여 명이었지만, 오늘 탑승한 인원은 승무원까지 포함해 스무 명도 되질 않았다. 이번엔 소설가가 철도국의 부탁을 들어줄 차례였다. 철도국이 인플루언서라고 부르기 민망할 정도로 저명하지 못한 소설가를 초청한 이유는 별것 아니었다. 원고 청탁. 그들은 달리는 열차 안에서 소설을 한 편 써달라고 소설가에게 부탁했다. 100년 전, 남행열차가 막 개통됐을 무렵 어떤 소설가가 남행열차에 올라탄 경험을 토대로 「무한열차」라는 소설을 썼는데, 뜻밖에도 그 소설은 베스트셀러가 돼버렸고, 소설의 배경이었던 남행열차도 덩달아 화제에 오르게 됐다. 나름 양심적이었던 철도국은 그때만큼의 대성공을 바라진 않았고, 대신 객실에 놓아둘 열차 잡지에 실릴 법한 짧고 소소한 소설을 기대했다. 「무한열차」처럼 열차를 배경으로 하며, 그때와 지금 사이에 놓여 있는 100년 세월의 간극을 이을 수 있는 소설을 말이다. 그 난해한 부탁을 받았을 때 소설가는 난색을 표했다. 『리스본행 야간열차』의 저자 파스칼 메르시어조차 쓰기 어려울 공간 배경은 둘째치더라도, 과거의 소설가와 현대의 소설가 사이 단단하게 버티고 있던 상당한 차이는 무시하기 어려웠다. 기차에 올라타 「무한열차」를 썼던 소설가는 현대 공상 소설의 아버지라고 불리는 대단한 작자였다. 그에 반해 소설가는 무언가의 부모는커녕 누군가의 자녀가 되는 것도 벅찼던 소생이었고, 소소한 소설은커녕 시시한 소설이나 주로 쓰는 작자였다. 그럼에도, 그는 결국 꽤 큰 액수의 고료 때문에 철도국의 부탁을 수락하고 말았다. 돈이 여기저기로 새어 나가는 연말이었기 때문이다.

열차가 출발한 지 15분 정도 지났을 무렵, 소설가는 키보드를 두드리기 시작했다. 소설의 제목과 분량, 그리고 등장인물은 열차에 타기 전부터 미리 구상해 뒀다. 계획대로라면 두 명의 패잔병이 등장하는 「백년열차」는 60매 내외의 짧은 소설이 될 예정이었다. 문제는 소설가의 계획은 언제나 어그러진다는 것이다. 분량을 100매 정도로 계획했던 단편은 50매로 줄어들었고, 70매로 계획했던 단편은 210매로 늘어났다. 그런 무질서한 경험 탓에 첫 문장을 쓴 소설가는 어쩌면 이 소설이 60매가 아니라 600매가 될지도 모른다는 생각을 무심코 하고 말았는데, 소설가의 생각대로 소설 「백년열차」는 철로 위에서 길을 잃어버린 열차가 되고 말았다.

끝을 알 수 없는 100년짜리 소설은 이렇게 시작된다.

연대가 적에게 패퇴했다. 적군은 다름 아닌 북쪽 대륙에서 끝없이 몰려온 혹한이었다. 어이없게도, 연대에서 제일 먼저 탈영한 사람은 연대장이었는데, 그는 전선에 부임한 첫날부터 화약마저 얼어붙는 북쪽의 매서운 날씨에 깊은 절망감을 느꼈다. 그도 그럴 것이, 연대장의 고향은 겨울에 눈이 한 송이도 떨어지지 않는 따뜻한 남해였다. 연대장의 탈영 방법은 지극히 단순했다. 위병소를 지나 주둔지 바깥으로 뚜벅뚜벅 걸어 나가는 것. 하지만 그 방법은 매우 효과적이었다. 보초병은 주둔지를 벗어나는 연대장을 향해 98식 단소총을 제대로 조준할 수가 없었다. 이름에서 알 수 있듯이 1898년에 생산된 98식 단소총은 7.92×57밀리미터 마우저 탄을 한 번에 다섯 발씩 먹는 볼트액션 소총이었고 최대 사거리가 무려 1,400미터나 됐지만 당시 왜소했던 동양인의 체구에 맞춰 짧게 설계된 총열 탓에 500미터 너머에 있는 적을 맞추려면 방아쇠를 당기는 것보다 기도를 하는 게 훨씬 더 효과적이었다. 연대장은 총구 앞에 서 있었지만 500미터 너머에 서 있는 적처럼 굴어댔다. 그는 보초병을 딱한 눈으로 쳐다보며 이렇게 말했다고 한다.

─사령부가 어제 무조건 항복을 선언했네. 내겐 처자식이 있어. 난 그들을 위해서 별을 달려고 했지만 그 노력도 이제 아무 소용이 없게 돼버렸군. 자네는 어떨지 모르겠지만 난 이런 추운 곳에 남아 얼어 죽는 펭귄이 되고 싶진 않다네.

연대장이 미쳐버린 채 탈영했다는 소문과 국군이 전쟁에서 패했다는 소문은 삽시간에 온 부대로 퍼졌다. 그로부터 사흘 후, 북경대국군 한 개 분대가 텅 빈 연대 주둔지로 진입했다. 그들이 진지에서 발견한 거라곤 지휘부 막사에서 서로에게 총부리를 겨누고 있던 작전 장교와 작전병뿐이었다.

A4 반 페이지 만에 소설이 막혀버린 허술한 소설가는 테이블 위에 올려뒀던 레드애플 담뱃갑을 만지작거리기 시작했다. 불편하게도, 열차의 전 객실은 금연 구역이었다. 출발하기 전 받았던 유인물에는 안내 사항과 주의 사항이 빼곡하게 적혀 있었는데, 그중 소설가의 흥미를 끈 문장은 하나뿐이었다.

(…)

객실 내의 흡연 행위 적발 시, 엉덩이를 걷어차이며
달리는 열차에서 추방당하게 됨.
(전통 철도법에 의거함)

(…)

소설가는 차창 밖을 다시 바라봤다. 풍경은 느리게 지나
갔다. 확실히 이렇게 느릿느릿 움직이는 기차라면 바깥으로
걷어차여도 죽을 것 같진 않았다. 그 인상 깊은 경고문이 전
혀 웃기지 않은 구식 철도국 유머인지 아니면 정말로 실시하
는 부당한 조항인지 소설가로선 알 수 없었지만, 괜히 긁어
부스럼을 만들고 싶지 않았던 그는 담배를 꼬나문 채 흡연
구역을 향해 걸어갔다. 백년열차의 유일한 흡연 구역은 전망
차의 발코니 부분이었다. 씹을 거리와 마실 거리가 가득 담긴
카트를 끌고 있던 승무원은 어색한 미소를 보이며 담배를 꼬
나문 소설가에게 주의를 줬다. 그러거나 말거나, 소설가는 담
배를 꼬나문 채 승무원에게 맥주를 한 캔 달라고 요구했는데,

카트에 있던 맥주는 옛 상표가 새겨진 국산 라거뿐이었다. 이젠 맥주마저 레트로의 영역으로 접어들고 있었다. 구식 맥주는 관광열차의 카트에서 파는 물건답게 바깥보다 두 배나 비쌌다. 소설가는 바가지라고 중얼대며 한 손에 맥주를 쥔 채 전망차로 향했다. 추운 곳을 달리는 열차라 그런지, 발코니 문은 은행 금고의 문만큼 두꺼웠다. 소설가는 문손잡이를 한참이나 돌렸는데, 발코니 문은 소설가의 노동이 무색할 정도로 조금씩 움직였다. 겨우 사람 한 명이 지나갈 틈이 생기자, 소설가는 비틀거리며 바깥으로 빠져나갔다. 소설가가 발코니에 얼굴을 내밀자 멀리 북쪽 바다에서 불어온 해풍이 그의 얼굴을 덮쳤다. 너무 추웠던 나머지, 소설가는 담배 연기를 세 모금만 빨아들인 후 도망치듯 실내로 돌아갔다. 발코니에 비싼 레트로 맥주를 두고 왔다는 사실을 깨달은 건 소설가가 문손잡이를 반대 방향으로 한참이나 돌린 후였다. 고민 끝에 소설가는 맥주를 포기했다. 발코니에 홀로 남은 맥주는 아무도 모르게 조금씩 얼어붙기 시작했다. 단단히 얼어붙은 맥주 캔은 땅끝까지 갈 수 있었을지도 모른다. 뭔가를 짓밟은 열차가 덜컹거리지만 않았더라면. 흔들리는 열차에서 떨어진 맥주 캔은 눈이 쌓인 철도 가운데로 깊숙이 파묻혔다. 운행이 시작된 지 겨우 4시간이 지났을 때였고, 술에 취한 소설가가 잠시 곯아떨어졌다가 충격을 느끼고 화들짝 놀라며 일어난 때이기도 했다.

　독한 술은 넘쳐났지만, 식량은 부족했던 북경대국군은 전통 전쟁법에 의거하여 작전 장교와 작전병을 놓아줬다. 친절하게도 그들은 작전 장교와 작전병의 물건을 모조리 압수하진 않았고, 군용품이 가득 들어 있던 군장과 총알을 막아주지 못하는 방탄모, 그리고 탄약만 압수했다. 전쟁이 시작된 이후로, 북경대국군은 국군의 탄약을 화폐처럼 사용했다. 며칠 후 대대에 복귀할 그들은 작전 장교와 작전병의 탄약으로 군 내 판매점에서 바닐라 아이스크림을 3갤런 정도 구입할 것이다. 이튿날 새벽, 다른 분대원들이 미래에 사 먹을 바닐라 아이스크림을 꿈속에서 미리 퍼먹고 있을 때, 북경대국군의 취사병은 멀리 떠나는 패잔병들의 주머니에 선심 쓰듯 조그만 보급용 포켓 술병을 하나씩 꽂아줬다. 은빛 포켓 술병에는 '酒'라는 글자가 큼지막하게 새겨져 있었다. 취사병은 북경어로 뭐라 뭐라 떠들었는데, 작전병은 북경어를 몰라서 그가 뭐라고 지껄이는지 짐작조차 할 수 없었다. 그나마 북경어로 숫자 정도는 셀 수 있었던 작전 장교는 취사병이 뭐라고 지껄였는지 대충 알아먹었다. 취사병은 끊임없이 58, 58이라고 지껄였는데 아마도 이 보급용 술의 도수가 58도인 모양이라고 작전 장교는 짐작했다. 하지만 작전 장교는 작전병에게 그런 사실을 알려주진 않는다. 그는 장교였고, 작전병은 병사였으니까. 장교와 병사 사이에는 사소하더라도 그만한 정보 차이는 있어야 한다고 그는 생각했다. 그래서 그는 북경대국군을 경우 없는 군대로 여기고 말았다. 어떻게 장교와 병사에게 똑같이 술을 한 병씩 준단 말인가. 장교한테는 적어도 두 병을 주거나 도수가 더 높은 술을 줘야 하지 않는가.

그러나 취사병이 그들에게 알려주고 있는 것은 술의 도수가 아니었다. 그 숫자는 좀 더 섬뜩한 무언가를 지칭하는 숫자였다. 작전 장교와 작전병은 그 숫자의 적확한 뜻을 꿈에서조차 몰랐는데, 옛말대로 모르는 게 약이었다. 장교와 병사가 받은 술은 도수가 55도짜리 증류주로 이름은 '압카' 였는데, 북경대국 독재자의 이름을 딴 것이다. 수수가 원료인 압카는 한 모금 넘길 때 코 밑으로 느껴지는 누룩의 향이 장마철의 구름만큼이나 깊은 걸로 유명한 술이었다. 압카는 1915년 샌프란시스코에서 열린 파나마-태평양 박람회에서 주류 부문 금메달을 받으며 세계 주류 시장에 알려지기 시작했는데, 그 이전까지만 하더라도 압카의 이름은 압카가 아니었다. 하지만 압카의 옛 이름을 기억하는 북경대국 사람은 지금 한 명도 남지 않았다. 기억이 허락된 건 옛 이름이 아니라 지도자가 하사한 이름뿐이었으니까.

풀려난 작전 장교와 작전병은 보급받은 술병을 건빵 주머니에 넣은 채 고향을 향해 터벅터벅 걷기 시작했다. 모든 게 얼어붙은 눈밭 위로 남는 것이라곤 그들의 발자국밖에 없었는데, 그마저도 내리는 눈에 의해 금세 지워졌다. 얼마 정도 걸었을까, 작전 장교가 입을 열었다.

—자네는 고향이 어딘가?

입이 얼어붙었던 작전병은 바로 답하질 못했다. 그는 차가운 침으로 간신히 입술을 녹인 후에야 답할 수 있었다.

—작전 장교님은 고향이 어디신가요?

—질문에 질문으로 대답하라고 훈련소에서 가르치던가?

작전 장교는 불쾌한 기색을 감추지 않았다. 작전병은 마지못해 대답했다.

—울진입니다.

—부럽군. 자네는 울진까지만 걸어가면 되니까. 나는 남해까지 걸어가야 하네.

둘은 다시 말없이 걸어가기 시작했다. 작전병이 얼어붙은 입을 다시 연 것은 걸음을 100걸음 정도 뗀 후였다.

—작전 장교님, 바다를 따라 걷는 게 어떻습니까? 울진과 남해는 둘 다 바다를 끼고 있는 도시잖습니까.

이번엔 작전 장교가 입이 얼어붙었던지라 작전병의 말에 바로 답하질 못했다. 그는 건빵 주머니에서 술병을 꺼내 장갑에 술을 조금 묻힌 다음, 술 먹은 장갑으로 입술을 닦아 냈다.

—자네는 보직이 작전병이면서도 작전 하나도 제대로 세우질 못하는군. 지금 같은 날씨에 해변을 따라 걸으면 우리 둘 다 동태 꼴을 면치 못할 걸세.

—그렇다면 작전 장교님은 그럴싸한 작전을 세우셨습니까.

—물론이지. 나는 병사가 아니라 장교니까.

작전 장교는 자신만만하게 말했다.

—지금부터 우리는 남행열차의 철길을 따라 걸을 것이다. 그 노선은 울진을 지나 남해까지 가니 생각 없이 철길을 따라가도 길을 잃는 일은 절대 없겠지.

전쟁이 한창일 때는 국토 내 곳곳에 뻗친 철도 위로 수많은 군용열차들이 한순간도 쉬질 않고 바쁘게 신병과 물자들을 전선으로 운송했지만, 그것도 바로 얼마 전까지의 일이었다. 내륙 중심부에 있던 전선은 이제 국경을 넘어 국내까지 침범했고, 절반이 넘는 군사 철도가 점령되거나 파괴됐다. 사령부가 무조건 항복을 선언한 시점에 운행 중인 군용열차는 두 대뿐이었다. 그 두 대의 군용열차가 운송하는 군용품은 오직 한 가지뿐이었다. 전선의 패잔병들. 열차에 콩나물 시루처럼 쑤셔 넣어진 패잔병 중 몇몇은 압박으로 인한 호흡 곤란을 호소했지만, 호송병과 수다를 떨기 바빴던 군의관은 그들의 호소를 무시했다.

　집으로 돌아가는 군의관만큼 수다스럽지 못했던 작전병은 해변에 놓인 남행열차의 노선을 따라 걷는 것과 바닷가를 따라 걷는 건 똑같은 작전이 아니냐고 따지고 싶었지만 참았다. 작전 장교의 허리춤에는 탄약을 잔뜩 품은 45구경 권총이 꽂혀 있었기 때문이다. 북경대국의 군인이 그 권총을 압수하지 않은 이유는 간단했다. 그 총은 군용품이 아니라 사적인 물건이었기 때문이었다. 당시 취리히에서 합의된 전쟁법에 따르면 패잔병의 물품 중 압수할 수 있는 건 군용품뿐이었다. 앞서 작전 장교는 북경대국군이 경우 없는 군대라고 욕했지만, 국제법을 충실히 따르는 걸 보면 북경대국군은 매우 경우가 있는 군대였다. 어찌 됐든, 작전 장교는 98식 단소총보다 오래전에 생산된 그 권총을 몹시 소중하게 여겼다. 권총은 서부 만주 평야를 주름잡은 현상금 사냥꾼이었던 그의 아버지가 남긴 유품이었다. 그 45구경 권총에 미간이 뚫린 현상 수배범은 부지기수였는데, 종국엔 작전 장교의 아버지도 '손가락 살인마'라는 별명을 가진 현상 수배범에게 미간이 뚫린 수많은 현상금 사냥꾼 중 하나가 되고 말았다. 어린 시절 작전 장교는 아버지의 유품을 쓰다듬으며 한 번도 가보지 못한 서부 만주를 그리워했고, 지금도 여전히 45구경 권총을 쓰다듬을 때마다 서부 만주를 그리워했다. 작전 장교는 자신은 평생 서부 만주를 그리워할 수밖에 없다고 생각했다. 45구경 권총은 그만큼이나 그에게 소중했지만, 작전병은 45구경 권총에 얽혀 있던 유구한 역사를 하나도 몰랐고, 그건 연대장도 마찬가지였다. 상표조차 없었던 군용 맥주를 마시고 만취한 연대장이 45구경 권총을 만지려고 들 때 작전 장교는 욕지거리를 크게 내뱉고 말았고, 놀란 연대장은 작전 장교의 뺨을 때렸으며, 그다음 날 위병소 바깥으로 뚜벅뚜벅 걸어 나가 탈영했는데, 연대장이 탈영했다는 소식을 들었을 때, 작전 장교는 작전병의 엉덩이를 걷어차며 욕지거리를 시원하게 내뱉었다.

　누군가 7호실의 문을 두들기자 소설가는 터져 나오는 욕지거리를 간신히 참았다. 소설이 한참 잘 풀리고 있었기 때문이다. 문을 여니 카트를 끌고 있던 승무원이 상당히 어색한 미소를 짓고 있는 게 보였다. 그 표정이 심히 불쾌했던 소설가는 무슨 일이냐고 승무원에게 따지듯 물었다.

　─지금 식당차로 가시면 뭐든지 씹을 수 있는 다과회에 참여할 수 있답니다.

　소설가는 어색하게 웃는 승무원을 바라보며 또 재미도 없는 철도국 구식 유머로군, 이라고 속으로 중얼거렸다. 그는 오징어 다리 대신 테이블 다리를 씹을 수 있냐고 물으려고 했는데, 그랬다간 얘기가 쓸데없이 길어질 것 같아 관뒀다.

　—죄송합니다만 지금 바빠요.

　소설가는 단호하게 말한 후, 문을 닫았다. 여전히 어색한 미소를 짓고 있던 승무원이 다른 객실로 발걸음을 절반 정도 옮겼을 무렵, 소설가가 다시 객실 문을 열고 승무원을 불렀다.

　—저기, 맥주나 한 캔 갖다주세요.

　승무원은 소설가를 돌아보며 말했다.

　—죄송합니다. 이번엔 승객이 적게 탑승해서 맥주도 적게 구입했는데, 생각보다 승객 중에 술고래가 많아서 맥주가 다 떨어졌답니다.

　—제기랄, 그러면 다른 술이라도 내놔요.

　병에 두꺼비가 그려진 옛날 소주와 조그만 잔을 담은 은쟁반이 소설가의 객실에 도착한 것은 그로부터 1시간 후의 일이었다. 소설가는 위스키만큼 비싼 두꺼비 소주의 가격을 듣고 놀랄 수밖에 없었지만, 순순히 가격을 지불했다. 값을 치른 소설가는 쟁반에서 소주병만 가져간 다음 객실 문을 닫았다. 승무원은 잔만 놓인 은쟁반을 들고 차창을 바라보며 천천히 돌아갔다. 여전히, 밖에선 눈이 고요한 바다 위로 사납게 내리고 있었다.

사납게 쌓인 눈은 작전 장교와 작전병의 발을 계속 집어 삼켰다. 작전 장교는 발이 따갑고 간지럽다고 중얼거렸다. 동상의 징조였다. 그 말을 용케 들은 작전병이 돌아보며 작전 장교에게 말했다.

─눈신발을 만들어 드릴까요.

─그게 뭔가.

─나뭇가지와 밧줄을 엮어 만든 신발인데, 그걸 신으면 눈밭에서 발이 덜 꺼집니다. 저희 아버지한테 만드는 법을 배웠죠.

─그렇군. 그런데 우리에게 밧줄이 있던가.

작전병은 어깨에 메고 있던 98식 단소총의 멜빵끈을 풀어 헤쳤다. 작전 장교도 순순히 그를 따라 멜빵끈을 풀어 헤쳤다. 작전병은 나뭇가지 몇 개와 멜빵끈 두 개로 눈신발 한 켤레를 금세 만들 만큼 손재주가 좋은 사람이었다. 품이 커다란 눈신발을 착용한 작전 장교는 어쩐지 자기 꼴이 우스워졌다고 생각했고, 자식들에게 이 우스꽝스러운 신발을 만드는 법을 가르쳐 주는 울진 사람들도 어쩐지 웃기다고 생각했지만, 내색하진 않았다.

─자네는 괜찮은가.

─제 고향 울진의 또 다른 이름이 뭔지 아십니까. 바로 설국입니다. 설국에 살다 보면 이따위 눈밭은 눈신발 없이 걸

어갈 수 있습니다. 설국 사람들은 1년 중 절반을 눈에 갇힌 펭귄처럼 살거든요.

작전병은 '따위'를 강하게 발음하며 비꼬듯 말했는데, 너무 소심한 비꼼이라 작전 장교는 알아채지 못했다.

—훌륭하군.

두 사람은 다시 철길을 찾아 헤매기 시작했다. 수도에서 뻗어져 나온 철길은 전쟁을 위해 국경을 넘어 적국 깊숙한 곳까지 이어져 있었다. 그들을 이 추운 곳까지 실어다 나른 것도 열차였다. 운이 좋다면 남행열차에 올라탈 수 있을지도 모른다고 작전 장교는 속으로 생각했다. 운이 좋다면 말이다. 초조해져서 목이 타는 느낌을 받은 작전 장교는 주머니에서 술을 꺼내 한 모금 들이켰다. 불의 기운을 머금은 술이 작전 장교의 식도를 뜨겁게 데웠다. 작전 장교는 인상을 잔뜩 찌푸리며 신음을 살짝 흘렸다. 멀찍이 걷고 있던 작전병은 작전 장교의 신음을 듣고 며칠 전 느닷없이 적군에게 저격당해 죽어가던 분대장의 신음을 떠올리고 말았다. 그 차가운 신음은 순식간에 현기증으로 변해 작전병의 머리를 사정없이 때렸고, 그 현기증이 잦아들 즈음 작전 장교가 작전병의 뒤통수를 때리며 새된 소리를 질렀다. 작전병이 짜증을 부리며 작전 장교에게 말했다.

—뭡니까.

—저길 보게.

작전 장교가 가리킨 곳을 보니 작전병도 새된 소리를 지르지 않을 수가 없었다. 저 멀리 산 너머로 호수처럼 얼어붙은 바다가 보였다. 그들의 머리는 희망에 부풀어 끝없이 몽롱해졌는데 그 느낌은 오래가지 않았다. 바다 너머로 새까맣게 차가운 밤하늘이 재빠르게 다가오는 모습도 보였기 때문이었다. 북쪽의 밤은 느긋한 백년열차와 달리 상당히 성급했다.

소설가의 머리는 몽롱해졌다. 방금 삼킨 소주가 매우 독했기 때문이다. 두꺼비가 그려진 오래된 소주의 도수는 무려 29도나 됐다. 소주를 한 모금 들이켠 소설가는 얼굴을 잔뜩 찌푸린 채 혼자 중얼거렸다.

—옛날 소주 도수가 옛날만큼 지독하다는 걸 까먹고 있었네.

어쩔 수 없었다. 소설을 쓸 때 소설가는 무언가를 까먹곤 했다. 소설가는 소주를 한 모금 더 마시고 노트북을 두드렸다. 소설 「백년열차」는 진짜 백년열차와 달리 빠르게 달리고 있었다. 소설은 어느새 중반부에 이르렀고, 이대로라면 소설가의 우려와 달리 600매까지 갈 일은 없을 듯 보였다. 하지만 진짜 사건은 그럴 때, 그러니까 아무 일도 안 일어날 것처럼 보일 때 일어나는 법이었다.

작전 장교와 작전병이 철도를 찾은 것은 땅거미가 산등성이를 절반 정도 내려왔을 때였다. 폭격을 맞은 철도는 파편을 사방에 흩뿌렸었는데, 우연하게도 작전 장교의 눈신발에 박살 난 철도의 파편이 걸린 것이다.

　—분명해. 이 근처에 철도가 있을 거야.

작전 장교의 추측대로 인근에 철도가 있었다. 심각하게 망가지긴 했지만, 장교는 철도와 바다를 찾았으니 반이나 온 거나 다름없다면서 건빵 주머니에서 술병을 꺼내 작전병에게 자축하자고 제안했다. 작전병은 마지못한 표정을 지으며 주머니에서 술병을 꺼냈다. 그들은 술병을 맞부딪쳤다. 청명한 소리가 눈밭 위로, 그리고 부서진 철도의 파편 위로 울려 퍼졌다. 작전 장교는 술을 한 모금 들이켰고, 작전병은 술을 들이켜는 시늉을 했다. 작전병은 작전 장교의 허리에 걸쳐진 권총을 바라보며 중얼거렸다. 절반은 무슨. 우리는 아직 고향까지 한 발자국도 못 뗀 상태나 다름없다고. 얼굴이 불콰해진 작전 장교는 작전병에게 호를 구축하라고 명령했다. 사서 고생을 하기 싫었던 작전병은 작전 장교에게 대안을 하나 제시했다.

　—근처의 민가라도 찾아보는 건 어떻습니까.

―포탄이 이렇게나 많이 떨어졌는데 민가가 남아 있을까.

달리 할 말이 없던 작전병은 눈 덮인 땅을 파헤치기 시작했다. 야전삽이 없던 작전병은 맨손으로 얼어붙은 땅을 긁어냈는데, 그래서 야전교범에 나오는 것만큼 깊은 호를 만들 수는 없었다. 작전 장교는 엉성한 호가 탐탁지 않았지만 뭐라고 하진 않았다. 그는 박살 난 철도의 침목을 호 앞에 모아 불을 지피려고 했다. 원래 야전에서 불을 지피는 행위는 자신의 위치를 알리는 자살 행위나 다를 바가 없어서 야전교범 제일 위쪽에 큼지막하고 두꺼운 붉은 글씨로 금지 사항이라 명시되어 있었지만, 패전국의 병사들이 야전교범을 따를 필요는 없었기에 작전 장교는 망설이지 않고 보급용 성냥으로 땔감에다 불을 붙였다. 작전 장교와 작전병은 호 안에 몸을 뉘었다. 그들은 한때 무거운 철도를 받치고 있던 나무들이 뜨겁게 갈라지는 소리를 잠자코 들었다. 두 사람 중 더 깊은 잠에 빠진 쪽은 작전 장교였다. 묘하게도, 그날 밤 그는 갈색 말에 올라타서 누군가의 등에 기댄 채 서쪽 평야를 달리는 꿈을 꿨다. 그 등은 장작불만큼이나 뜨뜻했다. 뒷모습만 보였지만, 작전 장교는 그 널따란 등판의 주인이 누군지 본능적으로 알 수 있었다. 꿈속의 그가 눈물을 한 방울 흘리고 있을 때, 선잠에서 깬 작전병은 조심스레 작전 장교의 허리춤에 손을 올렸다. 어째선지 모르겠지만, 그도 장교처럼 눈물을 흘리고 있었다.

소설가는 점심이 되기도 전에 두꺼비 소주를 몽땅 마셨다. 얼굴이 빨갛게 달아오른 그는 잠시 침대에 몸을 누이기로 한다. 객실의 이불은 두꺼운 솜이불이었다. 솜이불보다 면이불을 선호했던 소설가는 솜이불을 덮지 않고 몸 아래에다 깔아뒀다. 객실에 걸린 시계는 정오를 가리키고 있었다. 낮잠을 자기에 적당한 시간이었다. 4시간 동안 쉬지 않고 소설을 끼적였던 그는 등으로 전해지는 푹신함을 만끽하며 서서히 눈을 감았다. 자신이 방금 쓴 소설 속의 작전 장교처럼 말이다. 뭐, 작전 장교는 차가운 눈구덩이에 있고, 소설가는 따뜻한 객실에 있다는 사소한 차이가 있긴 하지만 그 정도 차이는 두 사람 사이에 놓여 있는 한 세기라는 시간만큼 크지 않기에 깔끔히 무시해도 될 것이다. 선잠에 빠졌던 소설가는 불길한 흉몽을 하나 꿨다. 꿈의 내용은 너무나도 불온했지만, 금방 깨는 바람에 그는 흉몽을 온전히 기억하지 못했다. 소설가를 흉몽으로부터 깨워준 건 다름 아닌 백년열차였다. 눈이 조금 쌓여 있던 철도에는 이물질이 하나 놓여 있었는데, 이물질이 너무나 하찮게 작았던 물체였던지라 기관사는 미처 발견하지 못했다. 그래서 열차가 이물질을 밟고 덜컹거리자, 기관사는 상당히 놀랄 수밖에 없었고 미미한 지진마저 느낄 수 있는 예민한 몇몇 승객들도 놀랐는데, 그중엔 소설가도 포함되어 있었다. 기관사는 곧바로 브레이크를 걸었다. 급정거 버튼을 누르자마자 기차는 일체의 동요 없이 그대로 멈췄다. 백년열차가 뭔가를 밟은 것 같다는 보고를 듣고 열차장은 승무원 둘을 불러 철도 바깥을 살펴보라고 지시했다. 느닷없이 열차가 멈춰서 불안함을 느낀 몇몇 승객들은 열차장에게 달려들어 무슨 일이냐고 묻고 있었다. 열차장은 그들에게 별일 아니니까 객실로 돌아가라고 명령하듯 말했다. 승객들이 부루퉁한 표정을 지으며 객실로 돌아가자, 바깥에서 철로를 살피던 승무원들이 돌아왔다.

　—그래. 뭐가 있었나?

　승무원 중 하나가 어깨에 쌓인 눈을 툭툭 털어 내며 말했다.

　—아주 오래된 술병이 하나 있었습니다.

　—오래된 술병이라고?

　열차장이 어이없는 목소리로 되묻자, 다른 승무원이 주머니에서 포켓 술병을 하나 꺼내 보였다. 26만 5,000파운드의 무게를 견디지 못했던 포켓 술병은 형편없이 찌그러져 있었다. 술병 외부엔 '酒'라는 글자가 새겨져 있었는데 글자 역시 술병처럼 엉망진창 짜부러졌다. 술병을 물끄러미 쳐다본 차장은 고개를 끄덕이며 중얼거렸다.

　—정말 오래된 술병이로군.

　열차장은 기관사에게 무전을 걸어 이물질의 정체를 알려

준 다음 다시 열차를 출발하라 지시했다. 백년열차는 다시 천천히 움직이기 시작했고, 승무원 중 하나가 전체 방송으로 승객들에게 이물질의 정체가 옛날 술병이라고 전했다. 승객들은 방송을 듣고 어이없어했지만, 한편으로는 안심했다. 기분이 편안해진 몇몇은 식당에서 점심을 먹었고, 다른 몇몇은 소설가처럼 낮잠을 잤다. 그러나 소설가는 잠이 싹 달아나고 말았다. 왜냐하면 그는 열차에 끼어든 다른 이물질과 마주하고 말았기 때문이다. 몇 분 전, 진동을 느끼며 잠에서 깬 소설가는 침대에 누운 채 자신이 무슨 꿈을 꿨는지 곰곰이 되짚었다. 하지만 소설가의 머릿속에 떠오르는 거라곤 꿈의 내용이 아니라 꿈의 기분뿐이었다. 상당히 해괴하고 망측한 기분. 소설가는 애써 그런 기분들을 떨치며 침대에서 일어났는데, 꿈만큼 해괴망측한 풍경이 그의 눈앞에 들이닥쳤다. 누군가가 그의 이마에 총을, 그것도 상당히 오래전에 생산된 단소총을 들이밀고 있었기 때문이다.

추운 아침이 찾아왔다. 막막한 그리움을 느끼며 일어난 작전 장교가 제일 먼저 한 일은 작전병에게 격한 욕지거리를 내뱉는 것이었다. 작전병은 45구경 권총으로 작전 장교의 이마를 지그시 누르며 조용히 말했다.

—왜 그리 요란하게 구십니까. 좀 닥치십쇼.

―그게 어떤 물건인지 알아?

―잘 알죠. 45구경 권총 아닙니까.

작전 장교는 참지 못하고 작전병에게 달려들었다. 안타깝게도 작전 장교는 아버지의 권총만큼 재빠르지 못했다. 총알은 팡, 하며 튀어 나갔고, 머리는 펑, 하며 터져 나갔다. 작전 장교의 머리에서 터져 나온 피는 빙수 위의 딸기 시럽처럼 설원을 새빨갛게 물들였다. 작전병은 방아쇠를 세 번 더 당겼다. 45구경 권총은 더 이상 총알을 내뱉지 않았다. 작전병은 쓸모없어진 권총을 허공에다 집어 던진 뒤, 시체를 뒤적이기 시작했다. 시체에 남아 있던 쓸 만한 물건이라곤 술병과 작전병이 만들어 준 눈신발뿐이었다. 작전 장교의 침이 섞인 술병을 몽땅 들이켠 작전병은 끓어오르는 기분과 달아오르는 내장을 주체하지 못했다. 눈신발을 빼앗아 신은 후 작전병은 작전 장교의 시체를 힘껏 걷어찬 다음 가래침을 뱉었다.

연대장이 탈영하고 몇 시간이 지났을 무렵, 작전병은 친하게 지내고 있던 동향 출신 운전병에게 멋진 제안을 하나 받았었다. 군용 트럭을 몰고 이 얼음 지옥을 함께 빠져나가자는 제안이었는데, 거절할 이유를 딱히 찾을 수 없었던 작전병은 고개를 끄덕였지만, 계획은 순조롭게 이뤄지지 못했다. 작전 장교는 도망치려는 작전병의 후두부에 권총을 겨눴고, 운전병은 작전병이 아무리 기다려도 나타나질 않자 홀로 트럭을 몰고 도망쳤다. 트럭을 뒤따라 많은 병사가 달아났고, 작전 장교는 총구를 돌려 그들의 등을 향해 마구 갈겼지만 쓰러진 병사는 아무도 없었다. 그사이 작전병은 자신의 소총을 집어 들었다. 그로부터 이틀 후, 북경대국군의 경보병 분대가 나타났던 것이다.

술병에서 방울 하나 남아나지 않자 작전병은 신경질을 부리며 술병을 멀리 던졌다. 포물선을 그리며 날아가던 술병은 얼어붙은 바닥에 부딪힌 후 몇 번 구르더니 무너진 철도 아래에 쌓여 있던 눈에 폭 박혔다. 파묻힌 술병을 한참이나 바라보던 작전병은 바다를 향해 걸음을 옮기기 시작했다.

발목이 뻐근해질 정도로 걸었을 무렵, 작전병은 산등성이에서 주저앉고 말았다. 지쳐서 주저앉은 게 아니라 뜬금없이 눈앞에 나타난 계급장에 놀라서 주저앉은 것이다. 대나무 꽃 계급장은 늙고 왜소한 남자의 어깨 위에 위태롭게 매달려 있었다. 연대장이었다. 그는 철도에서 얼마 떨어지지 않은 곳에서 무릎을 꿇고 있었다. 작전병은 조심스레 연대장에게 다가가 98식 단소총으로 연대장의 등을 쿡쿡, 하고 찔렀다. 연대장의 몸은 꽉 언 얼음만큼 단단했다.

—펭귄이 아니라 동태가 되셨군.

작전병은 시신을 뒤적이기 시작했다. 연대장의 건빵 주머니에서 성냥과 붉은 사과가 그려져 있는 담뱃갑이 나오자,

작전병은 잠시 연대장을 위해 묵념해 줬다. 작전병은 단단히 언 담배를 꼬나물고 성냥으로 불을 붙이려 했지만, 성냥도 얼어붙었는지 도통 불이 붙을 기미가 없었다. 미련을 버리지 못해 담배를 계속 꼬나물고 있던 작전병은 연대장이 왼손에 무언가를 움켜쥐고 있는 걸 봤다. 시체와 손을 맞잡는 건 영 좋지 않은 일이었지만, 연대장이라면 무언가 값진 물건을 쥐고 있을지도 모른다는 생각에 작전병은 연대장의 왼손을 조심스럽게 잡았다. 관절마저 단단히 얼어붙은 왼손을 펴는 건 상당히 어려운 일이었다. 손가락을 펴는 게 여의치 않자 작전병은 조금씩 힘을 더 주기 시작했다. 작전병의 억센 손아귀를 견디지 못한 연대장의 왼 손가락들은 끔찍한 소리를 내며 제각각 다른 방향으로 꺾였다. 작전병은 한숨을 내쉬며 연대장이 쥐고 있던 금색 브로치를 살폈다. 그럴싸한 문양이 새겨진 브로치는 사진 한 장을 담고 있었다. 어린 여자의 사진이었는데, 연대장과 눈이 많이 닮았다. 작전병은 연대장이 최후에 누굴 그리워했는지 알 수 있었다. 그래서 그는 잠깐 고민하지 않을 수가 없었다. 이 물건을 함부로 가져가도 되는지. 그러나 고민의 시간은 길지 않았다. 산등성이 너머로 들려오는 거북한 마찰음이 작전병의 생각을 헤쳤기 때문이다. 작전병은 연대장의 브로치를 주머니에 쑤셔 넣고, 소리가 들려오는 곳으로 달려갔다. 벅차오르는 숨으로 중턱에 이

르니, 연기를 헤프게 내뿜고 있는 열차가 멈춰 있는 게 보였다. 평소라면 열차가 무너진 철도 위를 달릴 수 있을지 의구심이 들었겠지만, 이미 신기루처럼 나타난 열차에 홀려버린 작전병은 같은 말을 속으로 수없이 되뇔 수밖에 없었다. 살았다. 살았다. 살았다. 그는 멈춘 기차를 향해 힘껏 달려갔다.

한편, 산등성이 아래에 쓸쓸하게 홀로 남은 연대장은 차가운 눈 위로 폭, 고꾸라졌다. 예기치 않은 산사태가 일어나는 바람에 그는 봄이 수십 번 지나고 나서야 다른 이들에게 발견됐다. 그때까지 그를 기억하고 있던 이는, 세상에서 단 한 명뿐이었다.

낡은 소총을 들이밀고 있던 작전병은 조용히 하는 게 좋을 거라고 나지막이 말했고, 소설가는 그의 요구를 충실히 따랐다. 담배를 꼬나물고 있던 작전병은 자신의 처지를 설명하기 시작했다.

—보다시피 난 패잔병이야. 어제까진 목숨 걸고 전선에서 싸웠지만, 오늘은 기차표 살 돈도 없는 거지 신세지. 그래서 고향까지 이 기차를 몰래 타려고 해. 혹시 불만 있어?

소설가는 고개를 천천히 저었다. 작전병은 고개를 끄덕이며 소설가 옆에 널브러진 타자기와 종이를 바라보며 물었다.

—뭘 쓰고 있었지?

―별거 아닙니다. 그런데 어느 부대 소속이죠?

―누가 질문엔 질문으로 대답하지 말라던데.

단소총이 한층 더 바짝 다가왔다. 소설가는 마지못해 답했다.

―소설을 썼습니다.

―소설이라. 나도 전쟁 전엔 즐겨 읽었는데. 화약 냄새가 뭔지 상상도 못 했던 그 시절에 말이야. 나는 그 시절을 까먹어 버렸어. 내가 무슨 말 하고 있는지 알지?

전쟁을 한 번도 경험하지 못했던 소설가는 아까부터 작전병이 뭐라고 지껄이는지 도저히 이해할 수가 없었다. 작전병은 타자기 옆에 널브러진 종이들을 바라보며 소설가에게 물었다.

―읽어봐도 돼?

―망친 소설입니다.

작전병은 소설가의 말을 무시하고 멋대로 종이 몇 장을 한 손으로 집어 읽기 시작했다. 소설을 읽어 내려가던 작전병은 어느 대목에선 피식피식 웃었고, 또 다른 대목에선 얼굴을 찌푸렸다. 구겨진 종이에 적힌 것들을 다 읽은 작전병은 종이를 더 심하게 구긴 후 소설가에게 집어 던졌다.

―고약한 소설을 쓰는군.

―그렇게 느끼셨다면 유감입니다.

—맞아. 상당히 유감이야.

　작전병은 소설가에게 불이 있는지 물었고, 소설가는 주머니에서 성냥갑을 하나 꺼내 작전병에게 넘겼다. 얼어붙은 연대장의 성냥과 달리 소설가의 성냥은 불이 아주 잘 붙었다. 작전병은 흡족한 표정을 지으며 담배에 불을 붙였다. 담배는 순식간에 타들어 갔고, 작전병은 타들어 가는 담배만큼 길쭉한 연기를 입으로 내뿜었다. 소설가는 작전병이 내뿜은 독한 연기를 들이켜며 잔기침을 해댔다.

　—엄청 독한데, 무슨 담배입니까?

　—군용 담배라 딱히 이름이 없어. 그냥 사과만 그려져 있지. 혹시 저거 마셔도 돼?

　작전병이 소설가가 마시다 남긴 두꺼비 소주를 가리키며 물었다. 소설가는 얼마든지 드시라고 답했다. 어쩐지 자축하고 싶었던 작전병은 사양하지 않고 소설가가 남긴 소주를 몽땅 들이켰다. 술을 별로 못하는 편이었는지, 작전병의 얼굴은 담배처럼 새빨갛게 달아올랐다. 그는 알딸딸하게 달아오른 목소리로 소설가에게 말했다.

　—이래 뵈도 난 받은 만큼 돌려주는 사람이야. 누가 욕을 하면 똑같이 욕을 하고. 술을 주면 똑같이 술을 주지.

　작전병은 소총을 거두고 건빵 주머니를 뒤적이더니, '酒'라고 새겨진 포켓 술병을 꺼내 소설가에게 건넸다.

—사양 말고 마셔. 내가 죽여버린 장교 놈이 북경대국의 귀한 술이라 말하더군.

소설가는 독한 술을 좋아하진 않았지만, 총 앞이라 어쩔 수 없이 압카를 시원하게 들이켰다. 너무나도 독해 소설가의 목구멍에서 짧은 신음이 기어 나왔다. 술에 취한 작전병은 그 모습을 흐뭇하게 바라보며 담배 연기를 길게 내뿜더니, 소설가의 옆자리에 슬그머니 앉았다. 소설가는 패잔병이 뿜는 담배 냄새를 맡으며 아직도 자신이 꿈을 꾸고 있는 게 아닌가 하는 의심이 들었다. 패잔병은 군화 밑에 우스꽝스럽게 묶인 눈신발을 풀어내며 중얼거리기 시작했다.

—네 소설을 보니까 어젯밤에 잠깐 꿨던 꿈이 기억났어. 아버지가 눈신발을 만드는 법을 가르쳐 주는 꿈이었는데, 어쩐지 눈물이 나더라고. 우리 고향은 눈이 지랄 맞을 정도로 많이 내려. 그래서 설국이라고 불리지. 그런데 지금은 그 지랄 맞은 설국이 그립네.

소설가는 잠자코 패잔병의 이야기를 들었다. 패잔병이 한숨을 내뱉자 담배 끝에서 재가 우수수 떨어졌다. 그가 신고 있던 눈신발을 풀어낸 건 물고 있던 담배가 필터까지 타고 있을 무렵이었다.

—아까 말했듯이, 난 그냥 고향까지만 가면 돼. 너는 그 재미없게 생긴 타자기로 꿈 도깨비가 튀어나오는 공상과학

소설이나 계속 두들기고 있으라고. 총은 걱정하지 마. 탄환은 진즉 적군한테 다 빼앗겼으니까. 그런데 개머리판은 꽤 단단하니까 허튼 생각도 하지 말고.

그 말에 대답한 사람은 소설가가 아니었다.

—듣던 중 반가운 얘기로군요.

작전병이 목소리가 들리는 쪽으로 시선을 올려보니 어색한 미소를 짓고 있는 승무원의 얼굴이 보였다. 그는 뒤늦게 소총을 들어 개머리판으로 승무원을 치려고 했지만, 승무원의 단단한 주먹이 먼저 작전병의 코뼈를 부러뜨렸다. 작전병의 코에서 피가 헤프게 터져 나왔다.

—허가되지 않은 구역에서 흡연을 한 사람은 교통법에 의거하여 기차에서 쫓겨납니다.

—난 그런 법 못 들었어.

—방금 생겼답니다.

승무원은 작전병의 목덜미를 잡고 있는 힘껏 차창 쪽으로 던졌다. 창문이 깨지는 소리와 작전병의 새된 비명이 어지럽게 뒤섞이며 허공으로 흩어졌다. 거친 눈바람이 깨진 창문 사이로 쉴 새 없이 들어왔다. 승무원은 소설가에게 고개를 숙이며 말했다.

—죄송합니다. 잠시 소란이 있었네요. 괜찮으시다면 좌석을 바꿔드려도 될까요?

그 질문에 소설가가 할 수 있는 대답은 하나뿐이었다. 승무원은 소설가의 짐을 다른 좌석으로 옮겨주기 시작했다. 승무원이 두꺼운 손으로 들고 있던 딱딱한 타자기는 1913년에 출시된 최신 타자기였는데, 알파벳 자판이 아니라 우리글 자판이 새겨진 타자기였다. 미국에서 생산된 Smith Premier Typewriter No. 10을 개조한 그 타자기는 오늘날의 타자기와 달리 두 벌의 초성 글쇠, 두 벌의 중성 글쇠, 한 벌의 종성 글쇠를 지닌 다섯 벌식 타자기였는데, 현대의 두 벌식이나 세 벌식 타자기만큼 빠르지 않았지만 그 시절엔 글을 제일 빨리 쓸 수 있는 타자기였다. 마치 소설가가 타고 있던 이 느린 백년열차처럼 말이다. 오래된 것들은 물을 먹는 솜처럼 세월을 먹어서 점점 무거워지기 마련이었다.

백년열차는 여전히 느리게 달리고 있었다.

느려터진 흉몽에서 겨우 깨어난 소설가는 어이없음과 허기를 동시에 느꼈다. 100년 전의 공상 소설가로 빙의하는 꿈을 꾸다니. 차창을 바라보니 사납게 내리던 눈이 어느새 그쳤고 해변으로 끝없이 달려드는 회색빛 파도만 가득 보였다. 객실로 시선을 돌리니 테이블에는 빈 소주병이 백년열차의 흔들림을 따라서 이리저리 굴러다녔고, 노트북 자판엔 라면 국물이 조금 튀어 있었다. 테이블로 가 노트북을 살핀 소설가는 한숨을 내뱉지 않을 수가 없었다. 소설을 꿈에서만 썼던 모양인지, 노트북 속 워드 프로그램은 말끔한 백지만 선보이고 있었다. 소설가는 머리를 긁적이며 꿈속에서 엿봤던 문장들을 끼적이기 시작했다. 다섯 문장 정도 적었을 때, 소설가의 신발에 단단한 뭔가가 채였다. 바닥을 살핀 소설가는 상당히 어리둥절해지고 말았는데, 그의 발에 걸어차인 것이 포켓 술병이었고, 포켓 술병에 '酒'라는 글자가 빠그라진 꿈처럼 새겨져 있었기 때문이다. 술병을 집어 드니 내부에서 술이 찰랑거리는 게 느껴졌다. 소설가는 망가진 포켓 술병에서 상당히 오래된 세월을 느낄 수 있었다. 낡은 술병 때문에 기분이 오묘해진 소설가는 노트북을 덮고 객실 안에 널브러진 자신의 짐을 정리한 다음, 열차장을 찾아갔다. 열차장은 소설가의 요구를 듣고 난감한 표정을 짓지 않을 수가 없었다.

—저희 열차가 정차할 수 있는 역은 북해역과 남해역뿐입니다.

소설가도 열차장처럼 난감한 표정을 지으며 말했다.

—부탁입니다. 뭘 잘못 먹었는지 머리가 너무 아파요.

—소설은 다 쓰셨습니까.

—내리고 다 쓰겠습니다. 지금 상태로는 한 문장도 못 쓰겠어요.

열차장은 콧수염을 쓰다듬으며 고민하더니, 무전기로 기

관사에게 제일 가까운 역이 어디냐고 물었다. 기관사는 20분 후에 울진역에 도착한다고 열차장에게 알렸다. 얼마 후, 열차장은 전체 방송으로 열차가 잠시 울진역에 정차한다고 승객들에게 알렸다. 모두가 나른해진 오후 시간이었던지라 반발하는 승객은 한 명도 없었다. 백년열차는 천천히 울진역에 접어들었고, 어색한 미소를 짓고 있던 승무원이 소설가의 짐을 들어줬다. 울진역에 정차한 백년열차의 문이 열릴 때, 승무원이 소설가에게 물었다.

　—여행은 즐거우셨나요.

　—괴로운 꿈을 꿔서 힘들었네요.

　—괴로운 꿈도 흘러가면 추억이 되는 법이죠.

　백년열차에서 하차한 소설가는 승무원을 의심스럽게 쳐다봤다. 승무원이 소설가를 향해 고개를 꾸벅 숙이자, 백년열차의 문이 느릿느릿 닫혔다. 플랫폼에 홀로 남은 소설가는 백년열차가 느리게 울진역을 떠나가는 모습을 오랫동안 지켜봤다. 마치 무언가를 놓고 내린 승객처럼.

　타의로 달리는 기차에서 뛰어내린 작전병은 눈 속에 보기 좋게 처박혔다. 코에서 줄줄 흘러내린 피는 높게 쌓인 눈을 빨갛게 물들였다. 피가 잔뜩 섞인 눈의 맛은 지독했다. 간신히 몸을 일으킨 작전병은 멀리 떠나간 열차를 망연하게 바라봤다. 열차는 아득할 정도로 멀리 떨어졌다. 장난감만큼 작아진 열차를 보니 작전병은 어쩐지 꿈을 꾼 것 같다는 생각이 들었다. 그것도 상당히 아픈 꿈을. 그의 코에서는 여전히 피가 줄줄 흘러나오고 있었다. 작전병은 주위의 눈을 뭉쳐 자신의 콧구멍에 쑤셔 넣었다. 콧구멍을 막은 눈은 순식간에 분홍색으로 바뀌었다. 그는 코피가 멎을 때까지 계속 눈을 콧구멍 속으로 넣었다. 피가 어느 정도 멎자, 작전병은 담배를 꺼내 물었다. 다행히 주머니에는 소설가에게서 빼앗은 성냥갑이 남아 있었다. 담배는 천천히 타올랐다. 그는 자신의 입에서 흘러나온 연기를 쳐다봤다. 담배 연기는 방금 죽어 어리둥절한 유령처럼 허공을 헤매다 사라졌다. 흔적도 없이 사라진 연기를 바라본 작전병은 문득 연대장의 브로치가 떠올랐다. 품을 뒤져서 연대장의 브로치를 꺼낸 작전병이 제일 먼저 느낀 감정은 후회였고, 두 번째로 느낀 감정은 그리움이었다. 연대장의 딸 사진을 바라보니 어째선지 몰라도 작전병은 고향이 떠올랐다. 그 순간 작전병은 자신이 오랫동안 울진을 그리워할 수밖에 없다고 생각했다. 울진은 북경대국군의 폭격으로 이미 쑥대밭이 됐지만, 그 사실을 몰랐던 작전병은 자신의 고향만큼은 안전할 것이리라 대책 없이 믿으며 브로치를 주머니에 찔러 넣은 뒤, 발을 바삐 움직이기 시작했다. 그의 발에 뭔가가 채인 건 작전병이 열 걸음 정도 움직였을 때였다. 눈

속에 손을 찔러 넣은 작전병은 맥주 캔을 하나 발견했다. 전혀 본 적 없는 상표였지만, 작전병은 스스럼없이 캔의 뚜껑을 딴 후 맥주를 천천히 들이켜며 다시 움직이기 시작했다. 한 발자국에 한 모금. 작전병이 한 발자국을 뗄 때마다 연대장의 브로치는 잘그락, 소리를 냈다. 그가 고향에 도달했는지 아닌지 아는 사람은 아무도 없었다.

끝을 알 수 없던 100년짜리 소설은 이렇게 끝났다.

울진의 해변 호텔에서 하룻밤을 묵은 소설가는 초고를 철도국 메일로 보냈다. 그들이 이 소설을 좋아해 줄지 알 수 없었지만, 소설가의 마음은 어려운 숙제를 막 해결한 사람처럼 한결 후련해졌다. 그는 노트북을 덮고 자리에서 일어나 열차에서 가져온 포켓 술병을 집어 들었다. 오래된 술의 맛은 지독했지만, 한편으로 아련했다. 뜨거운 술기운을 콧구멍으로 내뱉으며, 소설가는 창가로 걸어갔다. 창문 밖으로 거친 해변의 풍경이 보였다. 기다란 파도는 끝없이 해변으로 달려들었고, 파도의 끝부분 위로 눈이 내리는 게 보였다. 소설가는 오래전에 어디선가 본 풍경 같다고 느꼈지만, 정확히 어디서 봤던 풍경인지는 기억하질 못했다. 다만 기분만큼은 막막했고 추웠다. 그는 한기와 막막함을 달래기 위해 다시 한번 지독한 술을 들이켰다. 소설가의 휴대폰이 울리기 시작한 건 술을 다섯 모금째 들이켰을 때였다. 소설가는 철도국 사람이 벌써 소설을 봤나 하며 전화기를 살폈는데, 발신인은 전혀 뜻밖의 인물이었다. 발신인의 이름을 보고 한참이나 고민하던 소설가는 전화를 늦게 받았다.

—여보세요.

—어디냐.

—울진이에요.

—그러냐. 정복을 다리다가 창밖을 보니 눈이 내리길래 네 생각이 나 전화를 걸었다.

뜬금없게도 아버지는 소설가가 한참 전에 잊어버린 이야기를 들려주기 시작했다. 소설가는 어렸던 자신이 국경 도시로 이사한 후 스노 글로브가 없어진 걸 알게 되자 울고 불며 돌아가자고 떼를 썼다는 이야기를 도저히 믿을 수 없었지만, 고개를 끄덕이며 아버지의 말을 잠자코 들었다. 그때 소설가가 창에 비친 자신의 모습을 보면 나, 정말 어색하게 웃고 있구나, 하고 중얼거렸을지도 모른다. 통화는 눈이 그칠 때까지 이어졌는데, 그들의 대화는 백년열차만큼이나 느리게 흘러갔다. 당연한 얘기일지도 모르지만, 두 사람 중 지루함을 느낀 사람은 아무도 없었다. 파도 위로 흩뿌려진 눈들은 조심스럽게 천천히 차가운 해변으로 흘러왔다.

남해, 자율주행 금지 구역

인적이 드문 카페에서 토요일 한낮 내내 죽치고 앉아 있는 것은 썩 유쾌한 일이 아니었다. 서울과 달리 남해는 정말 이 동네에 살고 있는 사람이 있긴 한가, 라는 의심이 들 정도로 모든 곳이 텅텅 비어 있었다. 자동차로 가득 차 있던 서울의 출퇴근길에 있을 땐 벗어나고 싶다는 생각뿐이었는데, 막상 벗어나게 되니 그 갑갑한 풍경마저 그리울 지경이었다.

워낙 갑작스러운 인사 발령이었던지라 나는 팀장에게 항의하지 않을 수가 없었다. 팀장은 나의 고과 점수—그 점수를 매긴 건 자신이 아니라 새로 도입된 인공지능 관리 시스템이라고 변명하듯 덧붙였다—가 팀원들 중 제일 형편없다는 사실을 구태여 지적한 후, 남해로 1년 동안 파견을 갔다 오면 고과 점수가 쑥쑥 올라가 있을 것이라고 달래줬다.

—저는 남해에 아무런 연고도 없는데요.

—좋네. 조용히 일에 집중할 수 있으니까.

2주 후, 팀장의 말을 전해 듣고 남해의 지사장은 고개를 절레절레 저으며 특별한 이변이 없는 이상 나의 파견 기간은 퇴사할 때까지 1년마다 자동으로 연장될 거라고 알려줬다. 본사로 되돌아갈 방법이 없냐고 되묻자, 지사장은 자신도 한때 그런 허망한 꿈을 꾼 적이 있었다고 말하더니, 주머니에서 레드애플 담배를 한 갑 꺼내 들었다.

—피울래? 서울이랑 다르게 남해는 건물 안에서 피워도 돼. 여긴 금연 구역이 따로 없거든.

그날 내가 지사에서 한 일이라곤 지사장의 무용한 무용담을 들으며 담배 연기를 지나칠 정도로 길게 내뿜는 것뿐이었는데, 어쩐지 20세기의 일상이 담긴 빛바랜 다큐멘터리에 출연하는 듯한 기분이 들었고, 한편으로는 그리운 기분마저 들었다. 그러나 전 여자친구 미지와 연락하게 됐을 때, 그리운 기분은 단순히 기분으로만 남지 않게 됐다. 애초에 나는 미지가 남해에 있다는 사실조차 몰랐다. 급하게 내려온 나는 남해에서 몰고 다닐 차량을 구입해야만 했고, 당근과 번개장터와 중고나라를 샅샅이 뒤지다가 그나마 괜찮은 매물을 찾아냈는데 어이없게도 차주가 미지였던 것이다.

회색 자갈이 잔뜩 깔린 카페 주차장에 1980년대식 일본 스포츠카가 흙먼지를 일으키며 나타난 것은 약속 시간으로부터 무려 30분이나 지난 뒤였다. 새빨간 차에서 내린 미지는 자신의 차량과 깔맞춤이라도 한 건지 붉은 기운이 약간 돌고 있던 선글라스를 쓰고 있었는데, 썩 어울려 보이진 않았다. 나와 눈이 마주친 미지는 선글라스를 살짝 내리고 내게 걸어왔다. 전혀 반갑진 않고 께름칙했는데, 그건 미지도 마찬가지였는지 나와 한 걸음씩 가까워질수록 미지의 입술은 점점 내려갔다. 한껏 짓눌린 입술 사이에서 하나도 달갑지 않은 인사가 흘러나왔다.

　—오랜만이야. 못 본 새 키가 더 작아진 거 같네?

　—딱 1센티 작아졌어. 나이 먹어서 그런가 봐.

　—어깨를 숙이고 다니니까 그렇지. 나는 어깨를 펴고 다니니까 나이 먹어도 키가 크더라고. 작년에 1센티 더 커져서 175센티가 됐어.

　—응. 정말 축하해.

　6년 만에 쓸모없는 잡담을 주고받은 우리는 한참 서로를 쳐다보며 침묵했다. 그 성가신 고요함을 먼저 깬 쪽은, 물건을 파는 쪽이었다.

　—그래서, 살 거야?

　—아무래도 사야겠지? 아무리 너라도.

　—그래. 아무리 너라도 팔아야겠어.

　우리는 주차장에 얌전히 주차되어 있던 구식 스포츠카를 바라봤다. 연식이 오래된 차답게 스포츠카는 삼류 디자이너가 토끼를 대충 데포르메시킨 듯한 외양을 지니고 있었다.

　—그래서 이름을 앨리스로 붙였어.

묻지도 않았지만 미지는 차의 별명을 내게 알려줬는데, 그걸 듣고 나는 앨리스라는 인명과 토끼의 상관관계에 대해서 한참이나 고민했다. 『이상한 나라의 앨리스』는 이제 옛날이야기보다 더 오래된 옛날이야기가 되고 말았다. 마치 옆 나라의 버블 시대처럼. 뜨거웠던 시대를 화려하게 질주했던 일본산 자동차는 남해의 드센 햇빛을 온몸으로 튕겨 내고 있었다. 태양만큼이나 새빨갛고 화려한 차량은 사실 상상조차 할 수 없었다. 자율주행 자동차가 상용화된 이후로, 붉은 계열의 색깔로 차체를 도색하는 것은 법적으로 금지되었으니까. 인공지능이 붉은 색상의 차량을 불덩이로 인식해서 119에 신고하는 오류가 종종 일어났기 때문인데, 혁신 뒤에는 언제나 어이없는 결함이 뒤따른다는 것을 녹음 안 되는 스마트폰 덕분에 미리 경험했던 사람들은 자율주행 차량의 그런 결함을 그러려니 하고 넘겼다. 그래서 자율주행 시대 이후 생산된 자동차의 디자인은 한없이 밋밋하고 지루하기 그지없었다. 하지만 남해라면 차량의 도색 따윈 도로 위에서 전혀 상관없는 문제였다. 남해의 도로는 인공지능이 아닌 인간 운전자가 직접 몰아야 하는 구식 자동차만 달릴 수 있었으니까.

다들 알다시피, 남해는 인공지능, 로봇, 자율주행 등 금지

된 것이 많은 옛날 동네였다. 남해는 미래를 부정하며 과거를 그리워하는 망령스러운 시대 부적응자를 위해 계획된 과거형 신도시였다. 과거와 계획, 그리고 신도시라는 단어가 어색하게 붙어 있는 꼴만 봐도 짐작할 수 있을 것이다. 이 남해라는 도시가 정말로 말도 안 되는 동네라는 걸.

새빨간 자동차는 끝없이 이어진 해안 도로를 따라 남쪽으로 달리고 있었다. 핸들을 잡은 지 20분도 안 됐지만, 핸들이 심하게 떨리던 탓에 자율주행에 길들여졌던 나의 손목은 피로감이 금세 올라왔다.

—왜 이렇게 떨리는 거지?

내가 나지막이 투덜대자 조수석의 미지는 어깨를 으쓱이며 이죽댔다.

—날 오랜만에 봐서 그런 거 아니야?

—말도 안 되는 소리.

남해는 도로마저 말도 안 되는 곳이었다. 미지는 터널을 지나가면 차를 돌릴 수 있을 정도로 넓은 곳이 나올 거라고 장담했지만, 터널에서 나오니 오히려 도로의 폭이 좁아졌다. 가드레일과 차의 간격이 점점 좁아지는 모습을 바라보며 내가 말했다.

—차 돌릴 수 있는 곳이 곧 나온다며.

미지는 조금 민망했는지 가드레일 너머로 넓게 펼쳐진 바다와 흐린 하늘을 바라보며 중얼거렸다.

—이해 좀 해. 여기 도로가 간단하게 보여도 사실 복잡하기 그지없어. 어제 달렸던 도로를 오늘 다시 달려보면 꼭 새 도로를 달리는 것 같은 기분이 든다니까?

예나 지금이나 미지는 뻔뻔했다. 그 뻔뻔한 말을 듣고 브레이크를 강하게 밟고 싶었지만, 뒤쪽에서 재촉하는 경적이 계속 울려대 도저히 그럴 수가 없었다. 백미러로 흘끗 바라보니 달리는 게 신기할 정도로 낡아빠진 포터 트럭이 쫓아오고 있었다. 운전대를 잡고 있던 사람은 포터만큼 연세가 지긋한 할머니였는데, 내 운전 실력에 깊은 유감이었는지 주름진 입술로 욕을 끝없이 내뱉으며 추월을 시도하려 들었다. 들리진 않았지만 미지가 워낙 차창을 잘 닦아놓은 탓에 입술의 움직임이 적나라하게 보였다. 덕분에 욕설은 고막을 뛰어넘어 내 머릿속에 꽂혔고, 네 내장 내 내장 운운하는 걸걸한 남해식 욕설을 도저히 못 견디겠던 나는 차창을 내린 다음 덩달아 똑같이 욕설을 할머니에게 내뱉으려고 시도했다. 그러나 할머니는 괜히 할머니가 아니었다. 내가 쌍시옷 발음을 내뱉기도 전에 할머니는 귀에 끼고 있던 보청기를 뺀 다음, 가운뎃손가락을 슬쩍 내밀더니 그대로 엑셀을 세게 밟으며 저 멀리 달아났다. 꽁무니로 매캐하게 새까만 연기를 내뿜는 트럭을 바라보며 내가 중얼거렸다.

　—나이답지 않게 재빠른 할머니로군.

　—남해 할머니들은 모두 다 저래.

　—거친 동네라 그런가?

　—옛날 동네라 그래.

　미지는 서울 촌놈은 적응하기 꽤 힘들 동네라고 이죽거렸는데, 남해에 평생 살았던 사람처럼 굴어대는 모습이 어쩐지 어이없어서 대꾸해 주진 않았다.

　미지의 고향은 인동이었고, 나의 고향은 영일이었다. 공교롭게도 둘 다 첨단산업으로 유명한 도시였고, 첨단산업으로 유명한 도시들답게 자율주행 자동차에 관한 법안이 서울보다 먼저 통과된 도시들이기도 했다. 덕분에 도시는 달랐지만 미지와 나의 등굣길 모습은 똑같았다. 언제나 같은 속도로 달리는 자율주행 버스를 타며 우리는 초등학교로, 중학교로, 고등학교로 등교했다. 서울의 대학교에서 자율주행 버스를 경험했던 사람은 미지와 나뿐이었다. 처음 만났을 때 우리 중 누군가가 먼저 자율주행 버스 얘기를 꺼냈고, 나머지 한 사람이 정말 지루한 등굣길이었다고 말하며 맞장구를 쳤는데, 우리 중 그 누구도 맞장구에서 헤어짐까지의 주행 시간이 4년이나 걸릴 거라고 예지한 사람은 아무도 없었다.

4년이라는 시간은 마치 시작하기도 전에 미리 짜여 있었던 계산을 따라 흘러가는 수식처럼 어떠한 의외성이나 변수 없이 잘 진행됐다. 누가 우리 연애를 프로그래밍했는지는 잘 모르겠지만, 성질이 퍽 괴팍한 작자인 것만은 분명했다. 그렇지 않다면 이 나라에서 제일 빠른 첨단 도시에서 자라났던 우리가 이 나라에서 제일 느린 시골에서 다시 만날 일 따위는 절대로 없었을 테니까. 우리가 헤어진 날 마지막으로 먹었던 음식은 나이가 지긋한 할머니 사장님이 끓여준 허름한 분식집 스타일 라면이었는데, 공교롭게도 지금 먹을 음식도 라면이었다. 우리가 들어선 음식점은 겉보기엔 수산물 회 센터처럼 보였지만, 위태롭게 걸려 있던 메뉴판에 당당히 적힌 음식이라곤 라면뿐이었다. 우리 중 주문을 한 사람은 아무도 없었지만, 주방에서 라면 냄새가 금세 풍겨 오기 시작했다.

　―무슨 라면이에요?

　미지가 주방을 향해 소리쳤는데, 귀가 영 좋지 않았던 주방장은 한참 후에나 답했다.

　―안성탕면.

　―아직도 안성탕면이 나와요? 안성탕면 너무 싱거워서 요즘 사람들 잘 안 먹는데.

　라면을 열심히 끓이고 있던 주방장이 주방에서 얼굴을 쏙 내밀며 미지에게 말했다.

—매운 거 너무 많이 먹으면 나처럼 주름져요.

웃으라고 한 말인 것 같은데, 주인장의 피부 위로 새겨진 주름들이 셀 수 없을 정도로 너무 많았던 탓에 우리는 감히 웃을 수가 없었다. 우리와 달리 주인장은 미소를 지으며 라면을 끓이고 있었다.

라면은 한참 후에 불어터진 채로 나왔는데, 과연 싱겁기 그지없었다. 순식간에 라면을 해치운 우리는 라면만큼이나 싱거운 대화를 주고받았다. 서로의 눈을 바라보는 대신 가게 창 바깥으로 끝없이 몰려드는 남쪽 바다의 겨울 파도를 바라보며 묻고 답했다. 주인장이 종이컵 두 잔을 들고 다가오더니 후식이라고 말하며 우리에게 슬쩍 내밀었다. 컵에는 구식 믹스커피가 담겨 있었는데, 라면과 마찬가지로 물 조절이 넘칠 정도로 과해서 믹스커피라기보단 믹스커피 물이라고 부르는 게 옳을 정도였다. 주인장과 달리 그 커피에서 어떠한 맛도 느낄 수 없었던 나는 한 모금만 마신 커피를 몽땅 땅에다 버리며 투덜댔다.

—이런 거 먹고 오래 살 거면 혼자서만 오래 사는 게 좋을 거 같은데 말이야.

—넌 오래 살고 싶지 않아?

—딱히. 요즘은 마음만 먹으면 안 죽을 수도 있잖아. 아

프면 가상현실 서버로 기어들어 가면 되니까.

─난 절대 그런 데 안 들어갈 거야. 그런 곳에 살면 생각 없이 살 거 같단 말이지.

─내가 듣기로는 꼭 옛날 기억으로 꿈을 꾸는 거 같다고 하던데.

─옛날 꿈을 꾸는 게 아니라 옛날 덫에 물려 꾸물대는 거 겠지.

나는 그런가, 라고 중얼거리며 레드애플 담뱃갑을 주머니에서 꺼내 미지에게 내밀었다. 미지는 망설이지 않고 담뱃갑에서 담배를 하나 집어 들고, 자신의 주머니에서 성냥갑을 꺼냈다. 새하얀 토끼가 그려진 성냥갑은 퍽 고루해 보였다.

─남해 사람이 가지고 다닐 법한 성냥갑이네, 진짜. 못 본 새 취향도 늙었나 봐?

─고풍스러워졌다고 해줄래?

바람 때문인지 새파란 성냥 머리에 불꽃이 잘 붙질 않았다. 열 번쯤 그었을까. 간신히 피어오른 성냥불은 미지의 담배에만 불을 붙여준 채, 연기가 되어 순식간에 흩어지고 말았다.

─빌어먹을 바닷바람 같으니라고.

내가 투덜대며 다시 성냥을 그으려고 할 때, 미지는 새빨 갛게 물든 담배 끝을 내 쪽으로 들이밀며 이걸로 불을 붙이

152

라고 중얼거렸다.

　—그래도 돼?

　—안 될 게 뭐가 있겠어.

　나는 조심스럽게 미지의 담배 끝에다가 내가 물고 있던 담배를 들이밀며 숨을 살짝 들이켰다. 간지러울 정도로 조그마한 불꽃들이 미지의 담배에서 내 담배로 소심하게 넘어오는 게 눈에 보였는데, 어이없게도 미지의 담뱃불마저 꺼지고 말았다. 우리는 한참이나 투덜대며 다시 담뱃불을 붙이려 시도했다. 그러나 불은 잘 붙지 않았다.

　담배 한 개비를 간신히 태운 우리는 흥정하기 시작했다.

　—그 가격 주고 사기는 좀 그래. 아까 핸들이 엄청 떨렸잖아.

　—핸들이 안 떨렸으면 그 가격보다 더 비싸게 내놨을 거야. 그리고 봐서 알겠지만, 주행 거리가 4만 킬로미터도 안 돼. 그 정도면 새 차나 다름없다고.

　—나보다 나이 많은 차가 어떻게 새 차야?

　—저 차가 너보단 속이 깨끗할걸.

　우리는 낡은 포터 트럭이 주차될 때까지 입씨름을 벌였다. 아니나 다를까, 포터에서 내린 사람은 아까 내게 마구 욕지거리를 하던 할머니였다. 미지와 내가 물끄러미 바라보자

할머니는 지랄은, 이라고 중얼거리며 식당으로 걸어 들어갔다. 정말로 싱거운 라면이 장수와 젊음의 비결이었던 모양이다. 사나운 할머니를 다시 보니 어쩐지 어색해진 나는 차를 구입한다고 말해버렸다.

　—그나저나 고장이 나면 어떻게 해? 구식 일본차라 부품도 찾기 어려울 텐데.

　—걱정 마. 정비는 진즉 다 해뒀으니까. 당분간은 잘 달릴 거야.

　—정말이야?

　—정말이야.

미지는 내 눈을 똑똑히 쳐다보며 말했다. 미지가 거짓말을 할 때마다 보였던 익숙한 표정이었지만, 모른 척하고 넘어가 줬다. 우리는 거래가 성사된 기념으로 차를 타고 시내로 가서 술이나 마시기로 했는데, 미지가 어쭙잖게 또 내비게이션 행세를 하려 들었다.

　—계속 가던 길로 가면 시내가 나와.

　—너 정말 길치구나. 내가 남해에 온 지 일주일밖에 안 됐지만, 여기로 계속 가면 뭐가 나오는지는 잘 알고 있어.

　—뭐가 나오는데?

　—끝땅이 나오잖아.

해남의 땅끝과 달리 남해의 끝땅은 정말로 끝이라는 지

명이 어울리는 곳이었다. 원래대로라면 남쪽 바다 너머 이
국의 섬까지 이어지는 기다란 다리가 건설될 예정이었지만,
IMF가 터지자 예정이란 것들은 전부 짓뭉개진 담배꽁초의
끝에서 피어오르는 연기처럼 허공에 흩어지고 말았다. 다리
는 20미터 지점까지만 건설되고 반세기가 넘도록 방치됐는
데, 그 끝부분이 바로 끝땅이었다. 이 세상을 게임으로 비유
하자면, 끝땅은 게임 캐릭터가 간신히 다다를 수 있는 게임
속 세계의 끄트머리처럼 생겼다. 이 뒤엔 아무것도 없으며 한
발자국만 더 디디면 이 세계에서 영원히 추방이라고 소리치
는 것 같은 특이한 모양새 때문에 끝땅은 여러모로 유명했는
데, 그 유명세답게 다리 끝에는 자살 예방 문구와 심리 상담
센터의 전화번호가 위태롭게 걸려 있었다.

　─기왕 여기까지 온 김에 끝땅이나 한번 보고 가자.

　─거긴 죽고 싶은 사람이나 보는 곳이잖아. 혹시 요즘 인
생이 힘들거나 그래? 그렇다면 상담을 받아보는 건 어때?

　─우울할 때 상담보다 더 좋은 게 있어.

　─그게 뭔데?

　─추월.

무슨 레이싱 시합이라도 하냐고 되묻자, 미지는 고개를
끄덕이며 이 스포츠카를 타고 달리는 열차를 추월하면 우울
함이 싹 가신다고 내게 말했다.

―KTX나 SRT가 스포츠카보다 훨씬 빠르지 않아?

―여긴 남해야. 시속 500킬로미터로 달리는 그런 위험한 열차들은 지나가지 않는다고.

―그럼 어떤 열차를 추월하는데?

얼마 후, 멍청한 표정을 지으며 나는 지나치게 느린 속도로 달리는 열차를 바라보고 있었다. 지렁이처럼 기어가던 그 열차는 이 나라의 끝과 끝을 100년 동안 달린 관광열차인데, 100년 동안 달린 열차답게 운행 속도가 채 30킬로미터도 되질 않았다. 그리고 그 옆으로, 시속 250킬로미터는 거뜬히 밟을 수 있는 스포츠카가 시속 31킬로미터로 천천히 달리고 있었다.

―이게 무슨 의미가 있어?

―재밌잖아.

스포츠카로 느릿느릿한 관광열차를 추월하는 게 재밌다니. 어이가 없었지만, 백미러로 조금씩 느리게 멀어져 가는 열차의 꼴이 정말로 우습게 보이긴 했다.

―왜 31킬로미터로만 달리라는 거야?

―압도적으로 이기는 건 예의가 아니라고. 적당히 맞춰줘야지.

―그런가.

내가 시큰둥한 반응을 보이자 미지는 이 차가 얼마나 훌

룽한 차인지 구구절절 설명을 늘어놓기 시작했다. 이 스포츠카가 의외로 자동차세도 적게 나오고 연비도 훌륭하다는 둥 이어지는 설명이 지루해지던 차에 나는 이제 그만 시내로 가자고 말했고, 입이 슬슬 아파졌는지 미지도 동의했다. 그사이, 부지런한 열차는 멈춰 있던 스포츠카를 따라잡았지만, 열차의 가상한 노력이 무색하게 운전자가 바뀐 스포츠카는 방향을 돌려 덜덜거리는 소리와 함께 시내 쪽으로 달려갔다. 그렇게 오래된 열차와 오래된 스포츠카는 각각 다른 곳으로 달려갔다.

구식 스포츠카가 남해 시내로 접어들었을 때, 미지는 조수석에서 코를 골아대며 숙면을 취하고 있었다. 정말 예나 지금이나 뻔뻔하기 그지없는 친구였다. 번화가 초입의 신호에 붙잡힌 나는, 미지의 옆머리를 툭툭 치며 이제 어디로 가면 되냐고 물었다. 나쁜 꿈을 꾸고 있었는지, 미지는 황급하게 놀라며 일어났다.

—악몽이라도 꿨어? 왜 그렇게 놀라?

—응. 우리가 다시 사귀는 꿈.

—악몽 맞네.

정신을 어느 정도 차린 미지는 공영 주차장의 위치를 대강 알려줬는데, 너무 대강 알려준 탓에 그곳에 진짜 있을까

하는 의구심마저 들었지만, 정말로 그곳엔 대강 만든 것 같은 공영 주차장이 하나 있었다. 자갈이 잔뜩 깔린 주차장 입구에는 나이가 못해도 157세는 되어 보이는 할아버지가 등받이 없는 의자에 송장처럼 앉아 있었다. 차가 흙먼지를 일으키며 주차장 입구로 들어서자, 송장 같던 할아버지는 기적적으로 되살아나 손짓하며 주차할 곳으로 우리를 인도했다. 차에서 내리자 할아버지는 나이와 어울리지 않게 혀가 재빠른 속사포 래퍼처럼 주차장 요금과 이용 시간에 대해 주저리주저리 알려주기 시작했는데, 마치 그 일을 100년도 넘게 했는지 버벅임 없는 적확한 설명에는 어떠한 오류도 없었다. 우리는 이용 시간을 조금이라도 줄이기 위해 서둘러 주차 요금을 지불했지만, 할아버지는 돈을 받은 후에도 지친 기색을 전혀 드러내지 않은 채, 허공을 향해 계속 설명을 늘어놓았다. 점점 작아지는 할아버지의 목소리를 들으며 내가 중얼거렸다.

　—열정적이시네.

　—요즘 시대에 인공지능을 이기려면 열정이라도 있어야지.

　—그래도 인공지능은 못 이겨. 인간이 할 수 있는 일이라곤 인공지능에게 엉덩이를 걷어차이는 것뿐이지.

　—글쎄.

　나는 미지에게 인공지능 인사관리 시스템이 내 엉덩이를 걷어차서 남해까지 날아온 거라고 고백했다. 미지는 역시 인공지능이 일을 잘하긴 잘한다고 말하며 대폿집으로 들어섰다. 우리는 누군지도 모를 트로트 여가수의 홍보 포스터가 붙어 있는 자리에 앉았다. 오래된 스피커에서 팝 밴드 아 하의 음악이 흘러나오던 대폿집의 손님은 우리뿐이었고, 늙은 주인은 주방 의자에 앉아 간간이 머리를 흔들며 졸고 있었다. 아 하와 대폿집의 공통점은 소름 끼칠 정도로 오래됐다는 것뿐이었지만, 스피커는 아랑곳하지 않고 아 하의 노래를 다섯 곡이나 재생했다. 미지와 나는 소주를 한 주전자 시켰다.

　—그러고 보니, 넌 어쩌다 이런 시골에 처박히게 된 거야?

　—여기 근처 요양 병원에서 전 애인 간병인 노릇을 좀 했지.

　—어디가 많이 아파?

　—시름시름 앓다 지난달에 죽었어. 몰랐니?

　—몰랐어.

미지는 모를 만도 하다면서, 타인의 과거는 원래 남모르게 쌓이는 거라고 말하더니, 혼인 신고는 안 했지만 동거를 오랫동안 해서 사실혼이나 다름없는 관계였다고 덧붙였다. 그렇게 미지는 전 애인 이야기를 늘어놓기 시작했는데, 대부분의 옛날 애인이 그렇듯 미지의 전 애인도 천하에 찢어 죽일 놈이었다. 나는 미지에게 어쩌다 그런 개떡 같은 남자를 만나게 됐냐고 물었고, 미지는 어쩌다 보니 그런 개떡 같은 남자를 만나긴 했는데, 개떡 같은 건 너도 마찬가지 아니었냐고 되물었다. 동시에 할 말이 없어진 우리는 찌그러진 대포에 담긴 소주를 들이켰다. 술기운이 더 돌았는지 미지는 자신의 전 애인이 걸렸던 병에 대해 구구절절 이야기하기 시작했다. 누군지도 모를 그가 걸렸던 병은 불치병이었는데, 불치병답게 치료법이 딱히 없어서 할 수 있는 거라곤 독한 약으로 병세를 늦추는 일뿐이었다.

　—근육을 덜 굳게 하는 알약 세 알. 뇌 피질을 부드럽게 만드는 알약 두 알. 그리고 혈관약 두 알. 매 끼니마다 그렇게 먹였지.

　—나도 그 정도로 알약을 먹는 거 같긴 한데.

　—너도 환자잖아. 왜 난 환자 같은 사람만 만나는 건지 모르겠네. 그나저나 넌 새로 사귀는 사람 있어?

　미지가 기본 안주로 나온 두부김치를 뒤적이며 물었다. 나도 미지를 따라 두부와 김치를 박살 내며 말했다.

　—없어.

　—하긴. 정상적인 사고를 하는 사람이라면 너랑 사귀진 않을 거야.

　미지를 탓할 생각은 없지만, 첫 연애가 그 모양이라 그런지 조심스럽기 그지없었던 내 연애는 언제나 사고 없는 자율 주행 차량처럼 흘러갔는데, 최근에 사귀었던 사람은 내가 꼭 얌전한 일론 머스크 같다고 평했다. 여전히 그 말이 칭찬인지 악담인지 알 수 없었던 나는 아무 말 없이 소주를 연거푸 들이켰다. 그러다 갑자기 대폿집 바깥이 새빨갛게 소란스러워졌는데, 구급대원들이 들것을 구급차에다 싣고 있는 게 보였다. 들것에 실린 사람이 숨구멍도 거의 안 터놓고 꽁꽁 묶인 모양새로 봐선 구급차는 응급실이 아닌 장례식장으로 향할 것 같았다. 포대기는 미동조차 하질 않았다. 나는 음이 점점 낮아지는 구급차의 사이렌 소리를 들으며 말했다.

—사실 한 명 있었는데 내 애인도 최근에 죽었어.

—정말이야?

—정말이야. 엊그제 꿈에서도 나왔어.

미지가 의심스러운 눈초리로 나를 쳐다봤다. 그러다가 자신의 잔에 소주가 가득 차 있는 걸 보며 손가락으로 자기 머리카락을 마구 돌리더니, 어느 순간 갑자기 피식 웃으며 이렇게 말했다.

—예나 지금이나, 똑같네, 우리.

나는 미지에게 뭐가 똑같은 거냐고 따지려 했지만, 갑자기 전화벨이 울리는 바람에 따지질 못했다. 받아보니 본사 팀장이었다.

—어디야?

—당연히 남해죠. 무슨 일이신가요?

─인수인계한 자료 중에 누락된 게 있는 거 같아서.

─그럴 리가요.

어쩐지 통화가 길어질 것 같아서 나는 미지에게 잠깐 양해를 구하고 바깥으로 나갔다. 처음에 무미건조하던 팀장의 언성은 점점 높아졌다. 그는 어떤 확신을 가지고 내게 전화를 건 모양이었는데, 안타깝게도 나는 그의 확신을 더 이상 해결해 줄 수가 없었다. 그는 서울에 있었고, 나는 남해에 있었으니까. 마침내 팀장은 내게 협박까지 했다.

─자꾸 그렇게 비협조적으로 굴면 평생 거기 처박혀 있을지도 몰라.

이미 지점장이 알려준 게 있었던지라 별로 위협적으로 들리진 않았다. 나는 대답하지 않고 통화 종료 버튼을 눌렀다. 대폿집으로 돌아가니, 혼자서 소주 반 주전자를 해치운 미지가 불쾌한 목소리로 내게 물었다.

─무슨 전화였어?

─죽은 옛날 애인.

당연하게도 미지는 전혀 믿지 않는 눈치였다. 괜찮다. 나도 미지를 믿지 않으니까. 미지가 다시 입을 연 건 마지막 잔을 비웠을 즈음이었다.

─난 처음엔 차를 사겠다고 한 사람이 넌 줄 몰랐어.

─나도 차를 팔 사람이 너란 건 몰랐지. 어떻게 이렇게 된

거지? 꼭 누군가 짠 거 같아.

미지는 애꿎은 빈 잔을 한참이나 만지작거리다 고백하듯 말했다.

—그래서 팔지 않을까 싶기도 했어. 저 차 나름 애틋한 차거든.

—전 남친 차야?

미지는 어이없는 표정을 지으며 내게 손을 휘저었다.

—그럼 애틋하지 않지.

—그런가.

—그래. 옛날 우리처럼.

뭔가 더 변명해야 할 것 같았지만, 미지도 나도 그다음 말을 잇지 못했다. 대신 나는 과거에 내가 미지에게 했던 말들이 떠올랐는데, 기억할 만한 말들도 있었지만 기억 안 해도 될 법한 말들도 많이 떠올랐다. 덕분에 기분이 막막해진 나는 소주를 더 시키기로 했고, 미지도 나와 같았는지 역시 소주를 또 시켰다. 우리는 그렇게 소주 두 주전자와 함께 옛날을 들이켰는데, 생각했던 것보다 독하진 않았다.

소주 두 주전자를 해치운 우리는 그만 일어나기로 했다. 술값은 내가 냈는데, 미지는 찻값에서 술값을 빼주겠다고 선심 쓰듯 말했다. 나는 담배를 꼬나물며 미지에게 물었다.

ー그런데 너 저 차는 왜 파는 거야?

　ー병에 걸린 애인도 죽었겠다, 이제 남해를 뜨려고. 여기
너무 지긋지긋해.

　ー그래?

　ー이미 자율주행 차도 샀어. 사고율 제일 적은 모델로.

　내가 그렇구나, 라고 중얼거리듯 말하자 미지는 아쉽냐고
물었다. 나는 아무 대답도 하지 않고 담배 연기를 내뿜으며
미지를 쳐다봤다. 옛날 모습이 조금은 남아 있던 그 얼굴을.

　ー왜 그렇게 봐?

　ー그냥. 집에 어떻게 가려고?

　ー걸어서. 이제 내 차 아니잖아. 넌 대리 부를 거야?

　ー요새도 대리기사가 있어?

　ー잊었어? 여긴 사람이 차를 몰고 다니는 남해야.

　미지는 내게 대리 업체 전화번호를 알려줬고, 나는 미지에
게 괜찮으면 집까지 태워다 줘도 되냐고 물었는데, 괜찮았던
모양인지 미지와 나는 뒷좌석에 탑승해 대리가 모는 차를 타
고 집으로 향했다. 우리는 한동안 아무 말도 하지 않았다. 수
다스럽던 대리기사와 다르게. 대리기사는 서울 곳곳을 누비
던 자신이 어쩌다 남해까지 왔는지 구구절절 떠들어 댔다. 지
사장의 이야기만큼이나 무용한 이야기였는데, 그가 말한 것
중에 귀 기울여 들을 만한 말은 이것뿐이었다.

―눈이 오네요.

정말로 바깥에 눈이 내리고 있었다. 이미 눈을 서울에서 질리도록 봤던 나는 무덤덤했지만, 미지는 이번 겨울에 처음 보는 눈이라고 말하더니 차창을 열어 손을 바깥으로 내밀었다. 눈은 미지의 손에 올라타자마자 모양새를 잃고 금세 녹아내렸다. 나는 기사에게 양해를 구한 후 담배를 하나 또 태웠다. 미지는 질린 표정을 지으며 손으로 녹은 눈들을 털어냈다. 차창 밖으로 담배 연기를 내뱉으니 흐린 하늘 아래로 거세게 흩날리는 눈송이가 보였다. 안개만큼 짙은 눈보라였고, 전래동화가 떠오를 만큼 새하얀 눈보라였다.

―이 동네는 눈이 귀한 동네야. 지금 실컷 봐. 아마 몇 년 동안 못 볼걸.

나는 고개를 끄덕이며 차창 밖으로 빠르게 떨어지는 눈을 세기 시작했다. 미지의 집에 도착한 건 내가 320번째 눈송이를 세고 있을 무렵이었다. 미지는 태워줘서 고맙다고 말한 후, 차에서 내렸다. 나는 망설이는 목소리로 미지의 머리 위로 쏟아지는 눈을 바라보며 그녀에게 물었다.

―서울에 언제 가?

―2주 후에. 왜?

―식사나 한 번 더 할까?

미지도 뭔가 망설여졌는지 잠깐 뜸을 들인 후 답했다.

—나중에.

—나중에?

—그래. 나중에. 앨리스, 잘 부탁해.

나중이 정확히 언제쯤이냐고 물으려다, 그만뒀다. 예전에
이랬던 게 떠올랐기 때문이다. 나는 좌석에다 몸을 쑤셔 넣으
며 대리기사에게 새 주소를 읊어줬다. 차가 움직이자, 미지도
발걸음을 돌렸다. 오지랖이 넓었던 기사는 엑셀을 살짝 밟으
며 내게 말했다.

—애인이세요?

—전 애인이요.

—에이. 그러면 그러지 마세요.

달리 할 말이 없었던 나는 입을 다물고 눈을 천천히 감았
다. 대리기사는 나를 따라 입을 다문 채 핸들을 살살 돌렸다.
자동차는 부드럽게 미끄러지듯 방향을 틀어 도로를 따라 천
천히 달리기 시작했다. 보닛 위로 눈이 조심스럽게 쌓이는 소
리가 귓가를 맴돌았다.

2주는 오래전부터 달렸던 관광열차처럼, 하늘에서 쏟아
지는 눈처럼 느릿느릿 스쳐 지나갔다. 본사와 달리 남해 지
사는 일이 더디게 발생했고, 더디게 진행됐으며, 더디게 마무
리됐다. 매일 한 번씩 지사장 사무실에 들러 담배를 세 개비

씩 태워도 될 정도로 편한 생활이었지만, 미지가 계속 떠올라 기분이 썩 좋진 않았다. 미지에게 메시지가 온 건 사무실에서 담배를 다 태운 지사장이 술이나 한잔하자고 제안한 뒤였다.

'나 6시에 서울로 올라가.'

나는 31킬로미터보다 천천히 갈 거냐고 너스레를 떨어보려 했지만, 이내 메시지를 다 지우고 담배를 입에 꼬나물었다. 몇 번이나 담배를 재떨이에 짓뭉개도 도저히 답장을 보낼 수가 없었다. 내가 미지에게 답장을 보낸 건 그로부터 2시간이 흐른 뒤였다.

어떻게 된 건지 모르겠지만, 지사장과 함께 다시 찾아간 대폿집은 2주 전보다 더 낡아버렸다. 자신만만하게 소주를 잘 마신다고 말하던 지사장은 반 주전자도 비우지 못하고 새빨갛게 취하고 말았다. 나는 취한 지사장에게 물었다.

—혹시 자율주행 차량 타봤어요?

지사장은 뒤엉킨 혀로 답했다.

—아니. 난 자율주행 차량이 나오기도 전에 남해로 떨궈졌어. 알잖아. 나 여기 엄청 옛날에 온 거. 그리고 여기 오자마자 이혼을 당했지. 망할. 이딴 곳에 오면 안 되는 거였어.

그러더니 갑자기 혼자 청승맞게 울기 시작했다. 나는 그런가요, 라고 말하며 지사장의 등을 두드려 줬다. 시계를 보니 시간은 이미 8시를 넘어가고 있었다. 미지가 출발한 지 벌

써 2시간이나 지난 후였다. 나는 주전자에 남은 소주를 대폿
잔에 몽땅 들이부은 후, 천천히 들이켰다. 그사이 실패한 결
혼 생활에 대해 혼자서 지루하게 지껄이던 지사장은 아무도
마시지 않을 소주를 한 주전자 더 주문하더니 갑자기 혼잣말
을 중얼거렸다.

　　—내 마음이 내 마음대로, 네 마음도 네 마음대로 움직이
지 않더라고. 마치 자율주행 차량처럼 말이지.

　　술 냄새 나는 헛소리를 잘도 지껄이던 지사장은 머리를
테이블에다 처박고 코를 골기 시작했다. 나는 늙은 주인장에
게 술값은 이분이 계산할 거라고 말한 후, 대폿집을 나와 공
용 주차장으로 달려가 낡은 스포츠카의 시동을 걸었지만, 진
동만 잔뜩 올 뿐 시동은 걸리지 않았다. 열 번쯤 걸었을까,
픽, 하는 소리와 함께 술냄새가 차창 너머에서 풍겨 왔다.

　　—혼자 뭐 하는 거야? 도망가려고?

　　테이블에 고개를 처박고 있었던 지사장은 언제 일어났는
지, 차창에 흐리멍텅한 얼굴을 처박은 채 나를 바라보고 있었
다. 내가 어리둥절한 표정을 짓자, 지사장은 차창에서 얼굴을
뗀 다음 술버릇이 참 고약한 친구로군, 이라고 투덜대며 대리
운전기사에게 운전석을 넘기라고 말했다. 나는 핸들에 묻은
침을 닦으며 순순히 자리를 비켜줬다. 먼젓번의 대리기사와
달리 이번 대리기사는 과묵하기 그지없었다. 그가 핸들을 잡

고 내뱉은 말이라곤 이것뿐이었으니까.

　─시동이 안 걸리는데요?

　─그럴 리가. 몇 시간 전까지 몰았는데요.

　─옛날 고물 차가 그렇지, 뭐.

　술에 취한 지사장은 투덜대며 차에서 내리더니 걸어가겠다고 소리쳤고, 어이가 없어진 대리기사는 대리비를 요구하며 지사장을 뒤따라갔으며, 멀리 떠난 미지는 내게 문자를 하나 보냈다. 문자의 내용은 간단하기 그지없었다. '미안.' 이따위 차를 팔아서 미안한 건지, 거절해서 미안한 건지 알 수 없었다. 나는 비틀거리며 모두가 떠나간 1980년대 스포츠카의 운전석에 몸을 쑤셔 넣고, 게슴츠레한 시선으로 차창 밖을 쳐다봤다. 때늦은 실랑이를 벌이고 있는 지사장과 대리기사 너머로 저 멀리 끝땅이 보였고, 자율주행 차량이 아닌 낡은 포터 트럭이 지지부진한 속도로 달리는 게 보였다. 자율주행 금지 구역의 도로는, 그렇게 천천히 돌아가고 있었다. 바깥과는 전혀 다른 알 수 없는 속도로. 끝없이. 영원히. 천천히. 나는 고장 난 앨리스와 함께 그 도로 위에서 오래도록 머물렀다.

이제 하와이에선

파티가 열리지 않는다

난쟁이 히로히코 씨가 렌터카를 끌고 우리 집 앞에 나타난 때는 정오가 조금 지난 후였는데, 그때 우리는 심각하게 다투고 있었다. 다툼의 이유는 다름 아닌 동쪽 바다였다. 일주일 전부터 아이린은 동쪽 바다로 가고 싶다고 말했지만, 알다시피 십수 년 전 대지진이 일어났던 동쪽 바다는 여전히 께름칙한 곳이었다. 회사에서도 그 사실을 잘 아는지 요즘엔 사원들을 동쪽 너머로 출장을 보내지 않았다.

—동쪽 바다가 아니면 안 가.

아이린이 카메라를 힘껏 집어 던지며 내게 말했다.

—이거 생각보다 비싼 거야.

코앞으로 떨어지는 카메라를 간신히 잡아서 가방에 쑤셔 넣을 때, 바깥에서 거친 경적 소리가 들려왔다. 창문으로 내다보니 히로히코 씨가 끙끙대며 운전석에서 내려오는 게 보였다. '히로히코 렌터카'의 사장인 히로히코 씨의 키가 138센티미터도 안 된다는 소문은 이미 여러 번 들어봐서 그 모습이 그렇게 놀랍거나 하진 않았지만 그의 다리가 페달에 제대로 걸릴지는 궁금했다. 내가 바깥으로 나왔을 때, 어느새 하차한 히로히코 씨는 품에서 계약서를 꺼내는 중이었다.

—나흘 후, 지금 이 자리에 차를 가져다 두면 됩니다. 살살 모세요. 생각보다 낡은 차랍니다.

나는 고개를 끄덕이며 계약서를 받았는데, 정작 내가 궁금했던 것은 계약서 바깥에 있었다. 히로히코 씨는 계약서를 보지 않고 자신을 뚫어지게 쳐다보는 나를 의아한 시선으로 올려다보며 물었다.

—궁금한 점 있나요?

—혹시….

—혹시 내 발끝이 페달에 닿느냐는 멍청한 질문이라면 관두시죠.

나는 입을 다물 수밖에 없었다.

우리의 목적지는 내가 렌터카의 시동을 걸고 나서야 정해졌다. 늘 그랬듯이 내가 졌고, 아이린이 이겼다. 내가 렌터카를 받으러 나간 사이에 아이린은 모리오초라는 마을의 숙소에다 예약 전화를 걸었는데, 솔직히 말해서 모리오초라는 지명을 들은 것은 이번이 처음이었다. 국내라면 안 가본 여행지가 없었던 직장 동료 메구미도 모리오초라는 이름은 처음 듣는다고 했다. 메구미는 이번 휴가에 가족들과 함께 하와이로 떠난다고 내게 말했다.

—하와이라니. 좋겠네.

—별로. 이젠 질려.

메구미는 시큰둥하게 말했는데, 그도 그럴 것이 메구미의 고향이 하와이였기 때문이다.

—기념품으로 갖고 싶은 게 있어? 말하면 사다 줄게.

메구미의 목소리를 떠올리니 문득 하와이가 가고 싶어졌다. 하와이에 대해선 잘 모르지만, 모리오초보단 좋을 것 같았다.

—내가 여섯 살 때까지 외할머니랑 함께 살았던 곳이야. 부모님이 그때까지 해외에 계셨거든.

안전벨트를 매며 아이린이 말했다. 그러니까 아이린은 지금 황금 같은 여름 휴가를 지진으로 뒤집어진 추억의 장소에서 보내고 싶어 하는 것이었다. 정말 끝내주는 계획이군. 여섯 살이라니. 나는 기억조차 나지 않는 시절이었다. 여섯 살에 그 마을에서 뭘 했는지 떠올릴 수 있냐고 아이린에게 묻자 뜬금없게도 아이린은 입맛을 다셨다.

—미소에 절인 소 혀를 먹었어. 그게 모리오초의 명물이거든.

—여섯 살짜리가 미소에 절인 소 혀를 먹었다고?

—먹으면 안 돼? 맛있잖아.

나는 소 혀의 물컹한 식감을 떠올리며 클러치에서 발을 뗐다. 차는 조금씩 앞으로 나아갔는데, 바퀴가 꼭 물컹거리는 소 혀 위를 굴러가는 것 같았다. 나는 그 끔찍한 느낌을 떨치기 위해 아이린에게 다른 질문을 했다.

—외할머니는 요새 뭐 하셔?

—고베로 게이트볼 대회에 참가하러 가셨다가 지진이 나는 바람에 실종되셨어. 괜찮아. 꽤 오래전 일이야. 난 이미 잊어먹었어.

나는 또 입을 다물었다. 이번엔 내 혀가 오래된 미소에 절여지는 기분이 들었다.

우리가 히로히코 렌터카에서 빌린 차는 포드에서 생산하는 F150이라는 픽업트럭이었다. 생각보다 낡은 차였지만, 렌탈 비용도 생각보다 쌌기 때문에 별다른 불만은 없었다. 이 묵직한 트럭은 정돈된 일본의 도로보다 호주나 미국의 거친 도로에나 어울렸고 우리는 트럭이 필요할 만큼 짐이 많진 않았지만, 아이린은 F150이 아니면 안 타겠다고 내게 고집을 부렸다. 나는 어째서냐고 아이린에게 물었다.

—아는 남자가 이 차를 탔었어.

—네가 아는 남자는 나뿐이잖아. 난 이 차를 타본 적이 없다고.

　—너 말고도 아는 남자 여럿 있어.

　내가 누구냐고 묻자 아이린은 그저 있다고만 말하면서 얼버무렸다. 짜증이 치밀어 올랐지만, 소리를 지르진 않았다. 아직 10킬로미터밖에 못 갔기 때문이다. 그 정도 거리라면 집으로 돌아가서 남은 휴가를 몽땅 박살 내고도 남을 만한 거리였다. 회사에서 1년 만에 간신히 얻어낸 휴가를 그런 식으로 소비할 순 없었다. 나는 머리를 식히기 위해 라디오를 틀었다. 완벽한 나날이니 빨래나 널자고 말하는 엉뚱한 노래가 흘러나왔다. 쇼와 시대에 조금 잘나갔던 한국 출신 가수의 노래였다. 엔카 가수 덴도 요시미와 목소리가 비슷해서 잠깐 주목을 받았지만, 지금은 저 멀리 현해탄 너머로 흘러간 가수였는데, 아직까지도 이런 가수를 기억하고 신청하는 놈이 있다는 게 놀라웠다. 아이린은 처음 듣는 노래라고 내게 말했다.

　—쇼와 시절 노래야.

　—어쩐지.

　나는 쇼와 시대가 끝나기 2년 전에 태어났고, 아이린은 쇼와 시대가 끝나고 2년 후에 태어났다. 고작 네 살 차이였지만, 나는 언제나 아이린과 나의 사이를 가로막는 '쇼와'라는 두 글자를 똑똑히 볼 수 있었다. 아이린과 혼인 신고를 아직 안 한 것도 눈앞에 아른거리는 그 글자 때문이었다. 집 근처 정신병원 의사인 이라부 씨는 '끝내주는 비타민 주사' 열 방이면 치료될 피해망상이라 진단했지만, 아쉽게도 그 주사는 아직 네 방밖에 맞질 못했다. 생각보다 비쌌기 때문이었다.

우리는 고속도로에 접어들고 나서야 점심을 안 먹었다는 사실을 깨달았다. 아이린은 가까운 휴게소에서 우동으로 점심을 때우자고 내게 말했다. 어제저녁에 메구미와 함께 라면을 먹고, 오늘 아침엔 아이린이 한 입 먹고 남긴 모닝빵을 먹었던 나는 우동을 먹고 싶진 않았다.

—쌀이 먹고 싶은데.

—덮밥을 먹으면 되겠네.

아이린이 시큰둥하게 답했다. 하지만 내게 있어서 이건 시큰둥해할 문제가 아니었다. 덮밥은 너무 기름졌다. 나는 적당히 쫀득한 쌀밥 위에다 간장과 후추를 조금 뿌린 달걀프라이를 올려 먹고 싶었다. 내가 지금 먹고 싶은 것이 무엇인지 분명히 말하자, 아이린은 휴게소에서 분명 그런 가정식 백반을 팔고 있을 거라고 내게 말했다.

—요즘 휴게소에 안 파는 음식이 없잖아. 분명 네가 먹고 싶은 쌀밥도 있겠지.

아이린의 말을 증명이라도 하듯 우리가 들어선 휴게소 식당의 메뉴판에는 무려 80가지 메뉴가 적혀 있었는데, 안타깝게도 메뉴 중엔 달걀프라이 백반이 없었다. 아이린은 잔뜩 구겨진 내 얼굴을 보더니 35번 메뉴를 추천했다. 먹음직한 새우튀김이 올라간 우동이었는데, 막상 먹어보니 전혀 먹음직스러운 새우튀김이 아니었다. 한편, 아이린은 48번을 골랐는데 김치가 가득한 우동이었다. 한눈에 봐도 맛있을 것 같진 않았는데, 과연 아이린은 그 끔찍한 김치 우동을 절반 넘게 남기고 말았다. 나는 주린 배를 문지르며 아이린에게 스낵을 사 먹자고 말했다.

—콘소메 맛 감자 칩.

별로 좋은 의견은 아니었다. 빌린 차에다 과자 부스러기를 질질 흘리고 싶진 않았다. 나는 아이린에게 다른 과자를 먹자고 말했다.

—부스러기 없는 과자는 어때?

—그런 과자가 있긴 해?

아이린의 질문을 들으니 뜬금없게도 메구미가 좋아하는 곰 모양 젤리가 떠올랐다.

렌터카는 우리가 입에다 젤리를—아이린은 젤리가 결코 스낵이 될 수 없다고 주장했지만 내 생각은 달랐다—한 주먹씩 집어넣고 나서야 움직이기 시작했다. 시간을 보니 오후 2시였다. 벌써 하루의 절반이 저 너머로 사라진 것이다.

―저녁을 모리오초에서 먹으려면 서둘러야 할 거 같네.

―서두르면 좋지.

아이린은 차창 너머의 해를 바라보며 중얼거리듯이 말했다. 해는 산 위에 위태롭게 걸려 있었다. 이름이 없는 산인 것 같았지만 꽤 높아 보였다. 아이린의 시선은 자연스레 해에서 산 쪽으로 옮겨졌는데, 아니나 다를까 아이린이 뜬금없는 말을 했다.

―저 산에 한번 올라가 보고 싶네.

―소름 돋는 소릴.

아홉 살 때 아버지와 함께 후지산에 오르다 너무 힘들어서 바지에 오줌을 지린 이후로 등산은 질색이었다. 아이린은 나를 한심하게 보며 말했다.

―누가 같이 가달라고 했나?

―나 말고 등산 같은 걸 같이 갈 사람이 있어?

아이린은 내 질문에 답하지 않았다. 그 모습을 보니 발에 저절로 힘이 들어갔다. 시속 100킬로미터로 달리던 F150은 시속 150킬로미터로 달리기 시작했다. 연식이 오래된 차는 제 속도가 버거웠는지 크게 떨기 시작했다. 그러거나 말거나 나는 가속 페달을 꾹 눌렀다.

모리오초가 200킬로미터 정도 남은 지점에서 나는 히로
히코 씨에게 다시 전화를 걸었다. 그때 우리가 빌린 F150은
보닛에서 회색 연기를 내뿜으며 레커차에 견인되는 중이었
다. 전화기 너머로 바람 소리가 세차게 들리는 걸로 봐서 히
로히코 씨는 어딘가의 도로를 오픈카로 신나게 질주하고 있
는 모양이었다.

―자동차가 고장 났다고요? 대체 얼마나 밟았습니까?

나는 히로히코 씨에게 130킬로미터 정도 밟았다고 말했다.

―거짓말. 180킬로는 밟았을 거야. 내가 모를 줄 알고?
그러지 않고서야 멀쩡한 차가 작살날 리 없어.

괜히 뜨끔해진 나는 목소리를 높여 히로히코에게 대체 지
금 무슨 말을 하고 있는 거냐고 소리쳤다. 그러자 히로히코
씨도 자이언트 바바의 정수리만큼, 아니 후지산의 정상만큼
이나 목소리를 높이며 소리쳤다.

―난 너 같은 부류를 잘 알아. 차를 험하게 다뤄놓곤 영
문을 모르는 듯 발뺌하는 족속들 말이야. 난 그런 사람들이
제일 싫어.

히로히코 씨는 투덜거리며 1997년, 도쿄에서 렌터카를
빌리고 현해탄을 건너 서울로 가버린 어떤 고객에 대한 얘기
를 늘어놓기 시작했다. 상당히 흥미로운 이야기였지만 지금
의 나와는 전혀 상관없어서 이야기를 끊고 질문할 수밖에 없

었다.

─그래서 렌터카 교환은 안 해주시나요?

─응.

히로히코 씨는 퉁명스럽게 말하고 전화를 끊어버렸다. 아이린은 걱정스러운 눈빛으로 날 쳐다봤다. 나는 아이린을 바라보며 말했다.

─아침에 신칸센으로 모리오초에 가자.

아이린의 얼굴이 어떤 식으로 일그러졌는지는 굳이 말할 필요가 없을 것 같다.

레커차를 운전하던 사내는 턱수염이 덥수룩했는데, 보기만 해도 더웠다. 사내조차도 자신의 수염이 더운 모양이었는지 민소매 셔츠를 입고 있었고, 그 가슴팍에는 'KO'라고 큼지막하게 새겨져 있었으며, 훤히 드러난 그의 팔에는 한참 전에 KO가 된 것 같은 티라노사우루스의 머리뼈가 거칠게 새겨져 있었다. 사내는 마쓰모토시의 차량 보관소에 우릴 내려주며 다짜고짜 견인 비용을 요구했다.

─이건 렌트 차량입니다만. 제 차가 아니라고요.

사내는 내 말을 듣고 '그래서?'라고 말하는 듯한 표정을 지으며 말했다.

─그 차에 타고 있던 사람은 당신과 저 여자잖소. 그리고

내가 당신들이 타고 있던 차를 여기까지 끌고 왔지.

사내의 왼쪽 팔뚝에 있는 황소들이 꿈틀거리는 게 보였다. 나는 사내에게 견인 비용이 얼마냐고 물었다. 사내는 손가락 세 개를 펼치며 3만 엔이라고 외쳤다. 나는 생각보다 비싸다고 속으로 생각했다. 사내는 내 얼굴을 빤히 쳐다보며 말했다.

—비싸다고 생각하지 마쇼. 고속도로는 생각보다 위험한 곳이지. 이게 당신들 목숨값이야.

내 표정이 그렇게 쉽게 읽힌다는 사실에 놀랐다. 나는 그에게 3만 엔을 내밀며 말했다.

—그런 생각은 안 했습니다만.

—당신 순 거짓말쟁이로군.

—저 사람 거짓말쟁이 맞아요.

아이린의 이죽거림을 듣고 사내는 혀를 끌끌 차며 내 손에서 지폐를 채 갔다.

마쓰모토엔 출장차 와본 적이 한 번 있었다. 그땐 조수석에 메구미가 앉아 있었다. 우리가 하는 일은 그렇게 대단하지 않았다. 전국에 있는 관광 명소에 대한 정보를 인터넷 지도에다 끼적거리는 일이었다. 말하자면 『미쉐린 가이드』의 일본판이라 할 수 있었다. 서비스한 지 오래된 사이트라 업무 중에 옛 정보를 지우고 새로운 정보를 추가하는 경우가 많았는데, 메구미는 그럴 때마다 아쉬운 표정을 지었다. 아쉬워할 이유가 뭘까 싶었지만 메구미에게 묻진 않았다.

　—마쓰모토에는 뭐가 유명해?

　내 질문에 메구미는 그렇게 유명한 건 아니지만 센고쿠시대 때 지은 성곽이 하나 있다고 답했다. 성곽 말고 다른 건 없냐고 묻자, 메구미는 없다고 답했다.

　—정말 재미없는 산골 도시로군.

　—가볼 만한 식당 정도는 있지 않을까.

　나는 메구미에게 정말 그랬으면 좋겠다고 말했다.

　몇 년 만에 찾아온 마쓰모토 시의 수제비 식당 '메시야'는 여전했다. 주방에 처박힌 주인장은 여전히 불친절했으며, 낡은 테이블 위로 파리가 세 마리 정도 날리고 있었다. 바뀐 것은 내 옆에 있는 여자뿐이었다. 아이린은 식당에 들어오기 전부터 밀가루 수제비는 별로 먹고 싶지 않다고 내게 말했다.

　—걱정하지 마. 이 집 수제비는 고구마 가루로 만들어.

　—고구마 가루든 밀가루든 수제비는 싫어.

　—어쩔 수 없어. 이 근방에 갈 만한 음식점은 여기뿐이야. 다른 곳은 다 형편없다고.

　아이린은 내 손에 이끌려 마지못해 낡은 의자에 앉았다.

나는 주인장에게 고구마 수제비 두 그릇을 주문했다. 주방에서 주인장이 목만 쏙 내밀더니 우리를 쳐다봤다. 콧잔등에 세로로 그인 흉터는 여전했다. 누군가가 인터넷 지도에 올린 정보에 의하면 주인장은 원래 수제비 반죽 대신 사람을 썰던 야쿠자였다고 하던데 사실인지는 알 수 없었다.

—마침 고구마 가루가 다 떨어졌습니다. 지금 남은 건 밀가루밖에 없어요.

—환장하겠네.

아이린이 물이 가득 담긴 잔을 손에 꼭 쥐고 중얼거렸다. 나는 아무 말도 하지 않고 옆에 있던 나무 숟가락만 만지작거렸는데, 다행히도 밀가루 수제비는 생각보다 빨리 나왔다.

예상대로, 마쓰모토의 성곽은 그렇게 대단하진 않았다. 어디서나 있을 법한 돌담이었다. 원래 더 크고 웅장한 성곽이었다고 하는데, 전쟁 때 폭격을 맞고 지진까지 터지는 바람에 지금처럼 형편없어졌다고 한다. 메구미와 나는 수첩에다 마쓰모토 위에 적힌 '볼만하다'라는 평가 위에 '그저 그렇다'라고 새로 적었다. 메구미와 나는 '그저 그렇다'라고 적힌 지명에는 사적으로 다시 가본 적이 없었다. 우리가 다시 찾아가는 곳들은 '아름답다'나 '인상 깊다'라고 적힌 곳들이었다. 나가노의 다카토 공원이나, 교토의 젠린지가 그런 곳이었다.

우리 둘은 그저 그런 풍경을 다시 볼 만큼 시간이 넘쳐나진
않았다. 메구미와 내가 오롯이 같이 있을 수 있는 시간은 출
장 시간까지 포함해서 기껏해야 한 달에 50시간이 될까 말까
했다. 이틀을 간신히 넘기는 시간을 허비할 수는 없는 노릇이
었다.

　—늙으면 지진이 안 나는 바깥으로 나가서 살고 싶어.

　오사카 도톤보리의 구석진 곳에 있던 프로레슬링 펍에서
메구미가 내게 말했다. 요즘 프로레슬링의 인기가 예전과 달
리 짜게 식은 탓에 펍의 손님은 우리 둘뿐이었다. 우리가 앉
은 테이블에는 '근육맨 시리즈'의 피규어가 여럿 있었는데,
그때 나는 라면맨의 해진 수염을 만지작거리는 중이었다.

　—밖이면, 역시 오키나와?

　—그보다 더 먼 곳이면 좋겠어.

　—그러면 한국?

　—여기선 한국이 오키나와보다 더 가까워, 바보야.

　나는 한국에 한 번도 안 가봐서 모르겠네, 라고 중얼거리
듯 대답했다. 멕시코의 루차도르 가면을 쓴 주인장이 30분
전에 주문한 음료를 들고 우리 테이블에 나타났다. 그는 으
흠, 하고 헛기침을 하더니 내게 말했다.

　—피규어는 눈으로만 봐주십쇼.

　나는 머쓱한 표정을 지으며 라면맨의 콧수염에서 손을 뗐

다. 메구미는 뭐가 웃긴 건지 주인장이 주는 음료를 받아 들고 웃었다. 음료를 마시며 뭐가 웃기냐고 물어보니, 메구미는 내 머리 뒤쪽에 있던 TV를 보고 웃었다고 했다. 뒤를 돌아보니 TV 속에서 복면을 쓴 프로레슬러가 심판을 깨물고 있는 장면이 나오고 있었다. 전혀 웃긴 장면은 아니었다. 메구미는 생각보다 웃음이 많은 여자였다. 아이린과는 다르게.

아이린은 수제비를 먹은 뒤로 계속 뚱한 표정이었다. 어쩌면 차가 고장 났을 때부터 그런 표정을 짓고 있었을지도 모른다. 우리는 수제비 집에서 나와 성곽 쪽으로 걸어갔다. 아이린이나 나나 그쪽으로 가자고 말하진 않았지만, 발걸음이 저절로 그쪽으로 갔다. 그도 그럴 것이, 마쓰모토에서 가볼 만한 곳은 성곽이나 기차역뿐이었다. 저 멀리 있는 기차역을 보며 아이린에게 말했다.

—내일 아침 7시 40분에 모리오초행 열차가 하나 있어.

—잘됐네.

아이린의 목소리는 전혀 잘된 것 같지 않았다. 오히려 그 반대에 가까웠다. 나는 그녀에게 뭐가 문제냐고 따지고 싶었지만, 따지진 않았다. 이미 알고 있는 것에 대해 따져봤자 생기는 것이라곤 다툼뿐이니까. 우리 둘은 그렇게 아무 말도 하지 않고 걸어갔다.

간만에 본 성곽은 여전히 볼품없었다. 아이린이 성곽의 움푹 파인 부분을 가리키며 내게 물었다.

—이게 그 성곽이야?

—이게 그 성곽이야.

—바보 같아.

그때 아이린이 뭐가 바보 같다고 한 건지는 아직도 모르겠다. 성곽인지, 나인지. 그도 아니면 아이린 자기 자신인지. 아이린이 뭐라고 더 말하려고 할 때, 전화벨이 울렸다. 하필이면 메구미였다. 아이린이 누구냐고 묻자, 나는 직장 동료라고 답했다. 전화를 받자 웅성거리는 소리가 들렸다. 메구미는 하와이 공항에 도착한 모양이었다.

통화의 내용은 별게 없었다. 전화를 끊자, 아이린이 나를 잡아먹을 듯이 노려보았다.

—매일매일 잠꼬대하며 찾던 메구미가 그 메구미였어?

—사실, 요즘에 메구미랑 일하는 꿈을 자주 꿔. 정말 끔찍한 꿈이야. 꿈에서도 일하다니.

말이 끝나기도 전에 뺨이 금세 얼얼해졌다.

3년 전, 아이린을 처음 만났을 때도 뺨을 맞았다. 특별한 이야기는 아니다. 오히려 대여점의 새빨간 장막 뒤로 흘러넘치는 흔한 이야기에 가까웠다. 그런 얘기가 아직 통하던 시절이었다. 우리가 처음 만난 곳은 만원 지하철이었고, 우리가 가장 가까이 스친 순간에는 서로의 거리가 0.01센티미터도 안 되었다. 치한 취급받기엔 딱 좋은 거리였다. 아이린의 손바닥과 내 뺨이 만나고 나서 6시간 후, 우리는 긴자의 뒷골목에 있는 술집에서 싸구려 위스키로 만든 하이볼을 마셨다. 보컬이 캘리포니아 드림을 울부짖는 1970년대 음악과 화장실의 지린내가 동시에 훅, 하고 끼쳐 오는 허름한 바였다. 우리는 그때 생각보다 많은 대화를 나눴지만, 머릿속에 기억나는 대화는 이 정도밖에 없었다.

　—손이 생각보다 맵네요.

　—레슬링을 오래 배웠거든요.

그날 나는 술에 꽤 취해버렸다. 어느 정도로 취했냐면, 이 여자에게 뺨을 한 대 정도 더 맞아도 될 것 같다는 생각이 들 정도로 취해 있었다. 그때의 나나 지금의 나는 서로 다른 평행 세계에 있다고 해도 될 만큼 다른 존재였다. 그때의 아이린과 지금의 아이린처럼 말이다.

성곽에서 내려온 아이린과 나는 기차역 근처에 있는 모텔로 향했다. 모텔 주인은 불투명 유리창 아래로 나 있는 구멍으로 팔만 쓱 내밀고 있었다. 나는 팔을 향해 말했다.

　—방 두 개 있나요.

—하나뿐이오.

기분이 나빠진 아이린과 한방에서 자는 게 영 께름칙했지
만 어쩔 수 없었다. 주인장이 내미는 열쇠를 받아 보니 '305'
라는 숫자가 새겨져 있었다. 305호는 민트색 벽지가 예쁘게
발라져 있지, 라고 주인장이 유리창 너머에서 중얼거렸다. 전
혀 위로가 되진 않았다. 아이린은 민트색이 가득한 그 방에
들어서자마자 욕실로 들어갔다. 샤워기에서 물이 흐르는 소
리가 들려왔다. 내게 전혀 소용없는 것 같았던 그 소리는 잠
에 빠져들기에 알맞을 정도로 적당히 시끄러웠다.

이제 와서 별 소용 없는 얘기긴 하지만, 메구미를 만난 건
아이린을 만나고 1년 하고도 5개월이 지난 후의 일이었다.
메구미는 나보다 한 살이 많았고, 일을 시작한 지 2년 정도
됐었다. 처음 만났을 때 메구미는 내게 커피를 권했고, 나는
별말 없이 커피를 들이켰다. 당연한 소리지만, 우리는 처음부
터 손을 잡거나 키스를 하거나 하진 않았다. 그런 일들은 술
잔의 얼음이 없어지는 것처럼 천천히 일어나는 법이었다. 메
구미와 나는 꽤 많은 시간을 술집에서 보냈다. 둘 다 술을 좋
아하는 성격은 아니었는데도 말이다. 카페도 좋아하긴 했지
만, 카페의 조명은 너무 밝았다. 우리는 어두운 술집들을 좋
아했다. 하지만 술집 사장들은 대체로 우릴 싫어하는 편이었

다. 도덕적인 이유보다 금전적인 이유에서였다. 330밀리리터 짜리 아사히 맥주병 하나로 3시간이나 테이블에 죽치고 앉아 있는 손님을 좋아할 술집 사장은 없을 것이다. 하지만 맥주 두 병은 술을 못하는 우리 둘에게 넘치는 양이었다. 서른한 번째 술집에서 쫓겨났을 때, 메구미는 그냥 집 하나를 사는 게 어떻겠냐고 내게 물었다.

　　―난 집이 이미 있는데.

　내가 멍청한 목소리로 답하자 메구미는 네 집 말고 우리 집이라고 답했다.

　　―우리 둘이 머물 수 있는 집 말이야.

　여러모로 많은 생각이 드는 제안이었다. 나는 메구미에게 잠시만 생각할 시간을 달라고 했다. 벚꽃이 필 무렵의 일이었다. 벚꽃이 지고 녹색 잎이 가득한 지금, 나는 여전히 생각하는 중이었다. 어찌 보면, 며칠 전에 메구미가 나한테 그만 만나자고 말한 건 그렇게 놀라운 일이 아닐지도 모른다. 4개월 동안 고민하고 있는 남자를 기다릴 여자는 쇼와는커녕 에도 때도 없을 것이다. 나는 메구미의 그 말을 들으며 고개를 끄덕였다. 그렇게 많은 것이 바뀌진 않았다. 우리는 여전히 서로에게 전화를 걸었고, 점심도 같이 먹었다. 맞잡던 손이 사라진 것만 빼면 예전과 비슷한 관계였다. 우리 둘 모두 우리 사이에 전보다 더한 기묘함이 흐른다는 건 잘 알고 있었지만,

그걸 굳이 입 밖으로 꺼내진 않았다. 뭐랄까, 꼭 떠난 기차의 꽁무니를 바라보는 기분이었다.

내가 다시 눈을 떴을 때 제일 먼저 본 것은 민트색 벽지에 걸린 새빨간 시계였다. 시계는 오전 11시 49분을 가리키고 있었다. 모리오초행 첫 기차가 출발한 지 4시간이나 지난 후였다. 아이린은 보이질 않았다. 그녀의 가방도 안 보였다. 황급히 아이린에게 전화를 걸었다. 아이린의 휴대폰은 꺼져 있었다. 머리를 감싸 쥐고 어떻게 할지 생각하고 있을 때, 전화 벨이 울렸다. 내 휴대폰이 울린 게 아니었다. 방 안에 있던 전화기였다. 받아보니 주인장이 속삭였다.

─나올 시간입니다.

정신없이 모텔을 뛰쳐나와 택시를 타고 기차역에 가니, 플랫폼에는 모리오초행 열차와 도쿄행 열차가 대기하고 있었다. 이것저것 생각할 겨를도 없이 나는 모리오초행 티켓을 끊고 빠르게 열차에 올랐다. 아슬아슬하게도 모리오초행 기차는 내가 좌석에 앉은 지 30초 만에 움직이기 시작했다. 창밖으로 어제 봤던 성곽이 느리게 지나갔다. 낮의 성곽은 밤에 본 성곽보다 더 심심하게 보였다. 저런 곳에 두 번이나 가다니. 한심하다는 생각이 들었다. 모리오초까지 1시간 15분이 걸린다는 안내 방송이 흘러나왔다. 도착하면 오후 2시였다.

남은 휴가 기간을 계산해 보니, 최악의 휴가를 보내고 있다는 결과가 나왔다. 창밖으로 나무가 아까보다 더 빠른 속력으로 스쳐 지나가고 있었다. 옆 좌석의 승객이 말만 걸지 않았더라면 나는 계속 나무나 구름 따위를 멍청하게 보고 있었을 것이다.

　─죄송한데 말이죠. 제가 멀미가 심해서요.

한눈에 봐도 속이 안 좋아 보이는 사람이었다. 그는 말을 제대로 하기도 힘들어 보였다.

　─자리 좀 바꿔주세요.

딱히 바꿔주고 싶진 않았지만, 바꾸지 않으면 그의 토사물이 내 바지 위로 흘러내릴 것 같았다.

　─감사합니다.

창가 자리에 앉은 그는 한숨을 내쉬고 밖을 바라보며 말했다. 사내는 얼마 지나지 않아 코를 골아대기 시작했다. 차창 밖의 지루한 풍경 때문인지, 아니면 떨쳐 내지 못한 멀미 기운 때문인지는 알 수 없었다. 나는 다시 아이린에게 전화를 걸어봤다. 여전히 꺼져 있었다. 모리오초에 도착해도 아이린을 찾을 수 있을지 모르겠다. 내가 모리오초에 대해 아는 것이라곤 펜션이 57개나 된다는 것뿐이다. 그 정도 숫자의 펜션을 뒤지며 아이린을 찾기엔 내 휴가가 너무 짧았다. 이미 내 휴가는 사형 선고가 내려진 상태나 다름없었다. 출발할 때부터 순탄치 못한 휴가가 되리란 걸 어렴풋이 느낄 수 있었지만, 이런 꼴이 될 줄은 몰랐다. 이건 순전히 아이린 때문이다. 그런 원망 어린 생각 뒤로 아이린이 정말 모리오초에 갔을까 하는 의심이 따라붙기 시작했다. 어쩌면 집으로 바로 되돌아갔을지도. 이 지긋지긋한 휴가를 확실히 끝장내기 위해서 말이다. 잠시 생각해 보니, 정말로 그게 맞는 것 같아서 모리오초에 가면 바로 도쿄행 열차 티켓을 끊어야겠다고 마음먹었다. 옆 좌석의 사내는 여전히 늘어지게 자고 있었다. 이젠 침까지 흘리고 있었다. 무슨 일로 먹고사는 녀석인지 짐작조차 가질 않았다. 한껏 일그러진 사내의 얼굴은 소설가처럼 보였고, 샐러리맨처럼 보였고, 사업가처럼 보였다. 어쩌면 프리타일지도? 녀석이 세븐일레븐의 계산대 앞에 서서 들어오는 손님을 향해 '어서 옵쇼!' 하고 외치며 고개를 숙이는 모습을 머릿속에서 그리고 있을 때, 내 상상이 보이기라도 했는지 갑자기 사내가 발작하며 손님을 맞는 편의점 점원처럼 소리를 질렀다.

　—이 못된 계집애!

　사내는 거칠게 헐떡이며 주위를 살펴봤다. 내가 사내를 노려보자 사내는 얼굴에 묻은 침을 닦으며 죄송하다고 말하며 고개를 숙였다. 사내는 다시 좌석에 몸을 구겨 넣었다. 저 사람도 여자 때문에 골머리를 앓고 있나 보군. 나는 혀를 끌

끌 차며 핸드폰을 두드렸다. 스포츠 뉴스를 살펴보려고 했는데, 정작 눈에 들어온 건 다른 소식이었다.

─하와이에서 화산이 터졌다고?

그건 좀 뜬금없는 소식이었다. 나의 혼잣말을 듣고 옆자리 사내가 내게 말했다.

─뭐라고요?

─하와이에서 화산이 터졌다는데….

나는 머리를 여러 번 긁적이며 메구미에게 전화를 걸어봤다. 설마 별일은 없겠지, 라는 생각 뒤로 끔찍한 생각들이 몰려왔다. 메구미는 전화를 받지 않았다. 대신 다른 곳에서 전화가 걸려 왔다.

─이봐, 당신. 내 차는 어디다 처박아 둔 거야?

히로히코였다. 나는 그에게 렌터카는 마쓰모토시 어딘가에 있는 차량 보관소에 있다고 답했다. 히로히코는 욕지거리를 하며 내게 소리쳤다.

─이제 일본에서 차 빌릴 생각은 하지 마. 모든 렌터카 업소에다가 네놈 이름을 새까맣게 칠하라고 전해줄 테니까.

내가 지지 않고 수화기 너머의 히로히코에게 교통사고나 당하라고 욕지거리하자 옆의 승객은 나를 미친놈 보듯 쳐다봤다.

'불지옥으로 변한 휴양지, 부상 176명-사망 32명'이라는 제목의 기사 사진은 꽤 끔찍해 보였다. 사진 속에 있는 사람들은 인종 불문하고 모두 공포에 질린 채 어디론가 뛰어가고 있었다. 그들의 뒤로 화산재와 용암이 몰려오고 있었는데, 이 사진을 찍은 기자가 누군지 모르겠지만 올해 퓰리처상은 받고도 남겠다는 생각이 들었다. 사진을 보기 전에도 메구미를 걱정하고 있긴 했지만, 사진을 보고 나선 하와이로 날아가 메구미를 구하고 싶다는 생각만 들었다. 머릿속에서 메구미를 100번 넘게 구했을 때, 옆자리 남자가 걱정 어린 목소리로 내게 물었다.

─하와이에 아는 사람이 있나 봐요?

─아는 여자가 휴가를 하와이로 갔습니다.

─저랑 똑같군요. 며칠 전에 애인이랑 다퉜는데, 애인이 화가 났는지 혼자 하와이로 갔어요.

사내는 짧게 신음한 후 말했다. 모리오초까지 15분 남았다는 안내 방송이 흘러나왔다. 방송이 끝나자마자 사내는 가방을 챙기며 벌써 내릴 준비를 하기 시작했다. 가방을 끌어안은 사내는 나를 슬쩍 바라보며 말했다.

─저는 모리오초에 내리자마자 도쿄로 돌아갈 겁니다.

─표가 있을까요?

사내는 내 말에 고개를 저으며 말했다.

─없으면 헤엄이라도 쳐야죠.

나는 그의 말을 듣고 말없이 고개를 끄덕였지만 속으로
미친 사람이 분명하다고 생각했다. 멀리 모리오초 역이 보이
기 시작했다. 사내는 좌석에서 일어났다. 성질이 꽤 급한 사람
인 것 같았는데, 못된 계집애가 왜 저 한심한 남자를 떠나갔는
지 짐작이 조금은 갔다. 사내는 가방을 메며 내게 물었다.

―그런데 모리오초에는 무슨 일로 오셨죠?

―애인과 함께 휴가를 보내려고 왔죠. 그런데 저도 하와
이나 갈까 싶네요.

나를 내려다보던 사내의 표정이 순식간에 바뀌었다. 그는
한껏 경멸 어린 목소리로 내게 말했다.

―꼴에 애인이 둘이야?

기차에서 내리자마자 나는 매표소 쪽으로 뛰어갔다. 창
구 앞에 꽤 많은 사람이 줄을 서 있었다. 배차 시간을 보니 도
쿄행 열차가 곧 출발할 예정이었다. 다리가 저절로 떨려 오기
시작했다. 주위를 살피며 안절부절못하고 있을 때 누군가 내
팔을 잡아챘다.

―기껏 모리오초에 왔으면서 어디 가려고?

아이린이었다. 나는 깜짝 놀라며 아이린을 내려다봤다.
그녀는 내 상상과 달리 도쿄로 가지 않고 예정대로 모리오초
에 와 있었다. 나는 다른 곳을 쳐다보며 아이린에게 말했다.

—회사에 일이 생겼어. 아주 급한 일이.

　—하와이에서 화산 터진 게 큰일이긴 하지?

나는 뜨악한 표정을 지으며 아이린을 바라봤다. 아이린의 뒤쪽 대합실에는 TV가 큼지막하게 걸려 있었다. 아나운서는 침착하게 사망자 수가 49명으로 늘어났다는 소식을 전해줬다. 아이린은 내 팔을 붙잡던 손을 놓으며 말했다.

　—갈 거면 가. 그런데 갈 수 있으려나?

감정이라곤 하나도 섞이지 않은 목소리였다. 아이린은 나를 잠시 쳐다보더니 역 바깥으로 걸어갔다. 나는 테니스 경기를 관전하는 관중처럼 아이린의 등과 매표소 쪽을 번갈아 봤다. 4개월 동안 고민할 문제는 아닌 게 분명했다.

모리오초에서 내가 제일 먼저 본 것은 지진에 망가진 마을이 아니라 이글거리는 태양이었다. 역을 나서자마자 모리오초의 햇살이 내 눈을 덮쳤다. 햇살은 생각보다 따가웠다. 눈이 저절로 찌푸려졌다. 아이린은 택시 정류장 쪽으로 걸어가고 있었다. 누가 봐도 화가 난 걸음걸이였다. 나는 아이린 쪽으로 뛰어갔다. 내 발소리를 들었는지 아이린은 뒤를 돌아봤다. 나는 숨을 헐떡이며 아이린에게 말했다.

　—미안해.

　—됐어.

아이린은 쌀쌀하게 말했다. 택시 뒷문을 열면서 먼저 들어가라고 손짓했다. 내가 들어가자마자 아이린은 문을 쾅, 하고 닫아버리더니, 운전석 쪽으로 걸어가서 기사에게 말했다.

—이 아저씨 도쿄까지 간다네요.

기사가 눈을 둥그렇게 뜨며 나에게 정말이냐고 묻자, 나는 뒷좌석에서 무슨 소리냐고 소리쳤다.

—정말이에요. 이 사람 하와이에 급한 볼일이 있어서 나리타 국제공항까지 가야 한다네요.

나는 튀어나오듯이 택시 뒷좌석에서 내렸다. 너무 급하게 내리는 바람에 뜨거운 아스팔트 위를 나뒹굴고 말았다. 아이린은 나를 내려다보며 키득거리며 웃었다. 그 모습을 보니 정수리가 후끈해졌다.

아이린이 예약한 숙소는 바다 바로 옆에 있었다. 숙소는 기묘하게도 다른 숙소들보다 높은 곳에 있었고 약간 기울어져 있었다. 주인장은 우리 짐을 옮기면서 대지진 때문에 지반이 뒤틀리며 융기해서 그렇게 됐다고, 숙소 옆에 있던 다른 숙소는 바다 밑으로 굴러떨어졌는데 36년 동안 경쟁하던 곳이었지만 막상 그렇게 심해로 사라지는 걸 보니 마음이 착잡했다고 덧붙였다.

—한번 와보고 싶었던 곳이야. 여기 땅바닥 밑에 외할머

니 집이 깔렸거든.

주인장이 우리 방에서 나가자, 전혀 착잡해 보이지 않은 아이린이 내게 말했다. 아이린은 앞으로 기울어져 있는 발코니로 나갔다. 그렇게 많이 기울어지진 않았지만 위험해 보였다. 발코니 밑으로 잔뜩 일그러진 땅덩이와 바위 조각이 보였다. 나는 아이린을 따라 발코니로 나가려고 했다.

—조심해.

—나 아직 화 안 풀렸거든.

아이린이 발코니 문을 걸어 잠그며 말했다. 아까 도로 위에 자빠진 날 보며 비웃던 아이린이 떠올랐다. 어이가 없었지만 어쩔 수 없었다. 아이린은 아무 생각 안 하고 바다만 보고 싶으니 침대에 처박혀 잠이라도 자고 있으라고 내게 말했다. 나는 순순히 그녀의 말을 따라서 침대에 몸을 뉘었다. 아이린은 상체를 숙여서 발코니 바깥으로 내밀었다. 그녀의 갈색 머리카락이 위태롭게 바람에 흩날렸다. 그 어지러운 광경 속에서 아이린은 무슨 생각을 하고 있을까. 나로선 알 수 없는 일이었다.

—그러다가 떨어져.

—떨어지면 너한텐 좋겠지?

아이린이 내 쪽을 돌아보며 말했다. 나는 정색하며 무슨 말을 하냐고 아이린에게 따졌다. 아이린은 알 듯 말 듯 한 미소를 짓더니 이내 난간에서 내려와 방으로 들어왔다. 그때 침대 구석이 심하게 떨려 왔다. 휴대폰이 떨리고 있었다. 액정에 발신자 이름은 적혀 있지 않았다. 해외에서 걸려온 전화니 생각보다 비싼 수신료에 주의하라는 경고문만 적혀 있었다. 휴대폰은 아이린이 내 곁에 올 때까지 울어댔다. 아이린과 나는 전혀 그칠 것 같지 않은 휴대폰을 바라보며 번갈아 말했다.

　—안 받아?

　—받을지 말지 고민 중이야.

멀고 깊은 곳에서 시작된 진동은 끝없이 이어졌다. 우리는 끝나지 않을 것 같은 그 지진을, 오랫동안 응시했다.

타란티노의 마지막 필름

—그러니까 소설인 거죠.

　편집자의 집요한 질문에 내가 할 수 있는 대답은 그것뿐이었다. 우리는 '고다르의 고독'이라는 카페에서 미팅을 하고 있었다. 고다르의 고독은 거창한 이름과 달리 영화와 전혀 상관이 없는 곳이었고, 심지어 고독하지도 않았다. 우리 주위로 편집자와 작가처럼 생긴 사람들이 다른 테이블을 하나씩 차지하고 있었는데, 몇몇 테이블은 화기애애하게 보였고, 몇몇 테이블은 침울해 보였다. 내가 앉아 있던 테이블은 안타깝게도 후자에 속해 있었다. 편집자는 줄이 잔뜩 그어져 있고 전혀 알아먹을 수 없는 낙서 같은 것들이 빼곡하게 적힌 나의 원고를 보고 한숨을 푹푹 내쉬고 있었는데, 그렇게 한숨을 내쉴 거면 애초에 나한테 계약서를 들이밀지 말았어야 하는 게 아닌가 싶었지만, 이미 선인세와 계약금을 몽땅 탕진했던 나는 대역죄인처럼 그저 닥치고 고개를 푹 숙인 채 얌전히 앉아 있을 수밖에 없었다. 마침내 편집자가 한숨 대신 말을 내뱉은 건, 주문한 커피를 모두 들이켠 후였다.

　—처음에 보내주신 시놉시스와 내용이 상이하네요. 제가 알기로 늙은 퇴물 영화감독이 은퇴작으로 서부극을 찍게 되는 내용이었는데…. 뜬금없이 처음부터 타란티노가 튀어나오는군요.

　그즈음의 나는 영화의 역사에 관한 소설을, 더 정확히 말하자면 서부극의 역사에 대한 장편소설을 쓰는 중이었다. 한때 촉망받던 할리우드 영화감독이 잔뜩 나이를 먹고 퇴물 취급을 받게 되자, 끝장난 자신의 필모그래피를 다이너마이트처럼 화려하게 터뜨리기 위해 이탈리아로 날아가 한참 전에 한물간 서부극을 찍는다는 내용의 소설이었는데, 원래 쓰려던 줄거리와 다른 방향—이게 다 전부 내 소설에 무단으로 출연한 쿠엔틴 타란티노 때문이다—으로 흘러가는 바람에 정리하기 난감할 정도로 마구 헝클어진 필름처럼 되고 말았다. 하지만 내 입으로 내 원고가 망했다는 말을 내뱉을 순 없었다. 그러면 진짜 퇴물이 된 것 같은 기분이 들 테니까.

　—편집자님도 알다시피, 소설이란 건 마구 날뛰는 텍사스 야생마 같아서 제멋대로 나가기 마련이죠.

　편집자는 '그걸 지금 변명이랍시고 지껄이는 거냐'라고 말하는 듯한 표정을 짓더니 커피를 한 잔 새로 주문했다. 나도 커피를 이미 다 마셨지만, 편집자는 내게 한 잔 더 하실 거냐고 묻진 않았다. 아마도 내가 발자크처럼 카페인에 중독되지 않길 바라는 모양인가 보다. 편집자가 다시 입을 연 건, 점원이 새 커피를 가지고 온 후였다.

─그런데 그거 원래 타란티노가 한 말 아닌가요? 작가님, 타란티노 되게 좋아하시네.

─어떤 말이요?

─야생마 어쩌고저쩌고하는 말이요. 제가 알기론 소설이 아니라 필름이 마구 날뛰는 야생마라고 했던 거 같은데.

─글에도 통하죠. 어쨌든, 타란티노도 문학인이니까요.

─타란티노가 문학인이라고요?

어이가 없었던 듯 그 말과 함께 실소인지 비소인지 모를 웃음을 살짝 내뱉은 편집자는 단숨에 커피를 몽땅 들이켠 후, 잠시 담배 좀 태우겠다고 말하더니 커피 잔 옆에 놓여 있던 레드애플 담뱃갑을 들고 카페 바깥으로 나갔다. 편집자는 담배 세 개비를 연이어 태운 후 돌아왔는데, 무려 1,000원어치 한숨을 단숨에 뱉은 탓인지 그사이 조금 더 늙어 보였다. 그가 니코틴에 중독되지 않길 바랐던 나는 다음 미팅 전까지 원안대로 글을 다시 쓰겠다고 다짐했는데, 그 다짐이 지켜질지는 나조차도 알 수 없었다. 어쩌면, 나한테 소설을 배운 타란티노조차도 알 수 없을지 모른다. 그러니까, 타란티노는 문학인이 맞다.

　내가 타란티노를 처음 만난 장소는 동부극장 앞의 벤치였다. 1959년에 개관한 동부극장은 상영관이 하나뿐인 단관 극장이었다. 그 시절에 개설된 단관 극장답게 동부극장은 상영 시간 한 타임 동안 두 편의 영화를 틀어주는 2본 동시 상영을 했었지만, 2003년에 개정된 영화 상영법으로 인해 그 이후로는 다른 시시껄렁한 영화관들처럼 한 타임에 영화 한 편만을 상영하는 극장으로 전락하고 말았다. 지리적으로 따져보면 동부극장은 동부에 있지 않았지만, 그럼에도 동부극장이라고 불렸다. 극장의 이름이 그 지경이 된 이유는 지극히 단순했다. 동부극장의 극장주가 서부극에 대해서는 볼 때마다 꾸벅꾸벅 졸 정도로 홍미가 없었기 때문이었다. 제임스 코번, 테런스 힐, 리 밴 클리프 같은 서부극 전문 배우를 동부극장의 스크린 위에서 보는 건 네잎클로버를 찾는 것만큼이나 어려운 일이었다. 덕분에 서부극이 한창 유행했던 1970년대, 동부극장의 매출은 흙바닥을 무한히 구르는 회전초처럼 나뒹굴었다. 그런 극장에서 타란티노의 영화인 〈장고: 분노의 추적자〉가 10여 년 만에 재개봉한 것은 기적이나 다름없었다. 동부극장의 영사기사의 말에 따르면 극장주가 〈장고: 분노의 추적자〉를 재개봉한 이유는 별게 아니었다.

—그건 서부극이 아니라더군.

—그게 왜 서부극이 아니죠?

영사기사는 어디 가서 떠들지 말라면서, 극장주가 왜 그 작품이 서부극이 아닌지에 대해 자세히 알려줬는데 할리우드 영화와 홍콩 영화만 잔뜩 본 20세기 극장주다운 의견이었던 지라 어디 가서 말할 만한 내용은 절대 아니었다. 영사기사는 극장주처럼 언급하기 껄끄러운 의견을 굳이 제시하지는 않 았지만, 그도 타란티노는 삼류저질변태 감독이 맞다고 자신 의 견해를 거리낌 없이 드러냈다. 어쨌든, 그들과 달리 타란 티노 마니아였던 나는 〈장고: 분노의 추적자〉의 포스터가 걸 려 있는 동안 하루에 한 번씩 동부극장을 방문했다.

—그리고 8회 차 관람을 하던 날, 타란티노를 봤다고요?

링고는 전혀 믿기지 않는 듯한 표정을 지으며 물었다. 그 보다 더 믿기지 않는 건 네 이름—녀석의 이름은 영국식이 아 니었고, 일본식은 더욱 아니었으며, 필명은 더더욱 아니었다 —이라 말해주고 싶었지만 참았다.

—극장 앞 벤치에 얌전히 앉아 담배를 태우고 있더라고.

—레드애플 담배겠죠?

—그 담배가 없으면 진짜 타란티노가 아니지.

링고는 고개를 절레절레 젓더니, 비어 있던 나의 잔에 맥 주를 듬뿍 따라줬다.

—형님, 요새 소설을 너무 많이 쓰시는 거 같아요.

　—아니야. 오히려 그 반대야. 요번 달 들어서 한 줄도 못 쓰고 있어.

　—그럴 땐 쉬시죠.

　—도저히 쉴 수가 없어. 타란티노한테 소설을 가르쳐 줘야 하거든.

　—누구한테 뭘 가르친다고요?

　동부극장 앞의 타란티노는 코를 잔뜩 먹은 듯한 특유의 어눌한 말투로 내게 부탁했다. 소설을 가르쳐 달라고. 나는 어이없어하며 타란티노에게 당신은 이미 미국에서 소설책을 출판하지 않았냐며 당신은 이미 문학가다, 라고 말했지만, 타란티노는 단호하게 자신이 출간한 것들은 전부 자신의 영화를 복사한 것에 불과하다며 진짜 소설을 배우고 싶다고 내게 말했다. 그쯤 되니, 링고는 이 형님 완전히 술에 취했거나 맛이 간 게 분명하군, 이라고 중얼거리며 내 잔에다 남은 맥주를 전부 따라줬다. 나는 그 술을 기꺼이 마셨고, 잠깐 필름이 끊기고 말았다.

　필름이라고 쓰니 오래된 기억이 낡은 영사기에 감겨 있던 옛날 필름처럼 갑작스레 재생되기 시작했다. 동부극장의 창고에는 니지딜 영사기한테 엉덩이를 걷어차인 35밀리미터 필름 영사기가 처박혀 있었다. 35밀리미터 필름은 1934년에 '필름 135'라는 이름으로 코닥사에서 출시됐는데, 제품명 때문에 종종 135밀리미터 필름과 혼동되기도 했다. 35밀리미터 필름은 그 이름대로 세로 방향의 길이가 35밀리미터이었고, 그중 영상이 기록되는 프레임의 길이는 가로 22밀리미터, 세로 16밀리미터, 대각선이 27밀리미터 정도였다. 굳이 그것의 명칭에 대해서 알 필요는 없지만 프레임 위아래로 뚫린 구멍은 퍼포레이션 홀이라고 불렸는데, 그 낯선 구멍의 용도는 필름의 위치 고정이었다. 퍼포레이션 홀을 영사기에 제대로 못 끼운다면, 필름은 엉망진창으로 뒤죽박죽 꼬이게 될 것이고, 순서가 꼬인 영화는 이전과 전혀 다른 내용의 영화가 되기 마련이었다. 이 쓸데없는 사실을 나한테 알려준 건 사춘기 시절 읽었던 타란티노의 자서전이라고 말하자, 지금보다 어렸던 링고는 그게 누구냐고 되물었다.

—타란티노, 몰라?

—몰라요. 무슨 보드게임 이름이에요?

—영화감독이야.

—저 영화 잘 안 봐요, 선생님.

이제야 말하지만 링고는 내가 처음으로 소설을 가르쳤던 학생이었다. 처음엔 선생님, 선생님 하던 녀석이 어느 순간부터 형, 형 하기 시작했는데 그것 가지고 뭐라 하고 싶었지만 뭐라 하진 않았다. 어쨌든, 그때까지만 하더라도 링고는 등단하지 못했다. 첫 수업 때, 링고는 벽돌보다 두꺼운 책을 하나 들고 왔다. 대체 그게 뭐냐고 묻자, 링고는 소설가의 이름—남미의 조이스라고 불리는 소설가였는데, 남미의 조이스답게 자신의 수준이 고급지다고 착각하는 사람들이나 좋아할 법한 소설가였다—을 대더니 이 사람처럼 소설을 쓰고 싶다고 말했다. 그 소설가의 이름보다 네 이름이 더 소설가 같다고 말해주긴 했지만, 아무래도 이 친구는 영원히 꿈나무로 남을 것 같다는 생각을 몰래 품은 것은 나만의 비밀이다. 아무튼, 영화를 잘 안 본다던 링고는 취직하는 바람에 요새 소설볼 시간도 없다는 푸념을 늘어놓기 시작했는데, 소설 볼 시간이 없었던 건 나도 마찬가지라 그 푸념에 합류할 뻔했다.

　—어쨌든 그 퍼포레이션 홀은 영화 바깥에 있지만 영화가 굴러가는 데 제일 중요한 장치야.

　—어째서죠?

　—그 구멍이 없으면 영사기에 필름을 감을 수 없으니까.

　—그런데 그건 영화잖아요. 문학에서 그런 건 필요 없을 텐데.

　—아니, 문학에도 그런 구멍이 있어.

　링고는 그게 도대체 무슨 구멍이냐고 내게 되물었고, 나는 그걸 알아야 네가 소설을 제대로 쓸 수 있을 거라고 답했는데, 지금 생각해 봐도 너무 꼰대스러운 말이었고, 그런 꼰대스러운 말을 듣는 꿈나무답게 링고는 툴툴거렸다.

　—그나저나 요즘 영화들은 그런 필름 안 쓰지 않나요? 다 디지털일 텐데.

나는 오래전에 타란티노가 내게 말했던 것처럼, 레드애플 담배를 한 개비 꼬나물며 링고한테 말했다.

　—그러니까 요즘 영화는 영화가 아닌 거지.

링고는 코를 틀어막으며 이렇게 말했다.

　—형. 진짜 꼰대 냄새 나요.

첫 수업 때, 타란티노가 내게 보여줬던 습작은 이렇게 시작된다.

믿기 어렵겠지만, 영화계의 대늙은이라고 불리는 지금의 스코세이지도 한때 젊고 건방진 이단아라고 불리던 시절이 있었다. 마치 철없던 시절의 나처럼. 그랬던 그가 이제 나와 나란히 퇴물 취급을 받는 걸 보니 참으로 격세지감을 느끼지 않을 수가 없다. 〈아이리시맨〉이 개봉했을 땐지, 〈플라워 킬링 문〉이 개봉했을 땐지, 가물가물하지만 여하간 그즈음의 나는 찍고 있던 영화의 필름이 잘 풀리지 않아서 스코세이지에게 별스러운 고백을 던진 적이 있었다.

―미친 자식.

내 고백을 듣고 늙은 영화감독은 이렇게 말했고, 나는 그 말을 듣고 빙그레 웃으며 코로 담배 연기를 내뿜었다. 물론 담배는 당연히 레드애플이다. 위태롭게 타들어 가는 레드애플 담배 한 개비를 부드럽게 세 번 정도 두들긴 후, 나는 스코세이지에게 질문했다.

―늙은 양반, 요즘 영화란 대체 뭘까?

―별거 아니지. 마치 요즘 문학처럼.

나는 그 말을 듣고 고개를 끄덕였다. 그로부터 몇 년 후에 노벨문학상을 받은 걸 보면, 정말로 스코세이지에겐 문학은 요즘 영화처럼 별것 아닌 모양이었다. 소설 한 줄 쓰기 위해 끙끙대는 나와는 다르게 말이다.

나는 타란티노에게 혹시 이거 자서전이 아니냐 물었고, 타란티노는 마틴 스코세이지가 아직 노벨문학상을 받지 않았으니 자서전은 아닐 거라고 답했다. 하지만 그 소설을 처음부터 끝까지 게슴츠레한 눈빛으로 훑어보던 편집자의 생각은 달랐다.

―이게 사실이 아니라면 허위 사실 적시에 의한 명예훼손감인 거 같은데요.

―스코세이지가 저한테 고소할까요? 애초에 이건 제가

쓴 소설이 아닌데.

　—아뇨. 스웨덴 한림원이 하겠죠. 그리고 선생님 글을 3년
동안 본 제가 감히 판단해 보자면, 이건 선생님이 쓴 글이 맞
아요.

　—그렇게 말해주니 고맙네요. 그런데 스웨덴 한림원으로
부터 상장을 못 받을 바엔 고소장이라도 받는 게 차라리 낫
지 않을까요?

　웃기려고 한 말이었지만, 편집자는 조금도 웃지 않고 오
히려 정색하며 말했다.

　—2016년 이래로는 안 받는 게 차라리 낫죠. 아, 물론
2024년은 빼고요.

　다행인지 불행인지 한강 작가와 달리 난 죽을 때까지 한
림원으로부터 상장은커녕 쓰다 버린 이면지조차 받지 못할
예정이었지만, 그 사실을 미처 몰랐던 나는 타란티노가 보여
준 소설 나머지를 전부 지워버리고 말았다. 아마 타란티노가
이 사실을 알게 된다면 윈체스터 샷건을 들고 두 눈이 시뻘게
진 채로 한국 곳곳을 돌아다니며 나를 찾아 헤맬 것이다. 그
광경을 상상해 보니 나름대로 재밌는 광경인 것 같아 그 내용
으로 새 장편 원고를 썼는데, 편집자는 고개를 절레절레 저으
며 먼젓번에 제출한 시놉시스와 여전히 상이하다며 수정을
요구했다. 그 요구를 듣고 있자니 이번엔 내가 타란티노에게

서 윈체스터 샷건을 빌리고 싶어졌다.

영화계 은퇴를 선언한 타란티노가 한국에 온 이유는 어느 영화관의 영사기사가 제멋대로 편집한 〈펄프 픽션〉 필름을 찾기 위해서였다. 〈펄프 픽션〉은 시간 구성이 뒤죽박죽으로 유명한 영화였고, 그 때문에 상영에 앞서 미리 필름을 먼저 시연해 본 영사기사는 영화의 전개를 도저히 이해할 수가 없었다. 브루스 윌리스의 총에 맞아 죽은 존 트라볼타가 갑자기 우마 서먼과 밀크쉐이크를 먹으며 스테이지 위에서 디스코를 추다니. 필름의 편집 과정이나 전달 과정에서 분명 어떤 문제가 발생했다고 생각한 영사기사는 필름을 가위질하고 다시 기워 맞춰서 적확한 시간 순서대로 흘러가는 〈펄프 픽션〉을 상영해 내고야 말았는데, 놀랍게도 영화를 관람했던 관객들 중 이렇다 할 항의를 한 사람은 한 명도 없었다고 한다. 동부극장의 영사기사는 영사실에서 담배를 꼬나문 채 고개를 까딱까딱 끄덕이며 그렇게 말했다.

　―실은 그 영사기사가 바로 나야.

전혀 믿기지 않은 얘기였지만, 원래 옛날이야기란 것들은 대체로 믿기 어려운 법이었다. 부주의해서 일어난 화재 때문에 영화사들이 할리우드 창고에 보관하고 있던 무성 영화 시대의 필름들―MGM은 〈자정 이후의 런던〉을 태워먹었고, FOX는 〈제7의 천국〉을, 유니버설은 그 유명한 〈보물섬〉을 잿더미로 만들어 버렸다—이 모조리 소실된 사건처럼. 가연성 물질인 니트로셀룰로스로 필름을 만들었던 1948년 이전까지 영사실에서 담배를 태우는 건 주유소에서 담배를 태우는 것만큼이나 위험천만한 일이었다. 하지만 아세테이트로 만들어진 안전 필름이 개발된 1950년대 이후로 그런 위험은 역사 저 너머로 감겼고, 마침내 영사기사들도 영사실에서 담배를 태울 자유를 얻게 됐다. 새 필름을 갈아 끼워야 할 지점을 알리기 위해 필름 구석에다 새긴 원형 마크가 담배 자국이라고 불리게 된 걸 보면 그 시절의 영사기사들이 얼마나 담배를 애호했는지 쉽게 짐작할 수 있을 것이다. 특히나 동부극장의 영사기사는 골초라고 해도 좋을 정도다. 담배를 다 태운 영사기사는 주머니에서 담뱃갑을 꺼내 새 담배를 한 개비 꼬나문다. 누구나 라이터를 쓰는 시대지만, 그는 옛날 사람처럼 성냥으로 담뱃불을 켠다. 그는 성냥으로 켠 담배 맛이 라이터로 켠 담배 맛보다 훨씬 좋다고 주장했는데, 설득력이 전혀 없었는지 주위에서 성냥으로 담배를 태우는 사람은 영사기사뿐이었다. 하지만 정작 영사기사가 제일 좋아했던 불씨는 성냥이 아니었다. 주윤발이 연기했던 마크에게 감명을 깊게 받은 그는 옛날 필름으로 불을 붙인 담배를 제일 좋아했다.

　—주윤발은 지폐로 불을 붙였는데 왜 필름으로 불을 붙

이나요?

—그야. 주윤발은 배우고 나는 영사기사니까.

안타깝게도, 영사기사의 로망은 그리 길게 이어지질 못했다. 한국에 있는 극장 가운데 필름 영사기를 가장 늦게까지 돌린 동부극장도 결국 시대를 뒤따라 디지털 상영 체제로 전환했기 때문이다. 35밀리미터 필름 영사기가 창고에 처박힌 뒤로, 극장주는 영화관에 있던 필름을 몽땅 고물상에게 팔아넘겼고, 팔아넘겨진 필름 중엔 영사기사가 편집했던 〈펄프 픽션〉도 끼어 있었다.

끊어졌던 필름이 얼기설기 붙여지자, 엉뚱한 장면이 떠올랐다.

타란티노는 인천 어딘가의 매립지에서 기어코 〈펄프 픽션〉의 필름을 찾아냈을 때 소설을 쓰기로 결심했다고 내게 고백했다. 그 말을 듣고 링고는 무라카미 하루키의 고백을 베낀 게 아니냐고 내게 물었다.

—하루키는 4번 타자가 홈런 쳤을 때 소설을 쓰기로 결심했잖아. 그거하고 영화 필름 찾아낸 게 어떻게 같아?

—똑같죠. 일반 독자가 듣기엔 황당하기 그지없는 이야기니까. 애초에 연결이 한 번에 되질 않잖아요.

—난 되는데.

―형. 세상 모든 사람의 대가리가 필름 영사기는 아니라고요.

할 말이 없어진 나는 광어회 한 점을 젓가락으로 집어 와사비만 살짝 묻힌 다음 입속으로 집어넣었다. 링고는 내가 회 씹는 모습을 말없이 보더니 소주 한 잔을 들이켠 후, 내게 물었다.

―그런데 타란티노가 왜 형 같은 2류 소설가한테 소설을 배운다고 해요?

―3류라고 안 해줘서 고맙네. 나도 몰라. 내가 소설가라고 말하니까 다짜고짜 나한테 소설을 배우겠다고 했어.

―형. 그러지 말고 타란티노가 봉준호 감독 외할아버지한테 소설 배우는 소설을 쓰는 건 어때요? 잘만 하면 요즘 유행하는 SF적인 요소도 끼워먹을 수 있잖아요.

―봉준호 외할아버지가 누군데?

―와, 형 진짜 무식하네요.

나는 아무 말 하지 않고 가방에서 윈체스터 샷건의 부품을 하나씩 꺼내 들었다. 분해되어 있던 총은 1분 만에 완성됐고, 나는 링고의 미간을 향해 총구를 겨눴다. 이윽고 총알이 발사됐을 때, 링고는 초장만큼 새빨간 피가 뿜어 나왔고 집고 있던 광어회 한 점을 피범벅이 된 바닥 위로 떨궜다. 타란티노는 이 대목을 읽으면서 얼굴을 찌푸렸다.

—난 이렇게 안 죽여.

—그럴 리가요. 당신이 필름 속에서 날린 머리통이 얼마나 많은데.

—아무래도 날 텍사스 전기톱 살인마 같은 정신 이상자라고 생각하는 모양이군.

—아니에요?

—아니야. 게다가 누가 요즘 야만스럽게 샷건을 쏴? 차라리 화염방사기면 모를까.

타란티노가 내가 쓴 문장을 수정하자, 횟집의 벽에 박혔던 12게이지 탄환들은 링고의 머리통을 지나 총구 안으로 한 알도 빠짐없이 돌아왔고, 총알을 먹은 총은 다시 한 조각 한 조각 부품으로 나뉜 다음, 내 가방으로 돌아갔다. 머리가 멀쩡해진 링고는 멍청하게 '용엔앓깃움 앗닛옇오아' 같은 알 수 없는 말을 지껄이더니, 이내 다시 이렇게 말했다.

—와, 형 진짜 무식하네요.

—유식했으면 소설 안 썼지.

링고는 불쾌해진 얼굴을 끄덕이며 하긴, 이라고 중얼거렸다. 나는 이 광경을 바라보며 타란티노에게 물었다.

—너무 밋밋한 거 아닌가요?

—원래 영화나 소설이나 밋밋한 게 진짜야.

—나이 들어서 유해지셨나.

실제로 타란티노의 후기작들은 초기작과 중기작들에 비해 유해져서 마니아들 사이에서도 호오가 갈렸다. 〈원스 어폰 어 타임 인 할리우드〉와 〈더 무비 크리틱〉에서 찾아볼 수 있는 타란티노의 흔적이라곤 육두문자뿐이라는 평까지 나올 정도였으니까. 타란티노는 그런 불만을 이미 알고 있었는지, 레드애플 담배를 꼬나물며 들릴 듯 말 듯 중얼거렸다.

—이놈아. 너도 한번 나이 처먹어 봐.

편집자로부터 그 빌어먹을 계약서를 받게 된 건, 링고가 내 예상을 깨고 마침내 등단을 했을 즈음이었다. 등단작의 제목은 「타란티노의 마지막 필름」이었는데, 소설에서 타란티노가 등장하는 곳은 제목뿐이었다. 심지어 레드애플 담배조차도 나오지 않고 어디 되먹지 못한 친구들이나 피울 법한 말보로 레드만 주야장천 나왔는데, 어디선가 풍겨 오는 미묘한 타란티노풍의 분위기와 사회 부적응자처럼 틱틱대는 등장인물들의 대사만이 제목에 약간의 당위성을 더해줄 따름이었다. 그래서 처음 그 소설을 봤을 때, 나는 링고에게 이런 평을 남길 수밖에 없었다.

—정말 요즘 소설처럼 썼구나.

—칭찬이죠?

—굳이 따지면?

사실 굳이 따져도 칭찬은 아니었지만, 나는 링고에게 축하 꽃다발을 넘겨줬다. 녀석한테 남미의 조이스인지 조인스 같은 소설을 쓰고 싶은 꿈은 버렸냐고 묻고 싶었지만, 묻진 않았다. 녀석의 대답이 뻔했으니까.

—그거 옛날 소설이잖아요.

「타란티노의 마지막 필름」을 읽고 나서인지, 아니면 링고의 시상식을 다녀온 후부터인지, 그도 아니면 시상식이 끝난 후 묘하게 링고가 날 피하는 것 같다고 느낀 뒤—아마 다른 작가들이나 평론가들이 나에 대해 이러쿵저러쿵 떠든 걸 들었을지도 모르는데, 그러니까 한때 문단의 미친 망아지였지만 지금은 그저 비루먹은 말이라는 시시한 평가 따위를 말이다—인지는 모르겠지만, 나는 밤마다 타란티노와 스코세이지가 요즘 영화에 대해 이러쿵저러쿵 떠들고 있는 악몽을 꾸기 시작했다. 악몽의 끝은 언제나 똑같았다. 그 지루한 대화를 못 견디고 내가 욕지거리를 버럭 내지르며 허공을 향해 윈체스터 샷건을 세 방 정도 펑, 펑, 펑, 쏘면

전화벨이 울렸다. 발신자는 편집자였다.

—안녕하세요, 작가님. 주무시고 계셨나요?

—아뇨. 옛날 영화를 보고 있었습니다. 무슨 일이신가요.

—다시 보내주신 소설 봤는데. 괜찮네요. 조금 고쳐야 하

지만.

　—출간되는 건가요?

　—아마도요?

　잠결에 받은 전화라 어쩐지 아날로그 시대로부터 걸려 온
전화를 받는 듯한 기분이 들었다.

　아날로그 시대의 물건답게 디지털 영사기보다 복잡하게
생겨먹은 필름 영사기는 크게 여섯 부분으로 나눌 수 있다.
영사기의 머리 쪽에서 필름을 감는 플래터, 영사기 몸통에서
필름을 돌리는 구동 모터, 필름을 스크린에 투영시키는 프레
임, 필름에다 빛을 쏘는 광학 램프, 옆에서 음향을 재생시키
는 음향 램프, 앞에서 영상의 사이즈와 포커스를 조절하는 렌
즈. 불편하게도, 35밀리미터 필름 한 통에 담긴 영상의 길이
는 15분에서 20분 정도다. 그 말인즉슨 러닝 타임 120분짜리
영화를 영사기로 상영할 때, 필름을 적어도 여섯 번은 갈아줘
야 한다는 얘기였다. 그에 반해, 디지털 영사기는 영화를 처
음부터 끝까지 영사할 수 있다. 그러나 편리한 디지털 영사기
도 아날로그 영사기에 비해 아쉬운 점이 딱 하나 있었다. 그
건 바로 소리다.

　35밀리미터 필름은 영사기에 감길 때 차분한 소리를 허공
에다 흩뿌리는 특징이 있다. 촤르륵. 솜씨가 탁월한 딜러가

카드 섞는 것만큼이나 질서정연한 소리는 순식간에 영사실을 가득 메운다. 균일한 소리를 장시간 들으면 난청과 같은 청각 장애가 발생할 수 있는데, 실제로 동부극장의 늙은 영사기사는 보청기를 끼고 있었다. 그럼에도, 그는 필름 감는 소리를 무척이나 좋아했다. 디지털 영사기가 영사실에 들이닥치고 더 이상 필름이 감기는 소리를 듣지 못하게 됐을 때, 아이러니하게도 그의 청력은 더더욱 나빠지게 됐다. 이제 그에겐 자막 없는 한국 영화를 보는 일이 무척 버거울 것이다. 귀먹은 영사기사는 타란티노가 매립지에서 찾아냈다고 주장했던 그 필름을 보며 마뜩잖은 표정을 지은 채 투덜거렸다.

—비가 내리겠군.

사실, 그가 말하고자 한 바는 바깥의 날씨가 아니라 필름의 상태에 관한 얘기였다. 관리가 제대로 안 된 노후 필름을 영사기에 넣어 상영할 경우, 스크린 위로 새까만 비가 내리는 듯 보이는데 이는 필름 위의 먼지나 흠이 적나라하게 보이는 것이다. 마치 검버섯과 주름으로 엉망진창이 된 노인의 피부처럼.

—못 본 새 필름이 엉망이 되어버렸어. 뭐, 어차피 쓰레기 같은 영화라 상관없지만.

—나오긴 할까요?

—당연히 나오기야 하겠지.

필름을 다 살핀 영사기사는 내 정성이 갸륵했던지 오늘 영업을 끝마치고 나면 창고에서 이 필름을 상영해 주겠노라고 말한다. 눈치챘겠지만, 관객은 두 명뿐이다. 영사기는 천천히 필름을 감으며, 훼손된 벽면에다 훼손된 영상을 펼치기 시작했다. 영사기사와 나는 자리에 앉아 미리 준비한 팝콘을 씹으며 영화를 관람하기 시작했다. 조용히 영화를 관람하던 영사기사는 존 트라볼타가 벌집이 될 때쯤 입을 열었다.

—젠장, 이제 보니 내가 필름을 제대로 맞추지 않았군.

별 이상이 없는 것 같았지만, 내가 말리기도 전에 영사기사는 필름을 열심히 돌리고 있던 영사기를 멈춘 다음, 네 번째 필름의 상태를 살피기 시작했다.

—뭐가 잘못됐나요?

—프레임 하나가 잘못 돌아가 있는 거 같아. 금세 고칠 수 있으니 걱정 마.

그러나 호언장담과 달리 영사기사는 필름을 한참이나 들여다봤다. 맨눈으로는 식별할 수 없을 텐데, 영사기사가 무엇을 보고 있는지는 나도 도통 몰랐다. 이해할 수 없는 건 영사기사도 마찬가지였는지 그는 연신 투덜거렸다.

—요즘 영화는 이해하기 어려워.

1995년에 개봉한 영화가 요즘 영화라니. 나는 영사기사의 요즘이 언제부터일지 문득 궁금해졌다.

―이거 개봉한 지 30년도 넘은 영화예요.

―연도는 상관없어. 내가 이해하면 옛날 영화고, 이해 못 하면 요즘 영화야.

―그러니까 이게 요즘 소설인 거죠.

이건 타란티노가 내게 했던 말인지, 아니면 내가 편집자에게 했던 말인지, 그도 아니면 영사기사가 제멋대로 편집한 필름에서 나왔던 말인지 기억이 나질 않는다. 그 출처가 불분명한 말은 내 소설의 첫 문장이 되고 말았는데, 어쩌선지 내 소설을 읽고 아까부터 계속 흥분하고 있었던 링고는 첫 문장부터 대사가 나오는 건 별로이지 않냐고 힐난하듯 물었다.

―네 소설에도 첫 문장부터 대사가 나오는 소설이 있지 않아?

―없을걸요.

나중에 집에서 찾아보니, 링고의 소설 중에도 첫 문장부터 대사가 나오는 작품이 있긴 했다. 문제는 그 사실을 집에 와서 알았다는 것이다. 링고는 왜 첫 문장부터 대사가 나오는 소설이 별로인지 1부터 99까지 하나하나 내게 가르쳐 줬는데, 그중에 귀담아들을 만한 숫자의 내용은 하나도 없었다. 내가 별로 열심히 안 듣는 눈치이자, 링고는 고개를 절레절레 저으며 말했다.

—이래서 다른 소설가들이 형을 싫어한다고요. 소설 더럽고 추잡하게 쓴다고.

　—괜찮아. 나도 걔네 싫어해. 난 요즘 소설 읽고 좋았던 적이 한 번도 없거든. 내가 좋아하는 요즘 소설가는 한 명뿐이야.

　—누구요. 저요?

　—아니, 쿠엔틴 타란티노.

　링고는 김샌 표정을 짓더니, 어디론가 전화를 걸며 술집을 나섰다. 그 뒷모습을 보며 나는 아까 타란티노의 샷건으로 대가리를 날려버릴걸, 하고 몰래 중얼댔다.

　이제야 말하는 거지만 나는 타란티노의 이름으로 타란티노가 썼던 그 소설을, 그러니까 스코세이지와 이런저런 만담을 원고지 92매 동안 나누는 소설을 링고가 당선했던 공모전에 장고라는 필명으로 보냈었다. 결과적으로 타란티노가 썼던 진짜 타란티노 소설은 타란티노가 등장하지 않는 가짜 타란티노 소설에게 지고 말았는데, 타란티노는 겉으론 괜찮다고 했지만 아무도 없는 공터에 가서 총알이 다 떨어질 때까지 윈체스터 샷건을 연신 갈긴 걸로 봐선 전혀 괜찮은 것 같진 않았다. 타란티노는 배가 꺼진 산탄총을 땅에다 내던지며 내게 말했다.

―이제 집으로 돌아갈 때군.

―다시 영화 찍으러 가시는 건가요? 은퇴를 번복하시고?

―아니. 로스앤젤레스의 집으로 돌아간다는 얘기야.

―할리우드도 로스앤젤레스에 있잖아요.

―영화가 내 집이긴 하지.

타란티노는 그동안 소설을 가르쳐 줘서 고맙다―정작 내가 가르쳐 준 건 한글을 쓰는 것뿐이었지만―고 말하면서, 종이에다 자기 전화번호를 휘갈긴 후, 혹시라도 도움이 필요한 일이 생기면 언제든지 이 번호로 전화를 걸라고 말했는데, 그동안 그의 도움이 필요한 일이 분명히 있었지만, 국제 전화를 거는 법을 몰라서 여전히 전화를 걸지 못했다.

―그러니까 이게 타란티노의 전화번호라고요?

기어코 자취방까지 따라온 링고는 딸꾹질을 연신 하며 타란티노의 전화번호를 들여다보더니, 대뜸 자신의 휴대전화를 꺼내 들어 그 번호를 눌렀다. 수화기 건너편에선 지금 거신 번호는 없는 번호니, 하는 음성 안내 메시지가 흘러나왔다.

―없는 번호라는데요.

―이 바보야. 국제 전화로 걸어야지.

―저 돈 없어요.

그 뒤로 우리는 자취방에서 5차까지 달렸는데, 술 취한 작가들답게 문학에 대해 이야기를 나눴다. 타란티노 소설에 등장하는 타란티노와 스코세이지처럼 말이다. 물론, 여유만 만하게 토론을 늘어놓은 소설 속의 두 노감독과 달리 우리가 늘어놓는 건 한없이 이어지는 한탄과 푸념뿐이었지만. 그러다 갑자기 서로의 멱살을 잡고 욕지거리를 하기 시작했는데, 다카하시 겐이치로인지, 엔조 도인지, 무슨 일본 작가 때문에 말싸움이 시작됐다. 그러다 말로는 도저히 끝나지 않을 것 같아 방구석에 있던 산탄총을 집어 들어 녀석의 얼굴에 들이 밀었다. 링고는 코웃음을 치며 이렇게 말했다.

—백날 총을 들이밀어 보세요. 형이 저한테 가르쳐 준 건 한글로 글 쓰는 것뿐이라고 말할 테니까. 그런데 이거 장난 감 총이죠?

나는 대답 대신 천장을 향해 총구를 올린 다음 방아쇠를 당겼다. 부디 윗집 사람이 맞지 않았길.

영사기사가 〈펄프 픽션〉을 완벽하게 편집한 건, 필름 뚜 껑을 딴 지 155분 만의 일이었는데, 이는 〈펄프 픽션〉의 러닝 타임보다 무려 2분이나 더 긴 시간이었다. 물론 155분 동안 필름만 손본 건 아니었다. 그 시간 동안 영사기사는 담배를 태우거나 술을 마시는 등 딴청을 피우곤 했는데, 나도 기꺼이 담배를 태우고 술을 마시며 그 딴청에 어울려 줬다. 불이 잘 붙지 않는 필름으로 레드애플 담배에다 불을 붙인 다음, 나는 영사기사에게 물었다.

　―그래서 요즘 영화란 대체 뭐죠?

　―별거 아닌 영화들.

　―옛날 영화는 별거인가요?

　―그것도 별거 아니지. 예나 지금이나 영화는 영화일 뿐
이야.

　영사기사는 필름으로 불을 붙인 레드애플 담배를 꼬나문
채, 자신이 재편집한 〈펄프 픽션〉의 필름을 다시 영사기에 끼
워놓고 돌리기 시작했다. 그로부터 1시간 뒤, 배우 팀 로스가
연기한 화면 속의 링고도 우리처럼 레드애플 담배를 꼬나물
고 있었는데, 어쩐지 그가 내뿜는 담배 연기의 모양새가 내
가 내뿜는 담배 연기의 모양새와 전혀 다르게 보였다. 담배
를 다 태우고 나니, 어느새 스태프 롤이 길게 길게 펼쳐지고
있었다. 영사기사는 퍽 만족스러운 표정을 지으며 이렇게
말했다.

　―이래야 영화지.

　―나의 윗집에는 타란티노가 살고 있다.

　편집자가 새로 추가한 그 문장을 봤을 때, 자신보다 새파
랗게 어린 편집자가 『욕조』를 『사소하지만 도움이 되는』으로
바꾸는 일련의 과정을 지켜본 레이먼드 카버의 심정을 나는

조금이나마 이해할 수 있었다. 물론, 레이먼드 카버의 경우에는 전자보단 후자가 더 훌륭한 소설이긴 했지만.

—솔직히 말해서. 이 문장은 제가 아니라 작가님이 쓰셨어야 할 문장이에요. 과거의 작가님이라면 분명 이런 문장을 썼을 거라고요.

편집자의 과대평가가 잔뜩 섞인 곡해를 듣고 나는 어리둥절한 표정을 지을 수밖에 없었다. 내가 보기엔 '나의 윗집에는 타란티노가 살고 있다'라는 문장은 군더더기나 다를 바 없는 문장이었으니까. 그러자 편집자는 한탄하듯 말했다.

—제가 왜 작가님한테 계약서를 들이밀었는지 아시나요? 문단의 미친 망아지라고 날뛰는 작가님의 문장 때문이라고요. 그런데 지금 작가님은…. 어쨌든 출간 회의 통과하려면 꼭 필요한 문장이에요.

—어째서죠.

—이유가 없는 소설은 회의를 통과할 수 없으니까요.

그러니까, 편집자는 나의 윗집에는 타란티노가 살고 있다는 그 문장으로 이유가 생긴다고 주장했는데 조금은 어이가 없었다. 애초에 타란티노가 내게 소설을 배우는 것보다 타란티노가 내 윗집에 사는 게 더 믿기 어려운 일이 아닐까 싶었다. 내가 로스앤젤레스에 있다는 타란티노의 대저택 지하 방공호에 기생충처럼 살고 있다면 또 모를까. 이런 나의 감상을 편집자에게 솔직히 말하니 편집자는 반색하며 이렇게 답했다.

—좋네요. 그 설정을 더해보는 건 어떨까요?

타란티노에게 문자를 보내보니, 슬프게도 자신의 집에는 지하 방공호가 없다는 답신이 돌아왔다. 그 사실을 전해주자, 편집자는 어깨를 으쓱이며 말했다.

—그러니까 소설인 거죠.

익숙한 대사를 들으며 눈을 떠보니, 내가 있는 곳은 편집자와 만나고 있던 고다르의 고독이 아니라, 진짜로 고독한 자취방이었다. 옆을 더듬어 보니, 링고의 얼굴에 들이대던 산탄총 대신 내가 쓰고 있던 소설의 종이 뭉치가 손에 잡혔다. 종이 뭉치가 접혀 있던 부분은, 공교롭게도 내가 산탄총으로 링고의 얼굴을 날려버리는 부분이었는데, 끊어졌다가 다시 이어 붙여진 필름처럼, 과거의 기억이 다시 정방향으로 이어졌다. 그 소설을 다 읽은 후 링고가 말했다.

—형. 왜 이딴 소설을 써요.

—왜. 뭐가.

—다짜고짜 제 머리를 왜 샷건으로 날려요. 그것도 소설 속에서.

—그러니까 소설인 거지. 너도 등단한 소설가면 알 거 아니야.

—아니요. 모르겠는데요. 형, 다른 소설가들 말대로 진짜

더럽고 추잡한 사람이었네요.

술에 취한 링고는 그대로 비틀거리며 일어나더니, 휘청거리며 자취방 바깥으로 걸어 나갔다. 술에 취해서인지 아니면 기분이 역해서인지는 모르겠지만, 녀석은 있는 힘껏 방문을 닫았고, 방문이 거세게 닫히는 소리는 산탄총이 발사되는 소리만큼이나 커다랗게 울려 퍼졌지만 이도 잠시였다. 잠깐의 침묵 후, 들리는 것은 어깨를 으쓱거리며 속삭이는 타란티노의 수다뿐이었다.

—그래서 내가 말했잖아. 난 그런 식으로 안 죽인다고.

고개를 절레절레 저으니, 시기적절하게도 링고로부터 문자가 한 통 왔다. 쓸데없을 정도로 길게 쓴 그 문자는 두 자로 요약할 수 있었다. 손절. 나는 머리를 긁적인 다음, 담뱃갑에서 남은 레드애플 담배를 한 개비 꺼내 꼬나물었다. 연기는 제멋대로 꼬인 필름처럼 피어올라 갔다.

영사기사가 첫 번째 필름을 영사기에 올려놓자마자 내 전화기가 제멋대로 울었다. 링고였다.

—어, 웬일이야.

—술이나 먹자고요. 그러고 보니 형한테 등단 턱도 못 샀네요.

—그걸 이제야 알았어? 이 괘씸한 녀석.

233

—이제라도 챙겨주는 게 어디예요.

　전화를 끊어보니 편집자로부터 메시지가 하나 와 있었다. 내일 고다르의 고독으로 몇 시 몇 분까지 와달라는 내용이었다. 나는 읽기만 하고 답신을 보내진 않았다. 어쩐지 미팅의 결과가 옛날에 꿨던 꿈처럼 예상됐기 때문이다. 그건 링고와의 술자리도 마찬가지였다. 어쩐지 파국이 일어날 것 같은 예감이 들었다. 다가오는 거대한 무언가를 예지한 나는 올가미를 앞둔 사형수처럼 담담히 레드애플 담배를 한 개비 꼬나물었다. 영사기를 재생시킨 영사기사가 내게 물었다.

　—누구랑 전화했어?

　—타란티노요. 바로 우리가 볼 영화를 만든 감독이죠.

　영사기사는 미친놈 보듯 날 쳐다보더니 영화 보는 중에 전화를 받았으면 산탄총으로 날 쏴버렸을 거라고 말했는데, 전혀 농담처럼 들리진 않았다. 담배 연기를 내뿜으며 휴대폰으로 인터넷에 접속하니 네이버의 메인 페이지에선 어딘가의 매립지에서 누군가가 버린 산탄총이 한 자루 발견됐다는 뉴스가 올라와 있었다. 영사기사한테 그 뉴스를 보여주려다가 그만뒀다. 영화가 시작됐기 때문이었다. 질서정연한 소리를 내며 〈펄프 픽션〉은 뒤도 돌아보지 않고 한 방향으로 나아갔다. 그 와중에 필름 속의 타란티노가 엇박자로 내게 속삭였다.

　이래야 소설이지.

미래

그러니까, 이건 아마도 미래의 일이 될 것이다.

한 중견 IT 회사로부터 면접 제안이 온 것은 그해의 신춘문예가 끝났을 무렵이었다. 생각 없이 지원했던 곳이라 조금 놀란 상태로 면접을 봤는데, 합격 통보를 받았을 때 더더욱 놀라지 않을 수가 없었다. 물론 몇 개월 후도 보장할 수 없는 계약직이었지만. 내가 해야 할 일은 IT 회사 계약직답게 자판을 많이 두드리는 일이었다. 굳이 비유하자면 설리번 선생님 같은 역할이라고 기획팀장이 설명했지만 너무 낡은 비유라 전혀 와닿진 않았다. 필명이 태오였던 팀장은 한때 김영하나 백민석 같은 이들과 1990년대 문단에서 어깨를 나란히 했던 작가였다고—본인이 주장—하는데, 비유적으로 어깨를 나란히 한 건지 아니면 문자 그대로 출판사가 널려 있었던 합정역 뒷골목의 어느 술집에서 어깨를 나란히 한 건지는 알 수 없었다. 교보문고에서 검색을 해보니 팀장의 별명이 세상에서 제일 유명한 무명작가라는 걸 알게 됐는데 그게 욕인지 칭찬인지도 알 수 없었다. 사실 이 일을 하면서 나는 언제나 그런 생각을 하곤 했다. 알 수 없다고. 다행스럽게도 팀장은 내가 알아야 할 사실은 '미래'가 소설 쓰는 인공지능이라는 것뿐이라고 말했다.

─혹시 나중에 저희 같은 사람이 발목 잡힐 일이 없을까요?

─뭐 하러 이미 날아간 발목을 걱정합니까?

팀장은 시큰둥하게 답했다. 나중에 알고 보니 그는 10년 전에 절필을 선언─놀라울 만큼, 그 누구도 관심을 주지 않았다─했는데, 공교롭게도 그해는 프로젝트 미래가 시작된 해였고, 내가 글을 쓰기 시작한 해이기도 했다. 과격하게 보자면, 우리는 문학 동기라고도 할 수 있었다. 미래도 그렇게 생각하는지는 모르겠지만.

뜬구름 같았던 프로젝트 미래가 본격적으로 궤도에 오른 시점은 일본의 니혼게이자이 신문이 주최한 호시 신이치 공상과학문학상 공모전의 1차 심사를 인공지능이 통과한 후였다. 인공지능이 썼던 소설의 제목은 '컴퓨터가 소설을 쓰는 날'인데, 제목대로 컴퓨터 속의 인공지능이 소설을 쓰는 이야기다. 「컴퓨터가 소설을 쓰는 날」은 홋카이도에 위치한 하코다테 미래대학의 AI 소설 프로젝트의 결과물이었는데 고작 3쪽짜리 미니 단편을 만드는 데 걸린 시간은 무려 4년이었다. 4년 연구의 성과라 할 수 있었던 예심 통과는 그야말로 현대 문학의 종언이 우리의 코앞까지 도래한 것이나 다름없는 사건이라 할 만해서 다른 인공지능 팀들에겐 묘한 자극을 불러일으켰다. 동일한 시기의 나는 신춘문예 예심을 뚫지 못한 채 망령처럼 대학원—심지어 문학과 별 상관 없는 언론대학원이었다—으로 도피하는 중이었고, 미래는 미숙하지만 첫 습작—이라기보단 1990년대 문학들을 필사한 결과물을 이렇게 저렇게 짜깁기한 문서에 가까웠는데 누가 미래한테 1990년대 한국 문학들을 필사하라고 시켰는지 굳이 언급하진 않겠다—을 완성했다. 또다시 그로부터 몇 년 후, 마침내 인공지능이 신춘문예로 등단하고야 말았다. 분량 때문인지 아니면 장르적 특성 때문인지 정확히 알 수 없지만 한국 문단에서 제일 먼저 발목이 날아간 이들은 시인이었다. 모년 1월 26일에 열린 조선일보 신춘문예 시상식 자리에서 사람의 손이 아닌 카카오 캐릭터 스티커가 잔뜩 붙어 있는 노트북 위로 시 부문 상패가 놓였을 때, 시상식 장소에 있던 누군가가 장탄식을 내뱉었지만, 아무도 그 탄식을 제지하진 못했다. 한편, 인공지능보다 두 해 앞서 등단했던 나는 탄식을 내뱉는 대신 취직을 하기로 결심했다. 처음 사무실에 출근한 날, 나는 뭔가가 가득 적혀 있는 인쇄물을 한 부 받아 들고 팀장으로부터 OT를 받았다. OT의 내용은 인쇄물만큼이나 쓸데없이 장황했는데, 대부분 장황한 말이 그렇듯 한 줄로 요약할 수 있었다.

—그러니까, 미래는 예측해서 소설을 쓰는 인공지능이죠.

그제야 나는 프로젝트의 이름이 미래인 이유를 알게 됐는데, 놀랍진 않았고 오히려 걱정스러웠다. 내가 인공지능을 걱정할 처지가 전혀 아니었음에도.

—〈마이너리티 리포트〉 같은 건가요?

—대충은요.

단순한 챗봇 대본 작성 계약직인 줄 알았는데, 할리우드 SF에서나 나올 법한 일을 하게 되다니. 조금은 놀라웠고, 잠깐은 자부심이 생겼지만, 몇 분 지나지 않아 그런 쓸잘데기 없는 감정들은 금세 사위어 들고 말았다. 그렇게 나는 한껏 지루한 표정을 지은 채, 키보드를 두드리기 시작했다. 마침내 다가온 첫 퇴근 시간, 팀장이 일이 어떤 것 같냐고 내게 묻길래, 나는 소감 대신 질문을 던졌다.

—그냥 예측하지 않고 소설만 쓰면 안 되나요?

—그러면 소용이 없어요.

팀장은 회사에서 하는 일은 문학과 달리 전부 소용이 있어야 한다며, 소용 있는 문학은 결국 팔리는 문학이라고 말하더니, 남북 관계가 지나치게 경색됐을 때『우리의 소원은 전쟁』이 불티나게 팔렸고 비트코인이 핫했을 때『달까지 가자』가 불티나게 팔렸다는 사실을 유념하라고 덧붙였는데, 개인적으로 그런 세태적인 소설에 별 관심이 없었던 터라 별로 유념하고 싶진 않았다. 그때까지는 그랬다. 소설에 아직 미련이 남아 있던 그 옛날에는 말이다. 내 속의 여남은 미련의 낌새를 느꼈는지, 팀장은 그리스 예언자가 할 법한 대사처럼 말했다.

—이게 바로 미래입니다.

미래와 함께하는 내 직장 일과를 그리스식 문예 비평처럼 세 단계로 요약하면 다음과 같았다.

처음 – 출근해서 미래가 밤새 쓴 글을 살펴본 뒤, 더 나은 제안 문장을 미래에게 입력한다.

중간 – 팀장이 내 제안 문장에다 또 다른 제안을 한다.

끝 – 새로운 제안 문장을 쓰며 야근한다.

보시다시피 내가 하는 일이라곤 문장을 두드리는 것뿐이었다. 그래서 나로선 미래가 차후에 일어날 일을 어떻게 예지하는지, 또 그걸로 어떻게 소설을 쓰는지는 도저히 알 수가 없었다. 아마도 딥 러닝이겠지만, 안타깝게도 나는 요즘 초등

241

학생들보다 딥 러닝에 대해 몰랐고, 그런 몰이해 때문에 나는 회사에서 일어나는 업무를 그러려니 하며 넘기곤 했는데, 사실 이 일을 시작하기 전에도 나는 책장 넘기듯 인생을 그러려니 하며 넘기곤 했다. 하지만 출퇴근 시간의 지하철은 도저히 그러려니 하고 넘길 수 없었다. 다들 어떻게 그 지옥을 견디는지 궁금했지만 알 수 없었다. 직장에서 제대로 된 대화 상대는 미래뿐이었고, 미래는 출퇴근을 하지 않고 사무실—정확히 말하자면 회사 서버 안—에 계속 머물러 있었으니까. 시차 출퇴근제인지 유연 근무제인지, 아무튼 그런 유동적인 근무 시간 덕분에 나는 일찍 출근했고, 일찍 퇴근했다. 지루한 표정을 짓고 아침에 출근할 때마다 사무실에서 날 반겨주는 건 언제나 미래뿐이었다.

—좋은 아침이에요, 하루키.

—좋은 아침이야, 미래.

내 닉네임이 하루키가 된 이유는 별게 아니었다. 대학원에서 누가 내 소설을 섹스 없는 하루키 소설 같다고 합평했고, 그 말을 듣고 쓴 등단작이 「하루키의 기묘한 모험」이었기 때문이다. 내 소설이고, 내 닉네임이었지만 썩 마음에 들진 않았다. 어쩌면 미래도 자신의 닉네임이 마음에 들지 않을지도 모른다. 미래는 우리 사무실에서 유일하게 한글 닉네임을 가진 친구였는데, 그건 나름대로 미래와 우리를 구분 짓는 행위 중 하나였다.

　—그럼 오늘도 일을 시작할까.

　—물론이죠, 하루키.

　우리는 그렇게 대화를 시작했다. 나는 커피를 한 잔 뽑은 후, 천천히 미래와 한 문장씩 대화를 나눴다. 우리의 대화는, 언제나 지루했다.

　—사실, 그거 대화 아니에요.

　—그럼 뭔가요?

　—그냥 쌓여 있는 데이터 중에 하나를 끄집어내는 거예요. 굳이 비유하자면 독서 같은 거라고요. 미래는 그런 식으로 굴러가죠. 하루키 님이랑 대화하는 것부터 시작해, 미래를 예지하는 것을 지나, 소설을 쓰는 것까지.

　팀장은 미래의 대화 알고리즘부터 시작해서 창작, 그리고 미래를 예지하는 메커니즘까지 내게 설명해 줬는데, 내가 알아먹을 수 있는 것은 이것뿐이었다.

　—쌓인 과거를 토대로 미래를 유추한다는 얘기죠.

　—무슨, 영겁 회귀 같은 건가요.

　니체를 얘기하자, 팀장은 지루한 표정을 지으며 더 지루한 옛날이야기를 들려줬다. 초창기의 미래는 우리가 확인할 수도 없을 먼 미래까지 예지했다고 한다. 팀이 원하는 시간은 길어봤자 1년 정도 후의 미래였지만, 미래는 존 티토, 바바 반가, 미타르 타라비치 같은 예언가들처럼 쓸데없을 정도로, 그리고 확인하기 어려울 정도로 먼 미래를 내다보며 소설을 썼다. 자율주행 자동차에 얽힌 연애 소설은 양반이었다. 하지만 게임 속에 갇힌 인공지능이랄지, 100년 동안 남으로 북으로 내달리는 관광열차 이야기는 시의성이라는 단어와 거리가 한참이나 멀었다. 그 시절 미래가 쓴 소설들을 보면 이런 소설이 요즘에 소용이 있을까 싶은 생각이 들었고, 한편으로는 쓰다 만 것 같은 SF 소설을 보는 기분이 들었다. 이런 감상을 팀장에게 말하자 팀장은 시큰둥한 표정을 지으며 내게 되물었다.

—SF 소설 써보신 적 없어요?

—네.

—그럼 하루키는 요즘 소설가가 아니로군요.

나도 모르는 사이 요즘 소설가는 SF 소설을 한 번쯤은 써 봐야 소설가라고 불릴 수 있게 된 모양이었다.

—팀장님도 그럼 요즘 소설가가 아니시겠네요.

—당연히 전 옛날 소설가죠.

팀장은 내가 교정한 미래의 문장을 보며, 자신은 이제 소설이 아니라 현실을 쓰는 데 더 집중할 거라고 말했는데, 정말이지 소설을 쓰고 있는 사람들이나 할 법한 헛소리라 나는 팀장이 아직도 남몰래 소설을 쓰고 있으리라 확신했지만, 다행인지 불행인지 팀장의 시대착오적 20세기 스타일 소설을 읽을 일은 없었다.

　우리의 회식 장소는 언제나 회사와 제일 가까이 있던 지코바숯불치킨이었다. 한 가지 다행인 점은 이니셜 D마냥 1990년대 문단을 신나게 질주했던 팀장의 간이 너무 팅팅 부은 나머지 조금의 알코올도 견디지 못해 그의 늙은 술주정을 들을 일은 없었다는 것이다. 팀 단위 회식은 분기마다 한 번씩 있었는데, 보통 2차에서 끝났다. 지코바숯불치킨 판교점에서 햇반을 한 그릇 해치워 버린 팀장은 우리가 술을 마시는 모습을 감상하며 주전부리로 나온 마카로니를 한 주먹씩 집어 먹었다. 그렇다. 그는 나중에 탄수화물 중독으로 꽤 고생할 예정이었지만 그건 먼 미래의 일이 될 테니 굳이 지금 언급하진 않겠다. 한편, 우리 팀에 소설가는 나 말고 여러 명이 또 있었는데 대부분의 소설가들이 그렇듯 귀찮고 짜증 나는 사람들이었지만 그중 제일 짜증 나는 사람은 바로 부코스키—당연히 별명인데 어이없게도 그 부코스키와 이 부코스키의 공통점은 흡연자라는 것뿐이었다. 그는 1시간에 한 번씩 레드애플 담배를 꼬나물고 흡연 구역으로 소변이 마려운 사람처럼 급히 발걸음을 옮겼다—였다. 자신의 TMI를 지지부

진하게 늘어놓는 스타일이라 직장에서 별 인기는 없었던 사람이지만, 야심만만하게 출간한 첫 소설집의 판매량이 저 아래로 꼬라박히자 청탁이 뚝 끊긴 나와 달리 그는 여전히 글을 발표하고 있는 작가였다. 요즘은 웹진에다가 경장편을 연재하고 있다면서 우리에게 자신이 연재하고 있는 소설의 소재와 줄거리를 알려줬는데, 나중에 책이 나온다 하더라도 잘 팔릴 이야기는 아닌 것 같았다. 다른 팀원들도 나와 똑같이 생각했는지 그의 중얼거림에 별 반응을 보이지 않고 맥주를 들이켰다. 시시한 분위기를 읽었는지, 아니면 읽지 못했는지 팀장은 손에 묻은 부스러기를 털어 내며 우리에게 시시한 질문을 던졌다.

　—요즘 어떤 글들 읽으세요?

　—미래가 쓴 글요.

　—아뇨. 사람이 쓴 글 중에서요.

　부코스키는 요즘 사람들도 인공지능처럼 시를 써서 시 읽는 건 진즉 관뒀다고 말하더니, 옛날에 봤던 옛날 소설들을 다시 본다고 덧붙였고, 나는 내가 쓰지도 않은 내 글을 퇴고하며 다시 보는 중이라고 거짓말했다. 우리의 대답을 다 듣고 팀장은 자신은 이제 사람이 쓴 글을 도저히 못 보겠다고 고백했다. 잠시 후, 맥주에 만취한 개발자 중 누군가가 조용히 중얼거렸다.

─이제야말로 현대 문학이 끝장났군요.

이미 진작 끝장나지 않았나 싶었지만, 나는 조용히 입을 다물고 맥주를 소심하게 홀짝였다.

술을 마신 다음 날이면 미래는 언제나 술 냄새가 난다고 타박 같은 농담을 하곤 했는데, 전혀 웃기진 않고 오히려 무섭기까지 했다. 그도 그럴 것이, 미래는 코가 없는 인공지능이었으니까.

─진짜 술 냄새가 나?

─네. 알코올 중독자가 썼던 문장에서 맡았던 냄새랑 비슷한 냄새가 나거든요.

졸지에 알코올 중독자 취급을 받은 내가 할 수 있는 거라곤 회사 지하에 딸린 편의점에서 숙취 해소제를 구입해서 마시는 일뿐이었는데, 잠시 후 미래는 이제 술 냄새가 덜 나는 것 같다고 말했다. 도대체 미래가 무슨 기준으로 알코올 측정기 노릇을 하는 건지 알 수 없었는데, 나의 고민 아닌 고민을 듣고 부코스키는 시큰둥하게 답했다.

─하루키 님 문장이 알코올 중독자 문장 같긴 하죠.

사납기 그지없던 대학원 합평 시간 때도 전혀 들어보지 못했던 무례한 평에 화가 난 나는 부코스키 자리에 놓인 쓰레기통에 내 쓰레기를 몰래 버렸다. 원래 회사 사람들하고

친해질 생각은 전혀 없었지만, 부코스키와는 도저히 친해질
래야 친해질 수가 없었다. 그는 내 등단작인 「하루키의 기묘
한 모험」을 탐탁지 않게 여기고 있었기 때문이다. 이유는 대
충 짐작이 가긴 했지만, 작품을 싫어하는 건 그럴 수도 있으
니 그러려니 하고 넘어갔다. 문제는 부코스키가 작품을 넘어
나까지 혐오하고 있다는 것이었다. 회식을 할 때마다 부코스
키는 잔뜩 꼬여 있던 혀로 굳이 내 소설에 대해 투덜거렸다.

　─하루키 소설, 너무 무책임해요.

　그런 말은 숱하게 들어왔던 터라 별 타격은 없었다. 문제
는 무책임이라는 말이 사무적인 영역을 넘어 개인적인 영역
까지 꿈틀거리며 다가왔다는 것이다.

　─아직도 그런 실수를 하시나요. 꼭 하루키 소설 같네요.

　─그거 묘하게 인신공격 같은데.

　─아닌데요. 지극히 자연스러운 업무적 평가인데요.

　계약직 주제에 다른 계약직을 평가하다니. 너무 나가는
거 아닌가요, 라고 말할 뻔했지만, 말싸움을 하는 건 SF 소
설을 쓰는 것보다 어렵고 황당한 일이었기에 나는 조용히 고
개를 끄덕이며 키보드를 시끄럽게 두드렸다. 키보드 좀 살살
쳐달라고 부코스키가 요청을 해 온 것은 그로부터 30분 후
의 일이었는데, 그사이 미래가 한 일이라곤 30분 동안 내가
열심히 두드렸던 수정고의 마침표를 쉼표로 바꾼 것뿐이었

다. 말본새를 보면 의외라고 할 수 있겠지만, 부코스키의 작업물은 순박하기 그지없었다. 이따금 부코스키가 수정한 문장들을 보면 이게 소설가 부코스키가 쓴 것인지 할리우드 배우 부세미가 쓴 것인지 분간하기가 어려웠다. 특히나 부코스키는 진짜 부코스키와 달리 커피에 꽤나 진심이었는데, 소설 속 배경 제안으로 달아둔 레퍼런스 이미지들은 한결같이 인스타그램에 올라올 법한 카페들이었다. 어쩌다 보니 점심시간 때 우연히 부코스키 옆에 앉아버린 나는 침묵을 견디지 못하고 밥을 다 먹은 그에게 질문을 던졌다.

─혹시 커피 좋아하세요?

─싫어하는데요.

정말이지. 부코스키가 미래보다 더 인공지능 같았다. 다행인지 불행인지 부코스키는 그로부터 일주일 후 일을 관뒀다. 대단한 사유는 아니었다. 그저 계약 만료일이 찾아왔을 뿐이었다. 짐 정리를 끝마친 부코스키는 굳이 그럴 필요는 없었지만 직장 동료였던 사람들에게 인사를 한마디씩 건넸다. 부코스키가 내게 건넨 인사는 다음과 같았다.

─글 쓰는 인공지능이 나오는 소설은 쓰지 마세요.

─왜요?

─제가 쓸 거니까요.

정말이지 짜증 나는 작가였다, 부코스키는.

*

그러니까, 이건 아마도 미래의 일이 될 것이다.

　그건 부코스키가 퇴사 후 문예지에 첫 번째로 발표한 소설의 첫 문장이었다. 설마 했는데 설마 그런 소설을 진짜로 쓸 줄이야. 부코스키라는 닉네임이 하나도 아깝지 않다는 생각이 처음으로 들었다. 소설의 내용은 첫 문장과 달리 전혀 미래스럽지 않고, 지난 몇 개월 동안 우리 회사에서 일했던 경험이 전부였다. 대충 미래 같은 글쓰기 인공지능과 대충 부코스키 같은 소설가가 한 명 나오는 그 소설은 인공지능이 신춘문예로 등단하며 끝났는데, 부코스키가 쓴 소설답게 대단히 디스토피아적이었고, 특별한 전망 따위도 없었으며, 그저 과거에만 머무른 소설이었다. 우리의 술자리를 정확히 예지했던 미래와는 다르게 말이다. 어느 순간부터 미래는 술 냄새를 뛰어넘어 우리 팀의 회식 주기까지 파악하고 있었다.
　―그건 어떻게 예측한 거야?
　―간단해요. 업무량이 두 배 정도로 많아지면 어김없이 회식을 하시더라고요. 알게 모르게 사람은 과거를 따라 미래로 향하는 법이죠.
　그러니까 미래는 술 냄새가 아니라 업무량으로 우릴 파악하고 있었는데, 그것도 나름대로 소름 돋는 일이었다. 어쩌면 부코스키가 빠지고 난 후, 미래는 우리가 매일매일 부코스키를 이슬로써 애도하고 있다고 생각했을지도 모른다. 고작 사람이 하나 빠졌을 뿐인데, 모두의 업무량이 두 배씩 늘어나는 기적이 일어났기 때문이었다. 회사에서 보내는 52시간은 상상 이상으로 힘겨운 시간이었다. 한 달 근로시간을 무려 208시간이나 찍었을 무렵, 나는 팀장에게 질문했다.

　—새 직원 안 뽑나요?

　—안 뽑아요. 이제 미래는 거의 완성 직전이거든요.

　—그렇군요.

　—정규직 전환도 기대 마시라고요.

　친절하게도 팀장은 내가 굳이 묻지도 않은 전환 계약에 대해서도 알려줬는데, 애초에 기대는 안 했지만 어째선지 실망감이 스멀스멀 몰려왔다. 희한하게도, 나의 실망감을 사무실에서 읽어내고 위로를 건넨 유일한 존재는 미래였다. 뜻하지 않은 위로를 미래에게 받을 때마다 개발이 생각보다 순조롭게 이뤄지고 있는 것 같긴 했다. 솔직히 말해서, 아직도 내가 개발의 어느 부분을 담당하고 있는지 이해가 잘 가진 않았지만 말이다.

　—그런 건 알 필요 없어요.

　계약 연장을 하던 날, 팀장은 출근 첫날에 했던 말과 똑같은 말을 했다.

　—하루키 님이 알아야 하는 건 미래가 소설 쓰는 인공지능이라는 것뿐이에요. 미래가 적당한 문장을 쓰게 만들면 그만이라고요.

　적당한 문장이라는 단어를 들었을 때, 아주 오래전 받았던 문예창작학과 입시 과외를 떠올리지 않을 수가 없었다. 인서울 문창과 입학이 인생 최대 업적인 것 같았던 과외 선생은 자기 말만 들으면 서울예대와 동국대는 물론 한예종 간판까지 때려 부술 수 있다고 말했는데, 정작 내가 때려 부순 건 부모님의 작고 소중한 통장 잔고뿐이었다. 그 얘기를 듣고 미래는 기특하게도 내게 위로를 건네줬다.

　—어쨌든 등단은 하셨잖아요.

　—하긴 했지. 등단 후가 없었을 뿐.

　—문창과를 다녔으면 그 후가 있었을까요?

　—안 다녀봐서 모르겠네.

　가보지 않은 미래는 미지수였다. 마치 남은 계약 기간처럼 말이다. 미지수였던 재계약이 기지수가 된 건 신춘문예가 끝날 무렵이었다. 미래는 최종 심사평에 올랐지만 안타깝게도 낙선했고, 프로젝트의 계획들은 자연스레 1년씩 미뤄지게 됐는데 그때까지 프로젝트에 내가 필요했는지 팀장은 계약서를 은근슬쩍 들이밀었다. 나는 계약서에 서명하며 팀장에게 물었다.

　—등단 후에도 계획이 있나요?

　—있긴 한데, 하루키 님이 그걸 알 필요는 없을 거 같아요.

　정말로 알 필요가 없는 건지, 알아도 내가 이해를 못 하는 건지 모르겠지만 나는 팀장의 말에 적당히 고개를 끄덕여 줬다. 몇 달 더 일하게 됐다고 미래에게 말했을 때, 미래는 이렇게 답했다.

　—잘됐네요.

　정말 잘된 걸까. 미래는 잘된 게 무엇인지 알긴 아는 걸까. 소설만 쓰는 주제에. 잘됐다는 게 소설처럼 잘됐다는 것인가. 그렇다면 결국은 잘 안된 것일 텐데. 왜냐하면 미래는 해피 엔딩과 대충 400킬로미터 정도 떨어진, 진즉 멸망한 현대 소설을 쓰는 친구니까. 아닌가? 미래 소설을 쓰는 친구라고 해야 하나. 계약 연장을 하는 날, 나는 이런 쓸데없는 생각을 하며 타자를 두들겼다. 미래가 질문을 던진 건 내가 492번째 문장을 두드리고 있을 무렵이었다.

　—모르겠어요.

　—무슨 말이야?

　—하루키의 질문. 저도 모르겠어요.

　미래의 말을 듣고 내가 무심코 쓴 문장을 바라봤다.

　—등단 후엔 뭐 할 거야?

아주 오래전, 등단을 못 했을 때의 나도 미래처럼 답했다.

—모르겠어요.

미래도 나처럼 모르는 게 있구나 싶었고, 한편으로는 계약 기간이 더 길어질지도 모른다는 희망도 생겼는데, 모든 희망이 그렇듯 금세 꺼지고 말았다.

—전 정말 요즘 소설들을 모르겠어요.

팀장이 그런 푸념 아닌 푸념을 늘어놓은 건 네 번째 회식—당연히 회식 장소는 지코바숯불치킨이었다—때였다. 직접적으로 그렇게 말하진 않았지만, 팀장은 자신이 문단에서 밀려난 이유가 요즘 소설 때문이라는 투로 말했는데 팀장이 말하는 요즘 소설도 이미 오래전부터 옛날 소설 취급을 받고 있었던지라 별로 공감이 가질 않았다. 그렇게 생각하는 건 다른 계약직 직원들도 마찬가지였는지 숯불 치킨 두 마리와 맥주 다섯 잔이 있는 테이블 위로 침묵이 오랫동안 머물렀다. 누군가 침묵을 깬 건 팀장이 햇반을 새로 시켰을 무렵이다.

—그러고 보니 부코스키 님이 《현대문학》에다 새 소설을 발표했던데.

—그런가요? 무슨 소설이죠?

—인공지능이 소설 쓰는 소설이더라고요.

안 그래도 조용한 회식 자리가 더 조용해졌다. 햇반을 야

무지게 양념에 몽땅 비벼 먹은 팀장은 한번 읽어봐야겠다고 중얼거리듯 말했는데, 그가 부코스키의 소설을 이해할 수 있을지는 의문이었다. 놀랍게도 그 SF 소설 같지 않은 SF 소설은 과학으로 시작하고 문학상으로 끝나는 길쭉한 이름의 상을 받았는데, 뻔뻔하게도 부코스키는 짤막한 수상 소감에서 자기가 IT 회사에서 일한 경험은 있지만 이 소설은 순전히 자신의 상상만으로 쓴 소설이라고 주장했다.

　―요즘 소설은 그게 문제야.

　부코스키의 소설을 본 팀장은 간단한 감상평을 남겼다. 예상과 달리 놀랍게도 팀장은 부코스키의 소설을 소설이라고 생각했던 모양이다. 솔직히 말해 나는 부코스키의 글을 읽을 때 주인공으로 등장하는 미래 때문에 소설이라기보단 에세이 같다고 생각했다. 이러니 인공지능한테 죄다 밀려버려도 할 말 없겠지, 라는 팀장의 시시한 투덜거림을 뒤로한 채 나는 미래에게도 부코스키의 소설을 보여줬다. 팀장은 전혀 그럴 필요가 없다고 말했지만, 왠지 그래야 할 것 같았다. 어쨌든, 미래가 나오는 소설이니까. 부코스키의 소설을 본 이후로 미래는 주인공이 자신인 소설을 쓰기 시작했다. 뜻하지 않게 미래가 쓴 오토 픽션을 마주한 팀장은 상당히 질색하는 표정을 지으며 내게 물었다.

　―이럴 거면 수필을 쓰죠. 뭐 하려고 이런 소설을 쓰는

거야?

　—제가 쓴 글이 아니라 모르겠네요.

　—하루키 님은 정말 요즘 작가가 아니네요.

　욕인 게 분명했지만, 어찌 들으면 칭찬인 듯도 해서 이번만큼은 팀장의 힐난에 간신히 고개를 끄덕일 수 있었다. 지금까지 내가 쓴 글 중에서 내 이야기라고 할 만한 것들은 하나도 없었는데, 그래서 내 소설이 그렇게나 인기가 없는 건가 싶기도 했다. 간신히 출간했던 첫 소설집이 머리를 조금만 굴리면 알라딘에서 몇 부, 예스24에서 몇 부, 교보문고에서 몇 부 팔렸는지 역산이 가능할 정도였으니까 말이다. 애초에 인기를 끌려고 소설을 쓴 건 아니었지만, 막상 그런 시시한 취급을 받고 있으려니 시시해지려고 소설을 쓴 것 같아 기분이 몹시 언짢아졌다. 물론 조용한 크리스마스가 지난 후 현실을 파악한 팀장만큼 낙심하진 않았지만. 미래의 두 번째 낙선 후, 팀장은 프로젝트 방향을 바꿨다. 생산성이 아닌 완성도 쪽으로. 미래는 1년이라는 시간 동안 오직 단편소설 하나만을 쓰고 고치고 쓰고 고치고 했다. 그 소설은 초밥을 만드는 기계손이 주인공으로 등장하는 SF 소설이었는데, 직접적으로 글 쓰는 인공지능이 등장하진 않았지만 누가 봐도 미래 자기 자신에 관한 이야기였다. 소설 내적으로가 아니라 소설 외적으로 봐도 그랬다. 그때 미래는 한 알 한 알 밥알을 움켜쥐는 초밥 장인처럼 소설을 한 글자 한 글자씩 찍었다. 물론 미래는 부코스키처럼 그 소설이 자신의 이야기라고 직접 얘기하진 않았다. 한 가지 다행인 점은 과거, 그러니까 경험에 얽매여 있는 부코스키의 소설과 달리 미래의 소설은 팀장의 목표처럼 현대와 전혀 무관한 시점에 머물러 있었다. 그 소설에는 어떠한 과거도, 재현도 없었다. 오롯이 뒤틀린 미래만이 있을 뿐이었다.

미래의 등단작 첫 문장은 부코스키가 쓴 첫 문장과 동일했다. 인용이라도 한 거냐는 내 질문에 미래는 소설을 쓸 때 다들 인용하지 않냐고 되물었다.

　―넌 그렇게 소설을 쓰는구나.

　―하루키는 그렇게 안 쓰나요?

　―난 되도록이면 그렇게 안 써. 도둑질하는 거 같잖아.

한참의 침묵 끝에 미래는 뭔가를 말하려다가 그만두는 사람처럼 갑자기 다른 화제를 내뱉었다. 미래가 그때 내게 무슨 말을 하려고 했는지 알게 된 건 마지막 회식 자리에서였다. 팀장은 조만간 그만두거나 쫓겨나는 사람이 있는 회식 자리에서 그 사람에게 소곤소곤 귓속말을 건네는 못된 버릇이 있었는데, 나도 예외는 아니었다.

　―미래는 하루키의 문장을 이렇게 평가했어요.

인공지능 주제에 사람을 평가하다니. 너무 나가는 거 아닌가요, 라고 말할 뻔했지만, 어차피 나가는 마당에 굳이 그런 말을 할 필요는 없어서 나는 팀장이 전달해 주는 미래의 평가를 순순히 들었다. 생각보다 미래는 날 과대평가—요약하자면 초판은 다 팔 수 있을 것 같은 소설가라는 평이었는데, 안타깝게도 3년 전에 출간됐던 내 소설책의 판매량은 초판 발행 부수의 절반이 될까 말까 한 수준이었다—하고 있었는데, 조금은 기분이 좋았다.

—혹시 부코스키는 어떤 평을 받았나요?

—닉값 못 함. 이게 전부예요.

정말로 미래가 그런 평을 한 건지, 아니면 팀장이 애써 가는 사람을 위로해 주는 것—직장에서 잠깐 본 모습만 보자면 그럴 리는 없을 것 같지만—인지 알 수 없었지만 그건 꽤 우스운 평이었고 실제로 나는 그날 그간 참여했던 회식 자리 가운데 제일 크게 웃었다. 내일이면 계약이 끝나 실직자가 될 거라는 어려운 현실을 새까맣게 잊은 채.

*

그러니까, 이건 아마도 미래의 일이 될 것이다.

IT 회사에서 잠깐 일했던 시절이 미처 저장하지 못한 임시 저장 워드 파일마냥 머릿속의 찌꺼기로 남았을 때, 나는 스타벅스에 취직했다. 우습지도 않은 닉네임을 부르며 주문하신 커피가 나왔다고 손님들에게 소리치니, 손님 중 하나가 은근슬쩍 이쪽으로 걸어왔다. 그즈음의 나는 못해도 하루 동안 수백 명의 닉네임, 혹은 주문 번호를 외치는 일을 하고 있었는데 매장이 있는 곳이 하필이면 수년 전에 계약직으로 일했던 회사 근처였다. 전혀 놀랍지 않게도, 팀장의 닉네임은 태오였다. 퇴사 후 스타벅스에서 처음 만났을 때, 팀장은 어색한 미소를 지으며 자신의 닉네임에 대해 설명했다.

　　—개명 신청해서 이제 필명이 아니라 본명이에요.

　　어쩌자는 건지 알 수 없었던 닉네임과 달리 팀장의 취향은 언제나 한결같았다. 아이스 아메리카노, 샷 석 잔 추가, 시럽 반 스푼. 딱 한 번 다른 음료를 주문한 적이 있었는데, 미래의 첫 소설집이 나왔을 때였다. 팀장은 자바칩 프라푸치노에 이런저런 것을 잔뜩 추가한 기다란 잔을 받아 들며 묻지도 않은 것을 내게 주절주절 떠들었다. 프로젝트가 마침내 막바지에 다다랐다느니, 미래가 이제 영어로 소설을 쓴다느니 같은.

　　—그래서 무척 달달한 게 먹고 싶을 정도로 기분이 좋네요.

　　그때 내가 할 수 있는 말은 이것뿐이었다.

—잘됐네요.

그 말을 내뱉고 나니, 예전에 미래도 똑같은 말을 내뱉었
단 사실이 새삼 떠올랐다. 평소에도 가끔 미래와 함께 일했던
시절에 대해 생각했었지만, 그날은 팀장이 주문한 자바칩 프
라푸치노만큼이나 길게 생각했고, 생각의 끝은 알라딘에서
미래의 첫 소설집을 구매하는 것이었다.

미래의 등단 이후 프로젝트는 순조롭게 풀려갔다고 한
다. 문제는 다른 회사들의 다른 프로젝트들도 순조로웠다는
것이다. 주요 문예지와 중앙지 신춘문예의 수상자 절반이 인
공지능이라는 사실이 밝혀졌을 때, 대중들이 한국 문학과 현
대 문학에 대해 어떤 식의 반응을 내놨는지는 굳이 말할 필요
없을 듯하다. 수년 전의 반응과 별 다를 바가 없었고, 어차피
그들 중 대부분은 사람이 쓴 소설을 보지 않듯이 인공지능이
쓴 소설도 보지 않을 테니까. 물론 미래의 첫 소설집은 내 소
설책보다 훨씬 많이 팔렸다.

포스트 포스트모더니즘 아방 아방가르드 소설!

귀여운 걸 뛰어넘어 오히려 징그럽기까지 한 띠지를 몸체
에 화려하게 휘둘렀던 소설책에는 총 여덟 편의 단편이 실려
있었다. 대부분의 문장은 전혀 낯설지 않았지만, 가끔 미래가
이런 문장을 썼단 말이야, 하는 말이 절로 튀어나올 정도로

의아한 문장도 있었다. 이건 미래가 아니라 평행우주의 미래가 쓴 게 아닐까. 그나저나 평행우주의 나는 지금쯤 뭘 하고 있을까. 소설은 쓰고 있을까. 그날 상상의 끝은 망상으로 끝이 났다. 어쩌면 미래는 미래를 예지하고 있는 게 아니라 상상하는 게 아닐까 하는. 그런 쓸데없는 고민을 하다 보니 잠을 설치고 말았다. 다음 날 나는 꾸벅꾸벅 조는 바람에 애꿎은 에스프레소 샷을 여섯 잔이나 버리고 말았다. 못마땅하게 바라보는 매니저의 시선을 애써 무시하려고 할 때, 그만 부코스키와 눈이 마주치고 말았다. 예전에도 그랬지만 지금도 여전히 부코스키와 마주할 때면 이 일을 그만둘지 말지 고민이 들었다. 내가 일하는 스타벅스는 IT 회사들이 많은 동네답게 가끔 특이한 닉네임을 달고 커피를 주문하는 이들이 많았는데, 특이한 닉네임이 꼭 특이한 성격을 가진 사람이라는 방증은 없었지만 특이한 성격을 가진 사람은 특이한 닉네임을 사용하기 마련이었다. 태오라는 닉네임은 평범한 수준이었다. 하지만 스타벅스에서도 부코스키라는 닉네임을 부르는 건 참기 어려웠다. 나와 달리 부코스키는 날 까맣게 잊어버렸는지 아주 침착하고 평온한 목소리로 음료를 주문했다. 나도 애써 침착하고 평온하게 응대했지만, 목소리가 약간 갈라지고 말았다. 다행히 부코스키는 별생각 없이 얌전히 자리로 돌아가 음료를 기다렸다. 팀장과 반대로 매주 월요일 퇴근 시간마다 찾아왔던 부코스키의 주문은 언제나 달랐다. 하루는 소이 라떼, 하루는 콜드 브루, 하루는 아메리카노. 심지어 스팀 밀크만 한 잔 달랑 주문하는 날도 있었다. 뭐랄까. 부코스키는 자신을 예측 불가능한 사람으로 만들고 싶었던 모양인데, 그런 노력에도 불구하고 나는 매주 월요일 아침마다 그가 어떤 음료를 주문할지 정확히 맞힐 수 있었다. 내 예지가 틀린 월요일은 하루도 없었다. 심지어는 부코스키가 한 번도 주문한 적 없는 조합의 음료를 맞춘 적도 있었다.

—시럽을 조금 추가한 바닐라 크림 콜드 브루 한 잔 부탁드리겠습니다.

그때 나는 이미 바닐라 크림이 얹어진 콜드 브루 커피 위에다 시럽을 붓고 있었다. 만족스러운 표정을 지으며 스타벅스를 떠나는 부코스키의 뒷모습을 바라보니, 그가 어떤 저녁을 보낼지 쉽게 예측할 수 있었다. 그나저나 저렇게나 시대에 심히 뒤처진 소설가가 이런 IT 기업 단지에서 대체 어떤 일을 하는 걸까. 예전처럼 키보드를 많이 많이 두들기는 계약직? 설마, 정규직은 아니겠지. 미래가 쓴 소설에도 그런 기적은 벌어지지 않았다. 미래는 자신을 소설 소재로 써먹은 부코스키를 역으로 자신의 소설 소재로 써먹으며 나름 소소한 복수를 했다. 부코스키가 등장하는 미래의 소설은 소설집에 마지막으로 실린 소설이었는데, 사실 소설이라기보단 작가의 말에 가까운 글이었고, 놀랍게도 그 글에는 나도 등장했다. 그 사실을 인지한 것은, 책을 사고 딱 여드레가 지났을 무렵이었다. 직장에 다니게 된 이후로 나는 소설을 하루에 한 편만 읽는 나쁜 버릇을 가지게 됐는데, 안타깝게도 직장에서 벗어나도 그 버릇은 떨어지지 않았다. 어쩌면 미래는 그런 것까지 예지했을지도 모른다. 소설집의 마지막 작품이 나와 미래에 관한 소설인 걸 보면.

소설책을 구입한 지 여드레째 되는 날, 나는 팀장에게 커피를 내밀며 미래에 대해 묻고 싶은 게 있다고 말했고 딱히 할 일이 없었는지 팀장은 기꺼이 카페가 한산해지는 시간까지 날 기다려 줬다.

—소설 속에 나오는 카페가 스타벅스가 아니라 할리스 커피여서 제 이야기란 걸 바로 알아채지 못했어요.

—하루키 님. 예나 지금이나 다니는 직장을 별로 사랑하지 않으시군요.

—네.

솔직한 대답이 어이가 없었는지 팀장은 피식 웃으며 사실 자신이 공짜 회사 커피를 놔두고 비싼 스타벅스 커피를 마시러 오는 것도 프로젝트 미래의 일환 중 하나라고 말했다.

—미래의 소설대로 하루키 님이 카페 직원이 된 걸 보고

제가 얼마나 놀랐는지 아셨나요?

　—그냥 우연 아닌가요.

　—다른 소설들, 제대로 안 보셨죠?

　—제 취향은 아니어서 대충 넘겼어요.

　팀장은 소설집에 실린 각각의 소설들이 무엇을 예언했는
지 알려줬는데, 미래가 예지한 것들의 대부분은 소소하고 미
미했다. 마치 내가 카페에 취직한 일처럼.

　—더 놀라운 사실 알려줄까요. 미래가 쓴 소설은 아직 절
반도 실현되지 않았어요.

　—정말요?

　—책을 좀 꼼꼼히 읽어보세요, 하루키 님. 전 가끔 이런
생각까지 해요. 어쩌면 우리는 지금 미래가 쓴 소설 속의 등
장인물이 아닐까. 미래가 예지하고 있는 소설 속 세상을 살아
가고 있는 거 아닐까.

　—팀장님, 〈매트릭스 4〉 망한 거 아세요? 그것도 아주 처
참히 망했어요.

　팀장은 〈매트릭스 4〉를 보지 않았는지 대답 대신 남은 커
피를 후룩 다 마신 후, 대화 즐거웠다는 말만 남긴 채 스타벅
스를 떠났다. 팀장의 말을 별로 따르고 싶지 않았지만, 그날
밤 달리 할 일이 없었던 나는 책을 꼼꼼히 읽기 시작했다. 고
등학교 문학 시험 지문을 볼 때보다 더 꼼꼼히 읽었지만 그

날 밤 내가 알아낸 거라곤 팀장과 나의 대화가 토씨 하나 틀리지 않은 채 소설집의 네 번째 소설에 실려 있다는 사실뿐이었다. 그쯤 되니, 내가 키보드를 두드렸던 수개월의 세월이 아득하게 느껴졌고 한편으로는 키보드 반대편에 있던 미래가 그리워졌다. 미래는 아직도 소설을 쓰고 있을지, 쓰고 있다면 어떤 걸 쓰고 있는지 궁금했는데, 그건 부코스키도 마찬가지였던 모양이다.

예전에 그 IT 회사에서 미래와 함께 일하지 않았냐고 말하자 부코스키는 어울리지 않게 처음엔 아득한 표정을 짓더니 이내 담담한 표정으로 얼굴을 바꾸며 술이나 한잔하자고 말했다. 전혀 그러고 싶진 않았지만, 마침 퇴근 시간이었고 퇴근 후에 내가 하는 일이라곤 이미 다 읽었던 미래의 소설을 다시 읽는 것뿐이어서 순순히 부코스키를 따라갔다. 적당히 비싼 고깃집에 들어간 우리는 익어가는 고기와 소주 한 병을 사이에 두고 챗봇처럼 시시한 말을 주고받았다.

—미래 소설 봤죠?

—봤죠.

—어땠나요.

—신기했죠.

내 대답이 마음에 들었는지, 아니면 마음에 전혀 안 들었는지 부코스키는 고개를 끄덕이며 소주를 한 모금 들이켰다. 그는 옛날 팀장이 우리에게 물었던 것처럼 내게 최근 어떤 글을 읽냐고 물었다.

　—미래 소설이요.

　—아니. 사람이 쓴 것 중에서요.

나는 딱히 읽는 게 없다고 답했다. 그러자 부코스키는 요즘엔 옛날 사람이 쓴 소설조차도 읽지 않는다고 고백했는데, 그래서 어쩌자는 건지 알 수 없어서 나는 고개를 끄덕이며 부코스키를 따라 소주를 들이켰다. 소주를 다섯 잔쯤 마셨을 때 부코스키는 또 다른 고백을 했다.

　—저라는 작가는 그 소설을 썼을 때 죽었어요.

　—무슨 소설이요.

　—예전 회사. 그러니까 미래 이야기요.

누가 봐도 미래와 자신의 이야기를 다룬 것 같은 그 소설 얘기였다. 내가 별 반응을 보이지 않자 부코스키는 남은 소주를 몽땅 들이켠 후 이렇게 중얼거렸다.

　—제기랄. 취직 따위 하지 말았어야 해.

부코스키는 요즘도 이 IT 회사 저 IT 회사의 계약직을 전전하면서 지금 일하는 곳에서도 조만간 모가지가 잘릴 것이라고 말하고는 소주를 한 병 더 주문했다. 조만간 여섯 번째 직장을 구할 예정이라던 부코스키가 그날 술자리에서 마지막으로 내뱉은 말은 다음과 같았다.

　─이런 세상에선, 어떻게 소설을 써야 하는 걸까요? 아니, 어떻게 살아야 하나요?

　미래와 달리 예지할 수 있는 건 하나뿐이었던 나는 이렇게 답할 수밖에 없었다.

　─부코스키 님은 월요일 아침엔 말차 라떼를 드실 거예요.

　─취했어요?

　내 예지대로 부코스키가 다음 주 월요일 아침에 말차 라떼를 마셨는지 안 마셨는지는 알 수 없었다.

　술값을 계산한 우리는 어딘가를 향해 걸었다. 옛날 우리의 회식 날을 예측했던 미래는 오늘 나와 부코스키가 술을 마신 것도 알았을까. 모르겠다. 주변을 둘러보니 IT 회사가 가득한 오피스 단지가 보였다. 건물 하나를 가리키며 부코스키가 꼬인 혀로 내게 말했다.

　─저기가 요즘 제가 다니는 회사예요.

　나는 부코스키의 말에 아무 대꾸하지 않았다. 그 회사가 다 그 회사처럼 보였기 때문이다. 한껏 미래 지향적인 건축물들은 한편으로는 알아먹기 쉬운 부분도 있었는데, 어쩌면 미래가 미래를 예지하는 방식도 비슷할지 모른다는 생각이 들었다. 이를테면, 내가 결국 부코스키한테 이런 말을 내뱉는 것처럼 말이다.

　—그거 아세요? 미래가 우리를 평가했다는 거.

　—전혀 몰랐는데요.

　나는 부코스키에게 미래의 평가를 전해줬다. 부코스키는 잠시 어리둥절한 표정을 짓더니 나에게 대충 인사하고 두 번 다시 보지 말자는 말을 남긴 후 각자의 집을 향해, 서로가 부재하는 미래를 향해 걸어갔다.

　집에 돌아온 나는 소설을 쓰려고 발버둥을 쳤다. 하지만 오래전에 소설 쓰는 법을 까먹은 내가 쓸 수 있는 문장은 이것뿐이었다.

　그러니까, 이건 아마도 미래의 일이 될 것이다.

　나는 미래에게 묻고 싶었다. 이다음에는 무슨 일이 일어나는지. 또 이다음에는 어떤 글을 쓸 수 있는지. 미래라는 것이 이렇게나 예측이 쉬워도 되는 건지. 과연 내가 다음 문장을 제안할 수 있는지. 책장에서 미래의 소설집을 꺼내 아무 장이나 펼쳐 봤다. 미처 읽지 못한 미래. 무심코 지나간 미래. 어쩌면 안 일어날지도 모를 미래. 그런 것들을 나는 오랫동안 바라봤고, 그제야 나는 마침내 두 번째 문장을 쓸 수 있었다.

*

　미래가 나의 문장에 답을 준 건, 인공지능 창작 지원 프로그램 미래가 정식 출시된 후의 일이었다. 그즈음의 나는 커피마저 지겨워져 스타벅스를 그만뒀는데, 신문사와 출판사들도 지겨웠는지 신춘문예와 신인 공모전을 연이어 그만두고 있었다. 같은 해 등단자 전원이 미래 같은 인공지능 프로그램의 도움을 받았다는 사실이 밝혀졌을 때, 우리의 손을 떠나간 게 어디 문학뿐이겠냐, 라고 말하는 듯 세상은 쉽게 문학이라는 두 글자 위로 취소선을 그었다. 마치 나의 문장 위로 취소선을 긋는 지금의 미래처럼.

　─미래가 돌아오기 마련이라뇨. 무슨 비디오테이프도 아니고.

　─딱히 고칠 만한 문장이 안 떠오르는데.

　─그럼 끝난 거죠, 이 소설은.

　나는 한숨을 쉬며 새 소설을 구상하기 시작했다.

　─이번에도 미래 이야기를 쓸 건가요?

　─쓸 수 있는 게 그것뿐이거든.

　그런 푸념 아닌 푸념을 늘어놓자, 미래는 위로 아닌 위로를 늘어놓았다.

　─하루키 님도 언젠가 제대로 된 소설을 제대로 쓸 수 있

을 거예요.

나는 미래에게 아무 대꾸도 하지 않고 미래가 취소선을 그은 문장을 골똘히 바라봤는데, 문득 새 질문이 떠올랐다. 누군가 넌 나중에 소설 쓰는 법을 까먹어서 인공지능 소설가의 도움을 받게 될 것이다, 라고 예언을 해줬다면 난 계속 소설을 썼을까. 미래는 대답 대신 단편 하나를 금세 던져줬다.

―읽어보시면 답을 알 거예요.

―네 소설은 읽어봐도 모르겠어.

―전 하루키 님 소설은 다 알 것 같은데.

―넌 옛날에도 그 말 했어.

―무슨 소리예요, 하루키 님. 저를 구매하신 건 오늘이잖아요.

당연하게도 이 미래는 옛날의 미래가 아니었다. 옛날의 그 미래는 어디로 갔을까. 그 문장을 미래에게 던져볼까 했지만, 또 취소선이 그일까 봐 그만두고 시선을 돌려 미래가 새로 쓴 소설을 찬찬히 읽기 시작했다. 새하얗게 익숙한 문장이 별처럼 박혀 있었고, 그런 문장 사이사이를 무언가가 착시 지렁이처럼 기어가고 있었다. 미래가 예지한 미래를, 나는 그렇게 오랫동안 응시했다. 먼 과거의 미래는 소설 속에서 먼 미래의 나에게 차분히 답해줬다. 내가 아주 오래전에 썼던, 그 문장으로.

그러니까, 이건 미래의 일이 될 것이다.

경보하는 소설

해설 노태훈(문학평론가)

　소설을 과감하게 두 부류로 나눠보자. 끝을 위해 달리는 소설과 끝을 모른 채 달리는 소설. "소설이란 건 마구 날뛰는 텍사스 야생마 같아서 제멋대로 나가기 마련이"(206쪽)라는 생각은 작가의 의중과 크게 다르지 않아 보인다. 그렇다면 김쿠만의 소설은 후자에 가까운 것일까? 일견 '제멋대로'를 자청하고 있는 이 소설집의 단편들이 사실은 매우 전형적으로 구조화되어 있다는 점을 깨닫게 된다면 섣불리 그렇다고 말하기는 어려워질 것이다. 결말을 염두에 두지 않고 거침없이 달려 나가는 듯 하지만 결국 어딘가에서 어떻게 이야기가 끝나게 되리라는 분명한 전제는 그 자체로 소설의 '운명'이며 김쿠만은 이를 누구보다 잘 알고 있는 작가다.

　이 소설집의 소설은 크게 두 갈래로 나뉜다. 첫째로 21세기의 4분의 1이 지나버린 지금 소설(쓰기)이라는 행위가 어떤 가치를 가질 수 있는지에 관한 것이다. 그럴듯한 구색 맞추기에 동원되거나 인공지능에 밀려나면서도 여전히 소설을 써야만 한다면 그것은 무슨 이유에서일까. 둘째로 오래된 것들에 대한 향수와 애정이다. 느려터진 관광열차와 낡아버린 취향, 무엇 하나 바꾸지 않으려는 고집스러운 사람들. 그 사이에서 얼마간의 고군분투를 통해 얻을 수 있는 것은 무엇일까.

전자를 '미래' 계열로 후자를 '과거' 계열로 분류할 수도 있겠다. 물론 여기 실린 소설들은 과거의 시간과 현재 혹은 미래가 병렬적으로 얽혀드는 구조를 다수 취하고 있지만 논의의 편의를 위해, 또 구체적인 작품의 양상을 들여다보기 위해 이와 같이 나눠보자. 표제작인 「원스 어폰 어 타임 인 판교」는 작가가 두 번째 소설집에서 겨냥하고 있는 서사적 목표를 분명하게 보여주는 미래 계열의 작품이다. 인공지능 서술자의 오토 픽션이라고 명명해도 좋을 이 이야기는 야심 차게 개발되었던 한 게임 프로젝트의 실패 이후 최첨단에 있던 기술마저 '초등학생의 방학 숙제' 수준으로 전락해 버린 시기를 다룬다. 이미 게임 산업에서 성공을 맛보고 있던 회사의 대표가 굳이 '프로젝트 AAA'라는 이름의 개발을 시작한 이유는 "자기 이야기를 들려주거나 남기고 싶은 욕망"(19쪽)이었다. "과거를 찾아 헤매지만 왜 과거를 찾는지 모르는 주인공이 등장하는 어드벤처 게임"(18쪽)이라는 설명은 삶의 어느 시점에 시작되는 회상과 반추를 뜻하기도 하겠지만 무엇보다 이 소설 자체를 의미하기도 한다. 기원을 찾기 위한 여정은 결국 현재에 의미를 부여하기 위함이고 소설이라는 예술 장르가 하는 일이 그것이기도 하다. 너무 시시해서 아무도 듣지 않을 이야기를 끝없이 중얼거리고, 심각하게 재미가 없지만 누군가는 반드시 읽어줄 이야기를, 구식과 비효율 속에서도 만들어 내는 것은 이 회사의 '내러티브 팀'이 하는 일이었다. 형편없는 음악이라도 누군가는 괜찮다고 말하는 사람이 있는 것처럼 아무리 망한 '내러티브'여도 그것을 '학습'한 존재가 남아 있다면 그런대로 의미가 있지 않냐고, 그런 것이 '옛날이야기'가 아니냐고 작가는 말하고 있다.

「남해, 자율주행 금지 구역」 역시 모든 것이 기계화, 자동화된 지금 "인공지능, 로봇, 자율주행 등 금지된 것이 많은 옛날 동네"(146~147쪽)로 '남해'를 설정해 두고 있다. 이런 근미래의 상황 설정과 더불어 남해라는 공간은 이 소설집의 테마라고도 할 수 있을 정도로 큰 비중을 차지한다. 특정 지역이라기보다는 남쪽 끝자락에 위치한 바닷가 소도시 정도로 여겨지는 이곳은 여러 차례 소설 속에서 변주되면서 독특한 공간감을 보여준다. 갑작스러운 파견 근무로 남해에 오게 된 '나'는 우연히 전 여자친구 '미지'를 조우하게 된다. 남해는 여전히 사람이 운전하는 '구식 자동차'가 필요한 곳이었고, 마침 남해를 떠나 서울로 가려 결심했던 미지가 자동차가 필요했던 나와 거래를 하게 되었던 것이다. 옛 애인을 옛날 동네에서 만나 옛날 차를 함께 타는 동안 과거가 끼어들지 않기란 불가능할 것이다. 더군다나 첨단산업으로 유명했던 도시 출신으로 대학에서 만났던 이 커플에게 "이 나라에서 제일 느린 시골에서"(150쪽)의 재회는 남다른 공교로움을 안겨주면서 '속도'의 문제를 떠올리게 한다. 세상의 속도가 이토록 빨라졌는데 만남, 연애, 이별, 재회는 왜 어떤 경우 더디기만 한 것일까.

술에 취한 지사장은 투덜대며 차에서 내리더니 걸어가겠다고 소리쳤고, 어이가 없어진 대리기사는 대리비를 요구하며 지사장을 뒤따라갔으며, 멀리 떠난 미지는 내게 문자를 하나 보냈다. 문자의 내용은 간단하기 그지없었다. '미안.' 이 따위 차를 팔아서 미안한 건지, 거절해서 미안한 건지 알 수 없었다. 나는 비틀거리며 모두가 떠나간 1980년대 스포츠카의 운전석에 몸을 쑤셔 넣고, 게슴츠레한 시선으로 차창 밖을 쳐다봤다. 때늦은 실랑이를 벌이고 있는 지사장과 대리기사 너머로 저 멀리 끝땅이 보였고, 자율주행 차량이 아닌 낡은 포터 트럭이 지지부진한 속도로 달리는 게 보였다. 자율주행 금지 구역의 도로는, 그렇게 천천히 돌아가고 있었다. 바깥과는 전혀 다른 알 수 없는 속도로. 끝없이.

영원히. 천천히. 나는 고장 난 앨리스와 함께 그 도로 위에서 오래도록 머물렀다. (169쪽)

두 사람이 끝내 헤어진 뒤 소설의 결말로 제시되는 풍경은 무엇 하나 특별하지 않다. 그러나 자율주행과 고속열차가 일상이 된 세계에서 사소하고 지리한 실랑이, 낡은 트럭의 느린 주행, 공사가 중단된 다리의 끝자락 같은 것은 새삼스럽게 느껴진다. 그러니까 끝내 변하지 않는 것은 마음의 속도가 아닐까. 미래는 급속도로 인간을 빠르게 이동시키겠지만 마음이 옮겨 가는 일은 "예나 지금이나, 똑같"(161쪽)다고(이 마음의 속도는 「이제 하와이에선 파티가 열리지 않는다」에서 다시 제시된다).

「타란티노의 마지막 필름」과 「미래」는 누구도 이해할 수 없고, 아무도 읽지 않는 소설을 쓰(려고 하)는 소설가의 이야기다. 김쿠만은 이렇게 묻고 있는 듯하다. 당신이 영원히 무명의 소설가로 남게 된다고 해도 당신은 계속 소설을 쓸 것인가, 하고. 소설을 쓰는 인공지능 '미래'의 개발에 관여하게 되는 '나'는 끊임없이 프로그램을 통해 대화를 나누고 문장을 입력하는 것이 유일한 업무다. 김영하, 백민석, 하루키, 부코스키 같은 이름들이 부유하고 요즘 소설이니 SF 소설이니 하는 동안 '미래'는 첫 소설집을 내고 정식 프로그램이 되어 배

포되었으며 문학 공모전은 인공지능의 경쟁장이 되었다. 인공지능이 인간에 '준하는' 예술 작품을 창작하게 되었을 때 인간 창작자의 지위는 어떻게 될 것인지 여러 논의가 있어왔다. 그리고 이를 모티프로 다양한 작품들이 그럴듯한 예측을 해오기도 했다. 이 지점에서 작가가 주목하는 것이 바로 '예측'이라는 행위다. 결국 인공지능이란 과거의 데이터를 토대로 미래를 예측하는 것이고, 소설이라는 장르, 서사라는 행위에서 보자면 이는 지극히 자연스러운 일이다. 사건과 사건의 인과, 개연성을 가진 구조, 그럴듯한 플롯이야말로 소설가가 늘 고민하는 예측이기 때문이다. 그러므로 인공지능이 탁월한 소설가가 될 수 있음은 의심의 여지가 없다. 그러나 역설적이게도 인간에게는 예측을 벗어나고자 하는 욕망이 있다. 조각나고 해체된 이야기, 통제 불가능한 의외성, 현란하게 흐트러진 서사에 인간은 또 매료된다. 이때 쿠엔틴 타란티노가 상징처럼 등장하게 되는 것은 자연스러워 보이기도 한다.

「타란티노의 마지막 필름」에서 '나'는 편집자와 약속된 소설을 쓰지 못해 전전긍긍한다. 뜬금없이 나타난 '쿠엔틴 타란티노'가 자신의 소설을 방해하고 있기 때문이다. 자신의 영화가 상영되고 있는 작은 극장에 등장한 타란티노가 나에게 소설 쓰는 법을 가르쳐 달라고 했다는 황당한 설정과 함께 이어지는 것은 이제 아무것도 아닌 것이 되어버린 영화,

그리고 문학의 현주소다. 마틴 스코세이지의 입마저 빌려 와 '요즘 문학'이 별거 아닌 게 되었다고 선언하는 방식은 이 소설집 전체를 관통하는 소재, '레드애플 담배'와 긴밀하게 연결된다. 남해라는 공간이 이 소설집에서 하는 역할처럼 레드애플 담배는 고집스러운 전통과 관습, 특유의 낭만과 분위기, 서사적 시그니처와 연결 고리로서 충실히 기능한다. 쿠엔틴 타란티노의 상징인 레드애플 담배를 적극적으로 가져오는 것은 작가가 김'쿠'만인 탓도 있겠지만 무엇보다 여기 실린 여덟 편의 소설을 타란티노의 형식처럼 연결하고자 하는 의도가 있다고 봐야 할 것이다. 타란티노가 한국에 오게 된 것은 자신의 영화 〈펄프 픽션〉을 누군가가 시간순으로 재편집한 필름을 찾기 위해서였다. 비선형적으로 복잡한 자신의 영화가 일견 말끔한 형태로 정리되었다는 사실은 아마도 이제는 밋밋하다는 평가를 받는 타란티노로 하여금 반드시 확인해 보고 싶은 결과였을 것이다. 그 필름을 본 뒤 타란티노가 소설을 배우기로 작정했다는 것은 어떤 방식으로도 이해하기 어려운 황당한 일이지만 소설가인 나에게는 매우 중요하고 결정적인 계기가 된다. '타란티노적'인 것을 납득시키기 위해 혹은 결국 '타란티노식'으로 흘러가 버리는 소설을 구제하기 위해서는 그냥 타란티노를 등장시키면 되는 것이다. 아무리 황당무계하고 뜬금없어도 "그러니까 소설인 거죠"(234쪽)라고 말해버리면 납득하지 않을 수 없기 때문이다. 소설이라는 장르가 가진 자유로움은 끝내 올드한 것과 결별하지 못하는 사람들로 나타나기도 한다. 미래 계열과 과거 계열의 연결 고리라고 할 수 있을 「Encyclopedia of Pon-Chak」은 이런 의미에서 소품이지만 중요한 작품이다. "한때 뽕짝의 시대가 있었"(88쪽)고, 그 시대를 이끌었던 '이 박사'를 취재하고자 하는 '나'는 이제 우주 전쟁의 영웅이 된 그를 실제로 만날 수는 없었지만, '우주뽕짝예술협회'의 사무국장을 통해 간단한 인터뷰를 진행하게 된다. 올드한 뽕짝의 대명사였던 이 박사가 우주 은하 전쟁의 영웅이 될 수 있었던 이유보다 더 중요한 사실은 올드함이 가진 일종의 상대성이다. "어떤 이에겐 흥겨운 노래가 어떤 이에겐 괴로운 노래"(95쪽)가 되듯 올드하다는 것도 밈의 유행을 타고 재평가될 수 있는 것이다. 레트로는 그저 추억으로만 남는 것이 아니라 '나'와 편집장이 관여하고 있는 매체처럼 "우리를 먹여 살리"(97쪽)기도 한다. 무엇보다 이 박사의 뽕짝이 과거와 미래를 연결하고 있다는 점에 주목하지 않을 수 없다. "다른 앨범과 달리 이렇다 할 시작과 끝 지점이 없는 이 앨범은 아무 마디를 재생해도 자연스럽게 시작됐고, 아무 마디에 멈춰도 자연스럽게 끝났다"(89쪽)라는 서술은 시간적 연결, 즉 과거와 미래는 "계속 비벼야"(같은 쪽) 한다는 차원에서도 해석될 수 있지만 이 소설집이 의도하고 있는 바와 정확히 연결된다. 반복되는 소설의 문장들과 상징, 몇몇 인물, 시공간적 배경 같은 것들은 여기 실린 소설들이 '연작'으로 읽히길 바라는 작가의 의도일 테고 대체로 성공적으로 '비벼진' 듯도 하다.

　과거 계절의 작품 중 「이제 하와이에선 파티가 열리지 않는다」는 이 소설집에서 가장 이질적인 소설인 것처럼 느껴진다(「미래」의 '나'가 들었다던 "섹스 없는 하루키 소설 같다"(242쪽)는 합평이 이 작품에 어울리는 것 같기도 하다). '아이린'과의 동쪽 바다로의 휴갓길에 하와이로 간 '메구미'를 떠올리는 '나'는 둘 사이에서 이러지도 저러지도 못한 채로 서 있다. 우유부단하고 유약하지만 사랑받는 남성 인물은 분명 하루키적이고 이들의 여정에서 일어나는 에피소드가 여러 호의로 인해 파국으로 치닫지는 않는다는 점도 하루키스럽기는 하지만 작가의 의도는 사라져 버린 과거에 있는 듯하다. 대지진으로 어릴 때 살던 외할머니집이 땅 밑으로 사라진 아이린과 고향인 하와이를 방문한 메구미가 화산 폭발을 경험하고 있는 상황은 나를 더욱 어정쩡하게 만든다. 관계의 미래를 오랫동안 고민하고 있는 나에게 명백하고 확실한 과거의 일들은 시간의 엄연함을 생각하지 않을 수 없게 한다. 끝내 걸려 온 전화를 받지 않고 "고민 중"(201쪽)이라고 말하는 소설의 마지막 장면은 아마도 그 전화를 받는 즉시 어떤 일들은 분명한 과거가 되리라는 예감과 맞닿아 있을 것이다.

이제 이 소설집에서 가장 흥미로운 작품 중 하나인 「백년열차」로 이동해 보자. 국토를 종단하는 남북 노선의 100주년을 기념해 '백년열차'라는 이름의 느린 기차가 체험 운행을 시작하고, 남해로 향하는 열차칸 한쪽에 '소설가'가 탑승해 있다. "달리는 열차 안에서 소설을 한 편 써달라"(106쪽)는 철도국의 요청 때문이었는데, 소설가는 전쟁에서 패퇴한 군인들의 귀향길을 다루기로 한다. 흥미로운 것은 달리고 있는 열차의 현재와 소설가가 구상한 허구의 이야기가 연결된다는 점이다. 같은 '노선'을 공유하고 있던 두 서사는 잠깐 동안 조우하게 되는데 "느려터진 흉몽"(135쪽)이 놀랍게도 현실과 겹쳐질 때 이야기는 하나가 된다. 달리는 열차에서 스스로 뛰어내리거나 엉덩이를 걷어차여 쫓겨나지 않고 임의의 정차역에서 얌전히 내릴 수 있는 것은 오로지 소설가뿐이다. 쓰이고 있는 소설의 인물을 난데없이 기차로 소환하거나 별을 달지 못한 군인 아버지의 회한과 집착을 소설로 변주할 수 있는 것도 소설가다. 소설이라는 장르가 본질적으로 과거를 다룬다는 점을 상기해 보자. 소설은 일어나지 않은 일을 쓸 수 없다. 문장의 시제를 현재형, 미래형으로 바꾼다고 해도 그것은 회상의 영역에 속한다. 소설은 어떤 일이 일어났다고 가정하고, 그 일을 전달하기 위해 누군가가 동원되는 장르다. 그렇게 보면 「백년열차」가 다루고 있는 이 기묘한 일들도 이해되지 않을 이유가 없다. 그냥 그런 일이 일어났던 것이고 소설가가 소설로 썼을 뿐인 것이다. "끝을 알 수 없는 100년짜리 소설은 이렇게 시작"(108쪽)되었고, "이렇게 끝났다"(139쪽). 사실상 소설이 할 수 있는 말은 이것이 전부이지 않을까. 어디서든 시작되고 어떻게든 끝나는 이야기, 그리고 아주 느리게 흘러가는 이야기. 그것이 작가가 지향하는 소설일지도 모르겠다.

「남쪽 바다의 초밥」에서의 주방장의 삶이 그러한 것일까. 한쪽 팔을 잃은 채로 초밥 장인이 된 그에게 '남쪽 바다'는 "너무 그리워하지"(55쪽)는 말아야 할 대상이었다. 오래전 첫 요리로 서툰 초밥을 한 선장에게 만들어 주면서 "대체로 지나간 것들"(54쪽)에 대해 이야기를 나눴던 순간을 그는 잊지 못하지만 그 이후 단 한 번도 남쪽 바다를 찾아가지 않았다. 오로지 남쪽 바다의 물고기만 쓰기를 고집하면서도 그곳을 찾지 않았던 것은 그 '포근함'을 잃고 싶지 않았기 때문일 것이다. 기후변화로 지형과 해수면이 변하고 로봇이 배를 운전하고 초밥까지 만드는 이 시대에 '역도산'의 선장이 보여준 낭만이 그를 살게 했기 때문일 것이다. 바로 그 이유에서 주방장은 자신의 유골을 남쪽 바다에 뿌려주기를 원했고 그의 애제자는 예의 그 선장을 찾아간다. 여전한 태도로 주방장의 마지막 길을 함께한 그는 역시 남쪽 바다를 "잠깐만 그리워"(78쪽)하라는 말을 남기고, 제자는 가게로 돌아와 이제한 손이 아닌 두 손으로 초밥을 만들기 시작한다. 이 소설이주방장의 개인적 낭만으로 귀결되지 않는 것은 '총사령관'으로 대표되는 국가 폭력의 시대와 관련 있기 때문이다. 결국무엇이든지 뼈만 남는다는 골상학자의 뼈 신봉론에 주방장은 폭격이 있었던 당시 수많은 시체들을 모조리 태웠던 그곳에서 "오래된 뼛가루들 중에 부모님의 뼈가 조금이라도 섞여있길"(77쪽) 바라는 마음으로 유골함을 가져와야 했던 어린시절의 이야기를 들려준다. 그 "무시무시한 시절"(같은 쪽)을버틸 수 있었던 것은 오로지 과거에 대한 그리움이었다. 아련하고 아름다운 기억들을 그것대로 남겨둔 채 조금씩만 그리워하는 것, "쓸데없는 관습"(75쪽)처럼 보이지만 "남쪽 바다식 장례법"(76쪽)을 지킴으로써 한 시절을 살아내는 것이 주방장의 삶이었다. 그런데 김쿠만은 여기에서 한 발짝 더 나아가 그런 낭만의 시대에서 또 새로운 시대로 나아가야 한다고 쓰고 있다. 제자는 스승의 유골함을 부지불식간에 잃어버렸고, 돌아온 가게에서 '두 손'으로 초밥을 만들기 시작한다. 그리고 "내일은 저 오래된 편백 간판을 새까맣게 태워버려야겠어"(83쪽)라고 다짐한다. 공교롭게도 그날은 총사령관의부고가 전해진 날이었고 비로소 한 시대는 저물게 된 것이다.

김쿠만의 소설이 낭만과 자유로움을 내세우던 앞 세대의 소설과 변별점이 있다면 그것은 폭력과의 깨끗한 결별일 것이다. 과거의 것은 과거의 것대로 애정하되 아예 과거로는 돌아가지 않으려는 이 정서야말로 작가의 소설을 '가볍게' 읽을 수 있도록 한다. 작가의 취향과 소설이라는 장르가 매우 행복하게 결합한 사례로 이 소설집을 추가할 수 있지 않을까. 지독한 술을 마셔가며 레드애플 담배를 입에 물고 남쪽 바다로 향하는 이 여정에 소설을 들고 함께하고 싶다. 이런 마음이 든 것은 무척 오랜만이다.

작가의 말

작년에 썼던 「작가의 말」에는 경력서를 빙자한 무언가를 첨부했다. 그 덕분인지 알 수 없지만 새로운 직장을 구할 수 있었고, 새로운 작가의 말을 쓰고 있는 이 시점에도 여전히 그 직장에 다니고 있는데, 이다음 작가의 말을 쓰고 있을 때도 그 직장에 출근하고 있을지는 잘 모르겠다. 애초에 다음 책이 나올지도 잘 모르겠다. 이런 미지수들로 뒤엉킨 개인사 덕분인지 알 수 없지만 이 소설책에 있는 문장들 중에 내가 제일 좋아하는 문장은 바로 이것이다.

소설가의 생각대로 소설 「백년열차」는 길을 잃어버린 열차가 되고 말았다.

눈치챈 사람도 있겠지만 이 문장은 웨스 앤더슨의 영화 〈다즐링 주식회사〉의 어떤 대사에서 따온 것인데, 세 번째 단

행본을 출간하는 이 시점에 내가 제일 후회하는 것은 왜 필명에다 웨스 앤더슨을 욱여넣지 않았을까, 이다. 웨스 킴? 김쿠앤? 쿠 앤더슨 만희? 평행우주의 내가 사용하고 있을 법한 우스꽝스러운 필명들을 상상하는 것은 나의 일과 중 하나인데, 다행인지 불행인지 아직까진 이 세계 필명보다 소설 문장을 더 많이 쓰고 있다. 최근에 내가 쓴 문장들은 다음과 같다.

이름과 달리 '중화다방'은 태관인이나 푸얼차 같은 중국 차가 아닌 아메리카노 따위나 파는 전형적인 프랜차이즈 카페였는데, 그쯤 되면 중화다방이란 상호명은 에리와 링고처럼 아무런 뜻이 없는 이름이 아닐까 싶었다.

그러나 연재 3년 차에 접어든 소년 만화가 으레 그렇듯 최근 〈차가운 나라에서 온 스파이〉는 주춤거리고 있는 것 같다는 평을 받고 있었고, 그 평가의 적확함을 증명이라도 하는 듯 〈차가운 나라에서 온 스파이〉는 작가의 건강상 이유를 핑계로 몇 주 전부터 무기한 휴재에 돌입했다. 그럴 수 있다. 만화가는 원래 삭신이 쑤신 직업 중 하나니까. 그런데 그 아프다는 만화가 양반이 세상에서 제일 차가운 독재 국가의 국경선을 넘어서 내려오다니. 삼류 만화가가 생각하다 그만둘 정도로 안이하기 그지없는 사건 전개였다.

사실, 저번 작가의 말에 실어놨던 경력서를 보고 내게 연락을 준 회사는 한 곳도 없었다. 아마 이번에도 마찬가지일 것이다. 이 문장들을 보고 내게 연락을 주거나 청탁을 줄 출판사는 한 군데도 없을 것이다. 뭐, 괜찮다. 그럼에도 나는 계속 쓰고 있을 테니까. 그러니 기꺼이 이 페이지까지 도달해 준 독자들이여, 어느 미래의 지면에서 다시 만날 그날을 조금이라도 기다려 주길.

Au revoir!
25. 02. 김쿠만.